# A CHAVE DE VIDRO

# DASHIELL HAMMETT

# A CHAVE DE VIDRO

*Tradução de* RUBENS FIGUEIREDO

www.lpm.com.br

**L&PM** POCKET

Coleção **L&PM** POCKET, vol. 1354

Texto de acordo com a nova ortografia.
Título original: *The Glass Key*

Primeira edição na Coleção **L&PM** POCKET: dezembro de 2022

*Tradução*: Rubens Figueiredo
*Capa*: Ivan Pinheiro Machado. *Ilustração*: iStock
*Preparação:* Nanashara Behle
*Revisão:* L&PM Editores

CIP-Brasil. Catalogação na publicação
Sindicato Nacional dos Editores de Livros, RJ.

---

H191

    Hammett, Dashiell, 1894-1961
    A chave de vidro / Dashiell Hammett; tradução Rubens Figueiredo. –
Porto Alegre [RS]: L&PM, 2022.
    288 p. ; 21 cm.     (Coleção L&PM POCKET; 1354)

    Tradução de: *The Glass Key*
    ISBN 978-65-5666-319-7

    1. Ficção americana. I. Figueiredo, Rubens. II. Título. III. Série.

| 22-80464 | CDD: 813 |
|---|---|
| | CDU: 82-3(73) |

---

© Copyright © 1931 by Alfred A. Knopf, Inc.
Copyright renewed 1958 by Dashiell Hammett
Tradução publicada mediante acordo com Alfred A. Knopf, selo do Knopf
Doubleday Group, uma divisão da Penguin Random House, LLC

Todos os direitos desta edição reservados a L&PM Editores
Rua Comendador Coruja 314, loja 9 – Floresta – 90.220-180
Porto Alegre – RS – Brasil / Fone: 51.3225.5777

Pedidos & Depto. Comercial: vendas@lpm.com.br
Fale conosco: info@lpm.com.br
www.lpm.com.br

Impresso no Brasil
Primavera de 2022

*Para Nell Martin*

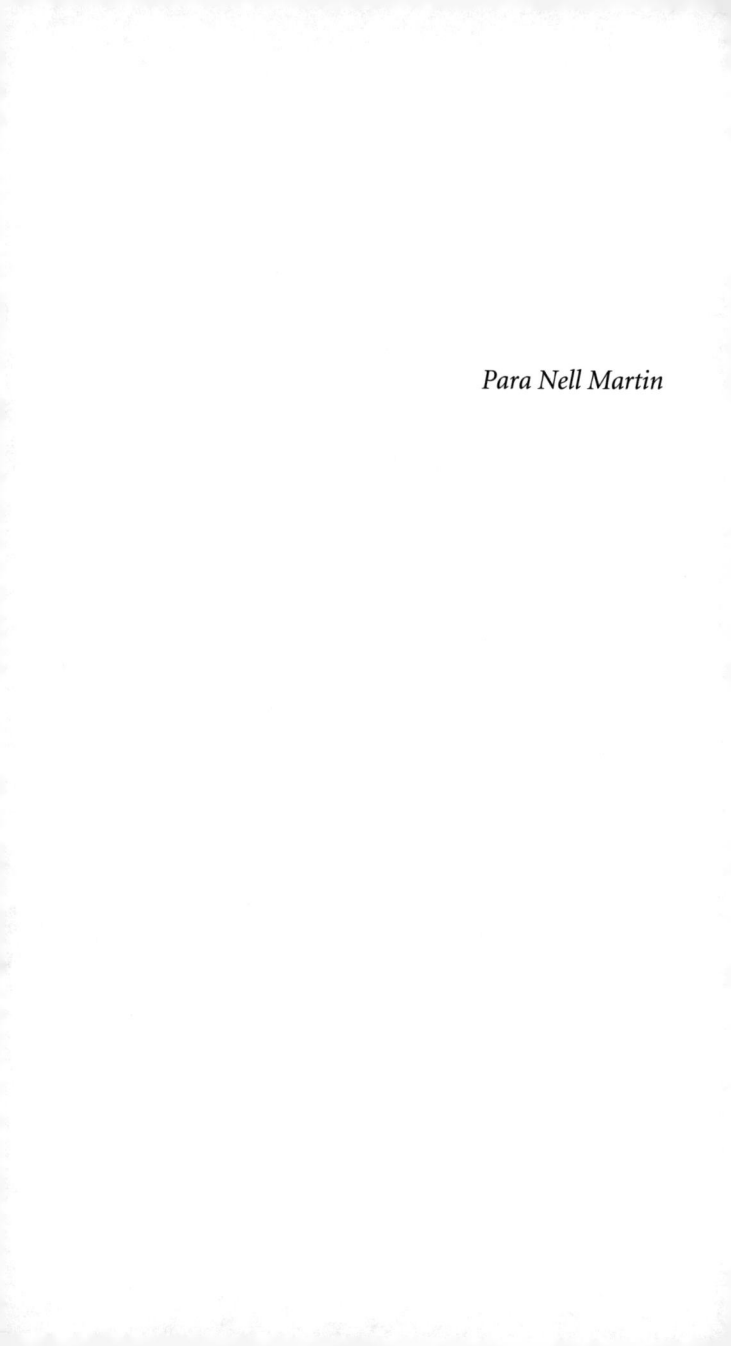

# Sumário

1. O corpo na rua China ..................................... 9
2. O golpe do chapéu ...................................... 43
3. Tiro de festim ............................................ 67
4. A casa de cachorro ..................................... 103
5. O hospital ................................................ 127
6. O *Observer* ............................................. 156
7. Os correligionários ..................................... 187
8. No olho da rua .......................................... 211
9. Trambiqueiros ........................................... 238
10. A chave espatifada ................................... 262

# 1. O corpo na rua China

I

Dados verdes rolaram sobre a mesa verde, bateram juntos na borda e quicaram de volta. Um deles parou logo, exibindo seis pontos brancos em duas fileiras simétricas em cima. O outro cambaleou até o centro da mesa e acabou pousando com um único ponto voltado para cima.

Ned Beaumont rosnou de leve – "Uhn!" – e os vencedores rasparam todo o dinheiro da mesa.

Harry Sloss pegou os dados e sacudiu-os dentro da mão pálida, larga e peluda.

– Aposto vinte e cinco mangos.

Jogou sobre a mesa uma nota de vinte dólares e outra de cinco.

Ned Beaumont recuou, dizendo:

– Joguem com ele, apostadores. Eu tenho de me reabastecer!

Atravessou o salão de bilhar até a porta. Lá encontrou Walter Ivans, que entrava. Falou:

– Oi, Walt – e teria continuado, mas Ivans segurou o seu ombro na hora em que passava e virou-se de cara para ele.

– V-v-você falou com o P-p-paul? – Quando Ivans disse "P-p-paul", um belo jato espirrou através dos seus lábios.

– Vou subir para falar com ele agora. – Os olhos azul-claros de Ivans rebrilharam na sua bela cara redonda, até que Ned Beaumont, com os olhos semicerrados, acrescentou: – Não espere grande coisa. É melhor dar um tempo.

O queixo de Ivans estremeceu.

– M-m-mas ela vai ter o b-b-bebê no mês que vem.

Uma expressão de espanto surgiu nos olhos escuros de Ned Beaumont. Soltou o seu braço da mão pequena do outro, mais baixo que ele, e recuou um passo. Então o canto da boca se torceu embaixo do bigode escuro e ele falou:

– Não é um bom momento, Walt, e... bem... você vai se livrar de uma decepção se não contar com grande coisa até novembro. – Seus olhos ficaram semicerrados de novo, e vigilantes.

– M-m-mas e se você f-f-falar com ele...

– Vou falar com ele do melhor jeito que puder, e você trate de meter na cabeça que ele vai chegar até o limite, só que agora ele está de cabeça quente. – Mexeu os ombros e seu rosto ficou sombrio, a não ser pelo brilho e pela atenção dos olhos.

Ivans molhou os lábios e piscou os olhos muitas vezes. Respirou fundo demoradamente e deu um tapinha no peito de Ned Beaumont com ambas as mãos.

– S-s-suba, agora – disse ele, com uma voz de súplica ansiosa. – Vou esperar você aqui.

## II

Ned Beaumont subiu enquanto acendia um charuto com umas pintas verdes. No segundo andar, onde um retrato do governador pendia da parede, voltou-se para a frente do prédio e bateu na grande porta de carvalho que bloqueava o final do corredor.

Quando ouviu o "Tudo bem" de Paul Madvig, ele abriu a porta e entrou.

Paul Madvig estava sozinho no quarto, de pé junto à janela, com as mãos nos bolsos da calça, de costas para a porta, olhando através da tela da janela para a escura rua China.

Virou-se lentamente e disse:

– Ah, aí está você.

Era um homem de quarenta e cinco anos, da altura de Ned Beaumont, mas uns vinte quilos mais pesado, e sem flacidez. Tinha o cabelo claro, partido ao meio, e bem escovado junto à cabeça. O rosto era bonito, com feições enérgicas e vermelhas. As roupas não pareciam exageradas por causa da sua boa qualidade e por causa da maneira como ele as vestia.

Ned Beaumont fechou a porta e disse:

– Me empreste um dinheiro.

Do bolso interno do paletó, Madvig tirou uma carteira grande e marrom.

– O que você quer?

– Uns duzentos.

Madvig lhe deu uma nota de cem e cinco de vinte, perguntando:

– Jogo de dados?

– Obrigado. – Ned Beaumont embolsou o dinheiro. – É.

– Faz muito tempo que você não ganha, não é? – perguntou Madvig, enquanto enfiava de novo as mãos nos bolsos da calça.

– Nem tanto... um mês ou seis semanas.

Madvig sorriu.

– É um bocado de tempo para ficar perdendo.

– Para mim não é. – Havia um leve traço de irritação na voz de Ned Beaumont.

Madvig chocalhou moedas dentro do bolso.

– O jogo está bom esta noite?

Sentou-se numa ponta da mesa e olhou para baixo, na direção dos sapatos marrons e lustrosos.

Ned Beaumont olhou com ar de curiosidade para o homem louro, depois balançou a cabeça e disse:

– Ninharia.

Andou até a janela. Acima dos prédios do outro lado da rua o céu estava preto e pesado. Ele passou por trás de Madvig rumo ao telefone e discou um número.

– Alô, Bernie. É o Ned. Quanto está pagando a Peggy O'Toole? Tudo isso?... Bem, ponha aí para mim quinhentos de cada... Claro... Aposto que vai chover e, se chover, ela vai vencer o Incinerador... Tudo bem, então me faça um preço melhor... Certo. – Pôs o fone no gancho e deu a volta para ficar de frente para Madvig outra vez.

Madvig perguntou:

– Por que não tenta dar um tempo quando entra numa onda de azar feito essa?

Ned Beaumont franziu as sobrancelhas.

– Isso não é bom, só serve para custar mais ainda a passar. Eu devia ter posto aqueles mil e quinhentos só no vencedor, em vez de espalhar o meu jogo. Assim eu podia levar na cabeça de uma vez só e pronto, acabou-se.

Madvig deu uma risadinha e levantou a cabeça para falar:

– Se você conseguir aguentar o tranco.

Ned Beaumont baixou as pontas da boca, e as pontas do bigode foram atrás delas.

– Eu posso aguentar qualquer coisa que tiver de aguentar – disse ele, enquanto andava na direção da porta.

Estava com a mão na maçaneta quando Madvig disse, com ar sério:

– Acho que pode, nesse caso, Ned.

Ned Beaumont virou-se e perguntou, chateado:

– Posso o quê?

Madvig transferiu o olhar para a janela.

– Pode aguentar qualquer coisa – disse.

Ned Beaumont examinou bem o rosto meio oculto de Madvig. O louro se mexia meio incomodado e revirava moedas dentro do bolso outra vez. Ned Beaumont deu aos olhos uma expressão perplexa e indagou, num tom completamente desconcertado:

– Quem?

O rosto de Madvig ficou vermelho. Levantou-se da mesa e deu um passo na direção de Ned Beaumont.

– Vá para o inferno – disse.

Ned Beaumont riu.

Madvig sorriu acanhado e esfregou a cara com um lenço de bordas verdes.

– Por que não foi até lá em casa? – perguntou. – Na noite passada, mamãe ficou falando que não vê você faz um mês.

– Talvez eu dê um pulo lá numa noite desta semana.

– Acho bom. Sabe como a mamãe gosta de você. Venha jantar. – Madvig pôs o lenço de lado.

Ned Beaumont andou de novo na direção da porta, devagar, observando o louro com o canto dos olhos. Com a mão na maçaneta, perguntou:

– Era por isso que você queria falar comigo?

Madvig franziu as sobrancelhas.

– É sim, quer dizer... – Pigarreou. – Bem... oh... tem uma outra coisa. – De repente, sua timidez se foi, deixando-o aparentemente tranquilo e seguro de si. – Você conhece esse assunto melhor do que eu. O aniversário da senhorita Henry é quinta-feira. O que acha que eu devia dar a ela?

Ned Beaumont afastou a mão da maçaneta. Seus olhos, na hora em que voltou a encarar Madvig, perderam o ar de espanto. Soprou fumaça de charuto pela boca e perguntou:

– Estão armando alguma festa de aniversário, não estão?

– É.

– Foi convidado?

Madvig balançou a cabeça.

– Mas vou jantar lá amanhã à noite.

Ned Beaumont baixou o olhar na direção do seu charuto, depois o ergueu de novo para o rosto de Madvig, e perguntou:

– Você vai apoiar o senador, Paul?

– Acho que nós iremos.

O sorriso de Ned Beaumont foi suave como a sua voz quando fez a pergunta seguinte:

– Por quê?

Madvig sorriu:

– Porque com a gente dando apoio ele vai vencer de lavada o Roan e com a ajuda dele a gente vai conseguir eleger a chapa inteira como se não tivesse ninguém competindo contra nós.

Ned Beaumont pôs o charuto na boca. Perguntou, ainda em tom suave:

– Sem você – enfatizou o pronome – por trás dele, o senador conseguiria se dar bem dessa vez?

Madvig foi serenamente categórico:

– Não tem a menor chance.

Ned Beaumont, após uma breve pausa, perguntou:

– Ele sabe disso?

– Ele deveria saber melhor do que ninguém. E se ele não soubesse... Mas que diabo deu em você?

A risada de Ned Beaumont foi de escárnio.

– Se ele não soubesse disso – sugeriu –, você não iria jantar lá amanhã à noite?

Madvig, franzindo as sobrancelhas, perguntou de novo:

— Mas que diabo deu em você?

Ned Beaumont tirou o charuto da boca. Seus dentes tinham mordido a ponta do charuto até transformá-la numa ruína em frangalhos. Falou:

— Não tem nada de errado comigo. — Fez uma cara pensativa. — Você não acha que o resto da chapa precisa do apoio dele?

— Apoio é uma coisa que nenhuma chapa eleitoral pode dizer que já tem demais — respondeu Madvig, com ar negligente. — Mas sem a ajuda dele a gente poderia aguentar as pontas numa boa.

— Você já prometeu alguma coisa para ele?

Madvig contraiu os lábios.

— Está tudo muito bem acertado.

Ned Beaumont baixou a cabeça até ficar olhando para o louro por baixo das sobrancelhas. Seu rosto empalideceu.

— Livre-se dele, Paul — disse, com voz grave e rouca. — Acabe com ele.

Madvig pôs os punhos nos quadris e exclamou, em tom brando e incrédulo:

— Caramba, eu nem acredito!

Ned Beaumont passou por Madvig e, com os dedos hesitantes e finos, amassou a ponta acesa do charuto contra o cinzeiro de cobre sobre a mesa.

Madvig fitou as costas do homem mais jovem do que ele, até ele se pôr ereto e virar-se. O louro sorriu forçado para ele, com ar de afeição e irritação.

— O que há com você, Ned? — reclamou. — Tem acompanhado a gente numa boa faz tanto tempo e agora, de repente, sem o menor motivo, manda essa bomba. Eu quero ser mico de circo se você sabe do que está falando!

Ned Beaumont fez uma careta de nojo. Falou:

– Tudo bem, esqueça – e logo voltou ao ataque com uma pergunta cética: – Você acha que ele vai dar bola para você depois que for reeleito?

Madvig não ficou preocupado.

– Eu sei lidar com ele.

– Pode ser, mas não esqueça que ele nunca foi derrotado em nada, em toda a vida.

Madvig fez que sim com a cabeça, em total acordo.

– Claro, e essa é uma das melhores razões que conheço para tomar o lado dele.

– Não, não é não, Paul – disse Ned Beaumont, em tom sério. – É a pior de todas. Pense melhor nessa história, mesmo que isso faça a sua cabeça doer. Até que ponto aquela tonta da filha loura do senador enfiou seus anzóis em você?

Madvig respondeu:

– Eu vou casar com a senhorita Henry.

Ned Beaumont fez um bico na boca, como se fosse assoviar, mas não assoviou. Estreitou os olhos e perguntou:

– Isso faz parte do trato?

Madvig sorriu com ar jovial.

– Ninguém sabe ainda – respondeu. – Só você e eu.

Manchas vermelhas surgiram nas bochechas magras de Ned Beaumont. Sorriu, com o seu sorriso mais simpático, e disse:

– Pode acreditar em mim que não vou sair por aí espalhando para todo mundo, mas aceite um conselho. Se é isso mesmo o que você quer, consiga que eles ponham tudo por escrito, preto no branco, e jurem na frente de um escrivão e depositem um dinheiro como garantia, ou, melhor ainda, exija que o casamento ocorra antes da eleição. Então pelo menos você vai ter a garantia de receber a sua parte do trato, senão ela vai ficar pesada demais para você carregar, não acha?

Madvig trocou o pé de apoio. Esquivou-se do olhar de Ned Beaumont enquanto dizia:

– Não sei por que você fica falando do senador como se ele fosse um bandido. Ele é um cavalheiro e...

– Sem dúvida. Leia sobre ele no *Post*: um dos poucos aristocratas que restaram na política americana. E a filha dele é uma aristocrata. É por isso que estou dizendo a você que fique de pé atrás quando for visitar aquela gente, senão vai sair de lá de mãos abanando, porque para eles você é uma espécie inferior de vida animal e nenhuma das regras vale no seu caso.

Madvig deu um suspiro e começou:

– Ah, Ned, não seja assim tão...

Mas Ned Beaumont lembrou-se de uma coisa. Seus olhos brilharam de malícia. Falou:

– E a gente não deve esquecer que o jovem Taylor Henry também é um aristocrata, e é provavelmente por isso que você mandou a Opal parar de transar com ele. Como é que isso vai ficar depois que você casar com a irmã dele e ele for seu cunhado ou sei lá o quê? Será que isso não vai dar a ele o direito de voltar a transar com ela?

Madvig bocejou.

– Você não está me entendendo, Ned – respondeu. – Eu não perguntei a você tudo isso. Só perguntei que tipo de presente eu devia dar para a senhorita Henry.

A cara de Ned Beaumont perdeu a animação, tornou-se uma máscara ligeiramente chateada.

– Até que ponto você já avançou com ela? – perguntou com uma voz que não exprimia nada daquilo que provavelmente estava pensando.

– Ponto nenhum. Estive lá uma meia dúzia de vezes, mais ou menos, para conversar com o senador. Às vezes eu a vejo e outras vezes não, mas só para dizer "Como vai" ou outra coisa qualquer, com pessoas em volta. Sabe, eu ainda não tive nenhuma chance de falar com ela.

Um ar divertido cintilou por um instante nos olhos de Ned Beaumont, e logo sumiu. Ele puxou para trás uma ponta do bigode com a unha do polegar e perguntou:

– Amanhã é o seu primeiro jantar lá?

– É, mas espero que não seja o último.

– E não recebeu um convite para a festa de aniversário?

– Não. – Madvig hesitou. – Ainda não.

– Então a minha resposta não vai agradar você.

O rosto de Madvig ficou impassível.

– De que tipo? – perguntou.

– Não dê nada para ela.

– Ah, Ned, o que é isso?

Ned Beaumont encolheu os ombros.

– Faça como preferir. Você me perguntou.

– Mas por quê?

– A gente não tem que dar nada para ninguém, a menos que tenha certeza de que a pessoa vai gostar de receber alguma coisa da gente.

– Mas todo mundo gosta de...

– Pode ser, mas aqui o buraco é mais embaixo. Quando dá uma coisa para alguém, a gente está dizendo em alto e bom som que sabe que a pessoa vai gostar de receber da gente...

– Já saquei qual é a sua – disse Madvig. Esfregou o queixo com os dedos da mão direita. Franziu as sobrancelhas e falou: – Acho que você está certo. – Seu rosto se desanuviou. Disse: – Mesmo assim, não vou deixar passar essa chance de jeito nenhum.

Ned Beaumont falou depressa:

– Bem, então dê flores, ou alguma coisa do tipo, vai pegar bem.

– Flores? Puxa, o que eu queria...

– Sei, queria dar a ela um carro esporte ou um colar de pérolas de dois metros. Mais tarde você vai ter a oportunidade de fazer essas coisas. Comece por baixo e aumente aos poucos.

Madvig fez uma cara de zombaria.

– Acho que você está certo, Ned. Você conhece esses assuntos melhor do que eu. Flores e não se fala mais do assunto.

– E não muitas flores. – Em seguida, no mesmo fôlego: – Walt Ivans anda espalhando para Deus e o mundo que você tinha de tirar o irmão dele da prisão.

Madvig puxou a aba do colete para baixo.

– Então que Deus e o mundo digam para ele que Tim vai continuar preso até depois da eleição.

– Vai deixar o Tim ser julgado?

– Vou – respondeu Madvig, e acrescentou com mais ênfase: – Você sabe muito bem que não posso ajudá-lo, Ned. Com todo mundo envolvido na reeleição e os clubes de mulheres em pé de guerra, cuidar do caso do Tim agora seria pôr lenha na fogueira.

Ned Beaumont deu um sorriso meio torto para o louro e fez a voz soar arrastada.

– A gente não tinha de esquentar a cabeça com os clubes de mulheres antes de se juntar com a aristocracia.

– Pois agora é assim – os olhos de Madvig ficaram opacos.

– A mulher do Tim vai ter um filho no mês que vem – disse Ned Beaumont.

Madvig soltou um bufo de impaciência.

– Eles fazem de tudo para piorar a situação – queixou-se. – Por que não pensam nessas coisas antes de se meter em encrenca? Não têm nada na cabeça, nenhum deles.

– Eles têm votos.

– Isso é que é o inferno – grunhiu Madvig. Olhou fixo para o chão por um momento, depois levantou a cabeça. – Vamos cuidar dele assim que terminar a contagem dos votos, mas antes disso, nada feito.

– Isso não é o jeito normal de tratar os rapazes – disse Ned Beaumont, olhando de lado para o louro. – Mesmo que não tenham nada na cabeça, estão acostumados a ter alguém que cuide deles.

Madvig levantou o queixo um pouco. Seus olhos azuis, redondos e opacos estavam fixos em Ned Beaumont. Com voz mansa, perguntou:

– E então?

Ned Beaumont sorriu e manteve a voz num tom trivial.

– Você sabe que basta uma coisinha à toa como essa para eles logo saírem por aí dizendo que era diferente nos velhos tempos, antes de você se meter com o senador.

– Ah, é?

Ned Beaumont não cedeu terreno, não modificou o tom de voz nem o sorriso.

– Você sabe que basta qualquer coisinha à toa como essa para eles saírem por aí dizendo que Shad O'Rory ainda cuida direito dos seus rapazes.

Madvig, que tinha escutado com um ar de total atenção, falou agora numa voz muito calculadamente serena:

– Sei que você não vai mandar que eles saiam por aí falando isso, Ned, e sei que posso contar que você vai fazer todo o possível para impedir esse tipo de fofoca, se por acaso souber que andam falando essas coisas.

Por um momento depois disso os dois ficaram calados, olho no olho, e nada se alterou no rosto de um nem de outro. Ned Beaumont rompeu o silêncio. Falou:

– Talvez ajudasse um pouco se a gente cuidasse da mulher do Tim e da criança.

– Essa é a ideia. – Madvig levantou o queixo e seus olhos perderam o tom opaco. – Você pode cuidar disso, não é? Dê tudo para eles.

### III

Walter Ivans estava esperando Ned Beaumont no pé da escada, com os olhos brilhantes e cheio de esperança.

– O q-q-que ele d-d-disse?

– É como falei para você: não tem jeito. Depois da eleição, o Tim vai receber tudo o que precisa para sair da prisão, mas antes disso, nada feito.

Walter Ivans baixou a cabeça e soltou um resmungo baixo no fundo do peito.

Ned Beaumont pôs a mão no ombro do homem, mais baixo que ele, e disse:

– É uma dureza e ninguém sabe disso melhor do que o Paul, mas ele não pode fazer nada. Ele quer que você diga para a mulher do Tim que ela não precisa pagar nenhuma conta. Mande tudo para ele... aluguel, mercado, médico e hospital.

Walter Ivans levantou a cabeça num gesto brusco e segurou a mão de Ned Beaumont entre as dele.

– P-p-por D-d-deus, que legal da parte dele! – Os olhos azul-claros ficaram molhados. – M-m-mas eu gostaria que ele p-p-pudesse solt-t-tar o Tim.

Ned Beaumont disse:

– Bem, sempre existe a chance de que alguma coisa aconteça para ele poder sair. – Soltou a mão e falou: – Vamos manter contato – e contornou Ivans, seguindo rumo à porta do salão de bilhar.

O salão de bilhar estava deserto.

Pegou o chapéu e o paletó e foi para a porta da frente. Compridos regatos de chuva, cor de ostra, corriam pela rua China. Ele sorriu e dirigiu-se às gotas de chuva, com sua voz soprada:

– Caiam, caiam, minhas queridinhas, vocês valem três mil duzentos e cinquenta dólares.

Voltou e chamou um táxi.

## IV

Ned Beaumont afastou suas mãos do morto e levantou-se. A cabeça do morto rolou um pouco para a esquerda, o lado contrário do meio-fio, deixando o rosto todo exposto à luz que vinha do poste da esquina. Era um rosto jovem e sua expressão de raiva era enfatizada pelo sulco escuro que corria na diagonal pela testa, da beirada do cabelo bonito e crespo até a sobrancelha.

Ned Beaumont olhou para os dois lados da rua China. Até onde sua vista alcançava, não havia ninguém na rua. Dois quarteirões abaixo, na frente do Clube Cabana de Madeira, dois homens estavam saindo de um carro. Deixaram o carro parado na porta do clube, de frente para Ned Beaumont, e entraram no clube.

Ned Beaumont, depois de observar o carro durante alguns segundos, de repente virou a cabeça para o lado oposto a fim de olhar de novo para a rua e então, com uma ligeireza que tornou os dois movimentos um movimento único e contínuo, rodou e pulou para cima da calçada, para uma sombra embaixo da árvore mais próxima. Respirava pela boca e, embora pequenos pontos de suor brilhassem nas suas mãos sob a luz, ele sentiu um calafrio e levantou as golas do sobretudo.

Continuou na sombra da árvore com a mão apoiada no tronco durante talvez meio minuto. Então subitamente se aprumou e foi caminhando na direção do Clube Cabana de Madeira. Andava cada vez mais depressa, inclinado para a frente, e seu passo era um pouco mais rápido do que um meio trote quando entreviu um homem que vinha pelo outro lado da rua. No mesmo instante diminuiu o ritmo e se empertigou. O homem entrou numa casa antes de chegar aonde estava Ned Beaumont.

Quando Ned Beaumont chegou ao Clube, parou de respirar pela boca. Seus lábios ainda estavam um pouco pálidos. Sem parar, olhou para o carro vazio, subiu a escada da porta do Clube entre as duas luminárias e entrou.

Harry Sloss e outro homem estavam atravessando o saguão, vindo do vestiário. Pararam e falaram ao mesmo tempo:

– Oi, Ned.

Sloss acrescentou:

– Ouvi dizer que você hoje acertou na Peggy O'Toole.

– Foi.

– Ganhou muito?

– Três mil e duzentos.

Sloss correu a língua pelo lábio superior.

– Que beleza. Acho que você deve estar a fim de jogar esta noite.

– Mais tarde, talvez. O Paul está?

– Não sei. A gente acabou de entrar. Não demore muito: prometi à minha garota que ia voltar cedo para casa.

Ned Beaumont disse:

– Está certo – e foi para o vestiário. – O Paul está? – perguntou ao funcionário.

– Está, chegou faz dez minutos.

Ned Beaumont olhou para o relógio de pulso. Eram dez e meia. Subiu para o segundo andar, no cômodo da frente. Madvig, em roupas de jantar, estava sentado à mesa com a mão esticada na direção do telefone quando Ned Beaumont entrou.

Madvig recuou a mão e disse:

– Como vai, Ned?

Sua cara grande e bonita estava corada e tranquila. Ned Beaumont falou:

– Podia ser pior – e fechou a porta depois de entrar. Sentou-se numa cadeira não distante de Madvig. – Como foi o jantar na casa dos Henry?

A pele no canto dos olhos de Madvig enrugou.

– Podia ser pior – respondeu.

Ned Beaumont estava cortando a ponta de um charuto com pintas desbotadas. O tremor de suas mãos estava em desacordo com a firmeza da voz quando perguntou:

– Taylor estava lá? – ergueu os olhos para Madvig, sem levantar a cabeça.

– Não para jantar. Por quê?

Ned Beaumont esticou as pernas cruzadas, recostou-se para trás na cadeira, moveu a mão com o charuto num arco displicente, e disse:

– Ele está morto, na sarjeta da rua.

Madvig, sem perder a calma, perguntou:

– É mesmo?

Ned Beaumont inclinou-se para a frente. Os músculos rijos no rosto magro. Rompeu o envoltório do charuto entre os dedos, com um som fino e quebradiço. Falou, irritado:

– Entendeu o que eu disse?

Madvig fez que sim com a cabeça, devagar.

– E aí?

– E aí o quê?

– Ele foi morto.

– Certo – disse Madvig. – Você quer que eu fique histérico por causa disso?

Ned Beaumont pôs as costas eretas na cadeira onde estava sentado e perguntou:

– Devo chamar a polícia?

Madvig levantou um pouco as sobrancelhas.

– Eles não sabem?

Ned Beaumont olhou bem firme para o louro. Respondeu:

– Não tinha ninguém por perto quando eu o vi. Primeiro eu queria falar com você, antes de fazer qualquer coisa. Será que é correto da minha parte dizer que eu o encontrei?

As sobrancelhas de Madvig baixaram.

– Por que não? – perguntou em tom inexpressivo.

Ned Beaumont levantou-se, deu dois passos na direção do telefone, parou e encarou de novo o louro. Falou com uma ênfase vagarosa:

– O chapéu dele não estava lá.

– Agora ele não vai mais precisar de chapéu. – Madvig fez cara feia e disse: – Você é um tremendo tolo, Ned.

Ned Beaumont disse:

– Um de nós é. – E seguiu até o telefone.

## V

**ASSASSINADO TAYLOR HENRY**
CORPO DO FILHO DO SENADOR
ENCONTRADO NA RUA CHINA

Supostamente vítima de um assalto, Taylor Henry, 26 anos, filho do senador Ralph Bancroft Henry, foi encontrado morto na rua China perto da esquina com a avenida Pamela poucos minutos depois das dez horas na noite passada. O investigador William J. Hoops declarou que a morte do jovem Henry se deveu a uma fratura do crânio e concussão cerebral causadas pelo choque da parte de trás da cabeça contra a beirada do meio-fio depois de ser derrubado por um golpe de cassetete ou de algum outro instrumento contundente na testa.

O corpo, acredita-se, foi encontrado primeiro por Ned Beaumont, avenida Randall, 914, que foi ao Clube Cabana de Madeira, a dois quarteirões dali, para telefonar para a polícia; mas antes que ele conseguisse contato com a Central de Polícia, o corpo foi encontrado pelo patrulheiro Michael Smitt, que comunicou a ocorrência.

O chefe de Polícia Frederick M. Rainey imediatamente ordenou que fossem detidos todos os tipos suspeitos na cidade e declarou que não deixaria pedra sobre pedra em seu esforço para prender o assassino ou os assassinos sem demora.

Familiares de Taylor Henry declararam que ele saíra de casa, na rua Charles, por volta das nove e meia para...

Ned Beaumont pôs o jornal de lado, engoliu o café que restava na xícara, apoiou a xícara e o pires sobre a mesa ao lado da cama e recostou-se nos travesseiros. Tinha o rosto cansado e sem cor. Puxou o cobertor até o pescoço, cruzou as mãos atrás da cabeça e fitou com olhos descontentes a água-forte que pendia na parede entre as janelas do quarto.

Por meia hora ficou ali deitado, só mexia as pálpebras. Depois pegou o jornal e releu a notícia. Enquanto lia, a insatisfação espalhou-se dos olhos para todo o rosto. Pôs o jornal de lado outra vez, saiu da cama, lentamente, com ar cansado, envolveu seu corpo magro, vestido num pijama branco, num quimono marrom e preto de tamanho pequeno, enfiou os pés em chinelos marrons e, tossindo um pouco, entrou na sala.

Era uma sala ampla, ao estilo antigo, de teto alto e janela grande, com um tremendo espelho acima da lareira e muito veludo vermelho na mobília. Pegou um charuto numa caixa sobre a mesa e sentou-se numa poltrona larga e vermelha. Seus pés repousaram num paralelogramo formado pelo último sol da manhã e a fumaça que ele soprou pela boca repentinamente se tornou muito encorpada ao fluir para a luz do sol. Agora ele tinha o rosto franzido, e roía a unha de um dedo quando o charuto não estava na boca.

Bateram na porta. Aprumou-se na poltrona, alerta e de olho vivo.

– Entre.

Um garçom de jaleco branco entrou.

Ned Beaumont disse:

– Ah, tudo bem – disse, num tom de decepção, e relaxou de novo no veludo vermelho da poltrona.

O garçom avançou rumo ao quarto de dormir, voltou de lá com uma bandeja de pratos e foi embora. Ned Beaumont jogou na lareira o que restava do charuto e entrou no banheiro. Depois de fazer a barba e trocar de roupa, seu rosto perdeu o tom amarelado, não tinha mais aquele ar de cansaço.

## VI

Ainda faltava bastante para o meio-dia quando Ned Beaumont deixou seus aposentos e andou oito quarteirões até um edifício residencial cinzento e desbotado na rua Link. Apertou um botão na portaria, entrou no prédio quando a fechadura do portão estalou, e subiu ao sexto andar num pequeno elevador automático.

Apertou o botão da campainha no alizar da porta de número 611. A porta foi imediatamente aberta por uma garota minúscula que podia muito bem ter saído da adolescência poucos meses antes. Tinha olhos escuros e zangados, um rosto branco, menos em volta dos olhos, e zangado. Falou:

– Ah, oi – e com um sorriso e um gesto da mão vagamente apaziguador se desculpou pelo ar zangado. Sua voz tinha uma finura metálica. Vestia um casaco de pele marrom, mas não usava chapéu. O cabelo curto – quase preto – pendia liso e brilhante feito esmalte sobre a cabeça redonda. As pedras engastadas em ouro pingentes nos lóbulos de suas orelhas eram de cornalina. Andou para trás, abrindo a porta.

Ned Beaumont foi logo entrando e perguntou:

– Bernie ainda não veio?

A raiva acendeu no rosto dela outra vez. Falou, com voz esganiçada:

– O sacana desgraçado!

Ned Beaumont fechou a porta às suas costas, sem se virar.

A garota chegou perto dele, agarrou seus braços logo acima dos cotovelos e tentou sacudi-lo.

– Sabe o que eu fiz por aquele palhaço? – perguntou. – Deixei para trás a melhor casa que uma garota podia ter e um pai e uma mãe que achavam que eu era o Jesus Cristo de saias. Eles me avisaram que ele não prestava. Todo mundo me disse a mesma coisa e todo mundo tinha razão, mas eu era burra demais para entender. Pois bem, agora eu quero dizer para você que o... – O resto foi só obscenidade da grossa.

Ned Beaumont, imóvel, escutava com ar sério. Seus olhos agora não eram mais um poço de água cristalina. Quando a falta de ar interrompeu por um instante as palavras da garota, ele perguntou:

– O que foi que ele fez?

– O que ele fez? Ele me passou a perna, o... – O resto da frase foi só obscenidade.

Ned Beaumont retraiu-se. O sorriso que forçava nos lábios estava desbotado. Perguntou:

– Será que ele não deixou alguma coisa para mim?

A garota fechou bem os dentes e empurrou a cara bem perto do rosto dele. Os olhos dela se abriram muito.

– Ele deve alguma coisa para você?

– Eu ganhei... – Ele tossiu. – Acho que eu ganhei três mil duzentos e cinquenta mangos na quarta corrida de ontem.

A garota largou os braços dele e riu com desdém.

– Boa sorte. Olhe aqui. – Ela estendeu as mãos. Havia um anel de cornalina no dedo mindinho da mão esquerda. Ela ergueu as mãos e tocou nos brincos de cornalina. – Isto foi a única porcaria que ele deixou de todas as minhas joias, e não teria me deixado nem isso se eu não estivesse usando.

Ned Beaumont perguntou, numa voz esquisita e fria:

– Quando foi que isso aconteceu?

– Noite passada, e eu só fui descobrir hoje de manhã, mas não fique achando que eu vou ficar aqui me lamentando feito uma babaca e dizendo a Deus que era melhor que ele nunca tivesse me conhecido. – Meteu a mão no vestido e tirou-a de lá com o punho fechado. Ergueu o punho bem perto do rosto de Ned Beaumont e abriu a mão. Havia ali três pedacinhos amassados de papel. Quando ele quis pegá-los, a garota fechou de novo os dedos por cima dos papeizinhos, recuou um passo e puxou a mão para trás.

Ele remexeu com impaciência os cantos da boca e deixou a mão pender ao lado do corpo.

Ela disse, agitada:

– Você viu no jornal da manhã a notícia sobre Taylor Henry?

A resposta de Ned Beaumont, "Sim", foi muito serena, mas o seu peito se mexia para a frente e para trás numa respiração acelerada.

– Sabe o que são esses papéis? – Ela mostrou de novo três pedacinhos amassados de papel na mão aberta.

Ned Beaumont balançou a cabeça. Seus olhos estavam contraídos, cintilantes.

– São notas promissórias de Taylor Henry – disse ela, com ar de triunfo. – Valem mil e duzentos dólares.

Ned Beaumont quis falar alguma coisa, pensou melhor, e quando falou sua voz soou sem vida:

– Não valem um centavo agora que ele está morto.

A garota enfiou os papeizinhos no vestido outra vez e chegou perto de Ned Beaumont.

– Escute – falou. – Eles nunca valeram um centavo e é por isso que ele está morto.

– Isso é um palpite?

– Pode chamar do jeito que você quiser, dane-se – retrucou ela. – Mas ouça bem o que vou dizer: Bernie telefonou para o Taylor na sexta-feira e disse que só daria três dias de prazo para ele acertar as contas.

Ned Beaumont cofiou uma ponta do bigode com a unha do polegar.

– Você não está maluca, não é? – perguntou, cauteloso.

Ela fez uma cara zangada.

– É claro que estou maluca – respondeu. – Estou maluca o suficiente para levar isto aqui à polícia e é isso mesmo o que vou fazer. Mas se você acha que nada disso aconteceu de verdade, então você não passa de um grande palerma.

Ele ainda se mostrou em dúvida.

– Onde encontrou isso?

– No cofre. – Fez um meneio com a cabeça reluzente na direção da parte mais interna do apartamento.

Ele perguntou:

— A que horas ele sumiu ontem à noite?

— Sei lá. Cheguei em casa nove e meia e fiquei aqui esperando por ele a noite inteira. Só de manhã comecei a desconfiar de alguma coisa, dei uma olhada e vi que ele tinha limpado todo o dinheiro que tinha na casa, até o último centavo, e também todas as minhas joias que eu não estava usando.

Ned Beaumont esfregou o bigode com a unha do polegar outra vez e perguntou:

— Para onde acha que ele foi?

A garota bateu com o pé no chão e, brandindo os dois punhos no ar, para cima e para baixo, começou a xingar o sumido Bernie outra vez, com uma voz esganiçada e enfurecida.

Ned Beaumont disse:

— Pare com isso. — Segurou os pulsos da garota e os manteve parados. Falou: — Se você não vai fazer mais nada a não ser ficar berrando, me dê aquelas promissórias que eu faço alguma coisa com elas.

Ela soltou os pulsos das mãos dele com um safanão e gritou:

— Não vou dar nada para você. Vou entregar para a polícia e para mais ninguém.

— Muito bem, faça isso então. Para onde acha que ele foi, Lee?

Lee respondeu em tom amargo que não sabia para onde ele tinha ido, mas sabia para onde gostaria que ele fosse.

Ned Beaumont falou, aborrecido:

— Aí é que está o problema. Piadas engraçadinhas desse tipo não vão levar a gente a lugar nenhum. Acha que ele voltou para Nova York?

— Como é que vou saber? — Os olhos dela ficaram cautelosos de repente.

A irritação fez surgir manchas nas bochechas de Ned Beaumont.

– O que você está aprontando agora? – perguntou, desconfiado.

O rosto dela era uma máscara inocente.

– Nada. O que você quer dizer?

Ele se inclinou na direção da garota. Falou com bastante seriedade, balançando a cabeça devagar de um lado para o outro, com as palavras:

– Nem pense em não entregar isso aí para a polícia, Lee, porque você vai entregar.

Ela disse:

– É claro que eu vou.

## VII

Na drogaria que ocupava uma parte do térreo do edifício, Ned Beaumont usou um telefone. Ligou para o número da Delegacia de Polícia, chamou o tenente Doolan e disse:

– Alô. Tenente Doolan?... Estou falando em nome da senhorita Lee Wilshire. Ela está no apartamento de Bernie Despain na rua Link 1666. Parece que ele sumiu de uma hora para outra, na noite passada, e só deixou para trás umas notas promissórias de Taylor Henry... Pois é, e ela diz que ouviu o Bernie ameaçar o Taylor alguns dias atrás... Sim, ela quer falar com o senhor o mais depressa possível... Não, é melhor o senhor vir aqui ou mandar alguém o mais rápido que puder... Sei... Isso não faz a menor diferença. O senhor não me conhece. Estou só falando em nome dela porque ela não queria telefonar do apartamento dele... – Ficou escutando mais um pouco, depois, sem falar mais nada, pôs o fone no gancho e saiu da drogaria.

## VIII

Ned Beaumont foi a uma elegante casa de tijolos numa vila de elegantes casas de tijolos na parte alta da rua Thames. Depois que ele tocou a campainha, a porta foi aberta por uma jovem negra que sorriu com toda a sua cara morena e disse:

– Como vai, senhor Beaumont? – e fez do gesto de abrir a porta um convite sincero.

Ned Beaumont disse:

– Oi, June. Tem alguém em casa?

– Sim, senhor, ainda estão na mesa de jantar.

Ele andou até a sala de jantar onde Paul Madvig e sua mãe estavam sentados frente a frente, numa mesa com toalha vermelha e branca. Havia uma terceira cadeira à mesa, mas não estava ocupada, e o prato e os talheres diante dela não tinham sido usados.

A mãe de Paul Madvig era uma mulher alta e descarnada, cujo cabelo louro desbotara em vez de ficar branco, aos setenta anos de idade. Os olhos eram azuis, claros e jovens como os do filho – até mais jovens que os do filho quando ela ergueu os olhos para Ned Beaumont na hora em que ele entrou na sala. Ela aprofundou os vincos da testa, no entanto, e disse:

– Então aí está você, afinal. É um mau menino para abandonar uma mulher idosa desse jeito.

Ned Beaumont sorriu para ela com ar atrevido e disse:

– Ah, mãe, agora já sou crescido e tenho que cuidar do meu trabalho. – Acenou com a mão para Madvig. – Oi, Paul.

Madvig disse:

– Sente-se que a June vai raspar alguma coisa das panelas para você comer.

Ned Beaumont estava se curvando para beijar a mão mirrada que a sra. Madvig estendera para ele. Ela a puxou bruscamente e o repreendeu:

– Onde foi que aprendeu esses truques?

– Eu lhe disse que agora já estou ficando um menino crescido. – Voltou-se para Madvig. – Obrigado, mas tomei o café da manhã faz só alguns minutos. – Olhou para a cadeira vazia. – Onde está Opal?

A sra. Madvig respondeu:

– Está deitada. Não se sente bem.

Ned Beaumont fez que sim com a cabeça, esperou um instante e perguntou, em tom educado:

– Algo sério? – Olhava para Madvig.

Madvig balançou a cabeça.

– Uma dor de cabeça ou coisa que o valha. Acho que a menina anda dançando demais.

A sra. Madvig falou:

– Francamente, que belo pai você é se não sabe quando a filha tem dores de cabeça.

A pele franziu em volta dos olhos de Madvig.

– Escute, mãe, não seja inconveniente – disse ele, e virou-se para Beaumont. – Qual é a novidade?

Ned Beaumont passou por trás da sra. Madvig rumo à cadeira vazia. Sentou-se e disse:

– Bernie Despain fugiu da cidade na noite passada e levou o prêmio que ganhei com a vitória de Peggy O'Toole.

O louro arregalou os olhos.

Ned Beaumont disse:

– Deixou para trás mil e duzentos dólares em promissórias de Taylor Henry.

Os olhos do louro se contraíram de repente.

Ned Beaumont falou:

– Lee diz que ele telefonou para Taylor na sexta-feira e lhe deu três dias para acertar as contas.

Madvig tocou no queixo com as costas da mão.

– Quem é Lee?

– A namorada do Bernie.

– Ah. – E aí, como Ned Beaumont não falou mais nada, Madvig perguntou: – O que foi que ele disse que ia fazer se o Taylor não acertasse a dívida?

– Eu não ouvi. – Ned Beaumont pôs o antebraço sobre a mesa e apoiou-se nele, voltado para o louro. – Escute, me nomeie investigador ou algo assim, Paul.

– Pelo amor de Deus! – exclamou Madvig, piscando os olhos. – Para que quer uma coisa dessas?

– Vai facilitar as coisas para mim. Vou atrás desse cara, e ter uma sirene no teto do carro vai impedir que eu fique preso num engarrafamento.

Madvig olhou com olhos preocupados para o homem mais jovem que ele.

– O que foi que deixou você tão chateado? – perguntou devagar.

– Três mil duzentos e cinquenta dólares.

– Tudo bem – disse Madvig, ainda devagar –, mas alguma coisa estava irritando você na noite passada, antes de saber que tinha levado uma rasteira.

Ned Beaumont mexeu o braço num gesto de impaciência.

– E você acha que vou andar por aí tropeçando em cadáveres sem nem piscar os olhos? – perguntou. – Mas esqueça. Isso não interessa, agora. O que interessa é o seguinte: tenho de pegar esse cara. Tenho de pegar. – O rosto estava pálido, endurecido, e sua voz era desesperadamente sincera. – Escute, Paul: não é só o dinheiro, se bem que três mil duzentos e cinquenta sejam um bocado de grana, mas seria a mesma coisa se fossem só cinco mangos. Eu fiquei dois meses sem ganhar nenhuma aposta e isso me deixou arrasado. Para que é que eu presto, se a minha sorte foi embora? Então eu dou uma dentro, ou acho que dou uma dentro, e aí fico de novo numa boa. Posso tirar o meu rabo do meio das pernas e sentir que sou gente outra vez e não só um lixo que os outros chutam para lá e para cá. O dinheiro é importante, sim, mas não é o xis da questão. A questão é o que acontece comigo com essa história de ficar o tempo todo perdendo e perdendo e perdendo. Será que você consegue entender? Esse negócio está acabando comigo. E então, quando eu acho que mandei para o inferno a onda de má sorte, vem esse cara e me passa a perna desse jeito. Eu não consigo engolir. Se eu engolir uma coisa dessas é que estou mesmo acabado, não tenho mais entranhas. Eu não vou engolir isso. Vou sair atrás dele. Não quero nem saber, mas você pode facilitar muito as coisas, me dando uma força.

Madvig estendeu para a frente a mão grande e aberta e empurrou com rudeza a cara tensa de Ned Beaumont.

– Ah, diabo, Ned! – exclamou. – É claro que vou dar uma força. A questão é só que não gosto que você misture as coisas, mas, que diabo! Se é assim, acho que o melhor seria nomear você investigador especial no gabinete do promotor público. Desse jeito você ficaria sob as ordens de Farr e ele não é de ficar metendo o bedelho.

A sra. Madvig levantou-se com um prato em cada uma das mãos ossudas.

– Se eu não tivesse como regra nunca me imiscuir nos assuntos dos homens – disse ela, em tom severo –, certamente teria algo a dizer para vocês dois, que andam agora às voltas com só Deus sabe que tipo de trapalhada, que vai deixar vocês em só Deus sabe que tipo de encrenca.

Ned Beaumont sorriu meio forçado até ela sair da sala com os pratos. Em seguida, parou de sorrir e disse:

– Dá para você ajeitar as coisas agora mesmo, para que de tarde tudo já esteja pronto?

– Claro – concordou Madvig, levantando-se. – Vou ligar para o Farr. E se tiver mais alguma coisa que eu puder fazer, já sabe.

Ned Beaumont disse:

– Claro – e Madvig saiu.

A morena June entrou e começou a tirar a mesa.

– Você acha que a senhorita Opal está dormindo agora? – perguntou Ned Beaumont.

– Não, senhor. Acabei de levar um chá com torradas para ela lá em cima.

– Vá lá depressa e pergunte se posso falar com ela um instante.

– Sim, senhor. Pode deixar.

Depois que a negra saiu, Ned Beaumont levantou-se da mesa e começou a andar pela sala, de um lado para o outro. Manchas vermelhas deixavam quentes as suas bochechas magras, logo abaixo das maçãs do rosto. Parou de andar quando Madvig entrou.

– Beleza – disse Madvig. – Se o Farr não estiver lá, fale com Barbero. Ele vai acertar as coisas com você e você não vai precisar contar nada para ele.

Ned Beaumont disse:

– Obrigado – e olhou para a garota morena na porta. Ela disse:

– Opal disse para o senhor subir agora mesmo.

## IX

O quarto de Opal Madvig era azul, na sua maior parte. Com um roupão azul e prateado, estava recostada em travesseiros sobre a cama quando Ned Beaumont entrou. Tinha olhos azuis, como o pai e a avó, corpo comprido como eles e de traços firmes, com a pele rosa e bonita ainda infantil em sua textura. Os olhos agora estavam avermelhados.

Largou um pedaço de torrada na bandeja sobre o colo, estendeu a mão na direção de Ned Beaumont, mostrou-lhe os dentes fortes e brancos num sorriso e disse:

– Oi, Ned. – Sua voz não estava firme.

Ele não segurou a mão dela. Tocou de leve nas costas da mão de Opal e disse:

– Oi, gatinha – e sentou-se no pé da cama. Cruzou as pernas compridas e pegou um charuto no bolso. – Fumar piora a dor de cabeça?

– Ah, não – respondeu.

Ele fez que sim com a cabeça, como que para si mesmo, pôs o charuto de volta no bolso e desfez o ar descontraído. Virou-se sobre a cama a fim de olhar para ela mais de frente. Seus olhos estavam úmidos de compaixão. A voz era rouca.

– Eu sei, menina, é duro.

Ela o fitou com olhos de criança.

– Não, na verdade, o pior da dor de cabeça já passou, e nem foi tão horrível assim. – A voz de Opal já não estava insegura.

Ele sorriu para ela com os lábios contraídos e perguntou:

– Quer dizer que agora eu estou fora do páreo?

Ela franziu um pouco a pele entre as sobrancelhas.

– Não sei do que está falando, Ned.

Com a boca e os olhos duros, ele retrucou:

– Estou falando do Taylor.

Embora a bandeja tenha se mexido um pouco sobre os joelhos de Opal, nada se alterou no seu rosto. Falou:

– Sim, mas... sabe... faz meses que eu não o vejo, desde que o papai...

Ned Beaumont levantou-se bruscamente.

– Tudo bem – falou por cima do ombro, enquanto andava na direção da porta.

A garota na cama não falou nada.

Ele saiu do quarto e desceu a escada.

Paul Madvig, vestindo o paletó no vestíbulo do térreo, disse:

— Tenho de dar um pulo no escritório para cuidar daqueles contratos do esgoto. Posso encontrar você no escritório do Farr, se quiser.

Ned Beaumont disse "está certo" na hora em que a voz de Opal chegou até eles, vindo lá de cima:

— Ned, ei, Ned!

— Já vou – respondeu ele, e depois para Madvig: – Não espere por mim, se estiver com pressa.

Madvig olhou para o relógio de pulso.

— Tenho que me mandar. Vejo você no Clube hoje à noite?

Ned Beaumont disse:

— Ahn-ahn – e subiu a escada de novo.

Opal tinha empurrado a bandeja para o pé da cama. Falou:

— Feche a porta. – Depois que ele fechou a porta, ela se mexeu na cama a fim de abrir um espaço para ele sentar ao seu lado. Em seguida, perguntou: – O que fez você agir desse jeito?

— Você não devia mentir para mim – disse ele, em tom grave, enquanto sentava.

— Mas Ned! – Seus olhos azuis tentaram sondar os olhos castanhos dele.

Ned Beaumont perguntou:

— Há quanto tempo não vê o Taylor?

— Você quer dizer, falar com ele? – O rosto e a voz eram francos. – Já faz semanas e...

Ele se levantou bruscamente.

— Tudo bem – falou por cima do ombro, enquanto andava na direção da porta.

Opal deixou que desse um passo além da porta, antes de chamar:

– Ah, Ned, não torne as coisas tão difíceis para mim.

Ele se virou devagar, tinha o rosto inexpressivo.

– Não somos amigos? – perguntou ela.

– Claro – respondeu ele prontamente, sem entusiasmo –, mas é difícil lembrar disso quando a gente fica mentindo um para o outro.

Ela se virou de lado na cama, a bochecha escorada no travesseiro mais alto, e começou a chorar. Não fazia nenhum barulho. As lágrimas tombavam no travesseiro e formaram ali uma mancha cinzenta.

Ele voltou para a cama, sentou-se de novo ao lado dela, tirou a cabeça do travesseiro e pôs sobre o seu ombro.

Opal ficou ali chorando em silêncio durante alguns minutos. Em seguida, palavras abafadas vieram de onde a sua boca estava apertada contra o paletó de Ned Beaumont:

– Você... você sabia que eu me encontrava com ele?

– Sabia.

Ela sentou de costas eretas, alarmada.

– O papai sabia?

– Acho que não. Não sei.

Opal baixou a cabeça até o ombro dele e assim as suas palavras seguintes ficaram meio abafadas:

– Ah, Ned, eu estive com ele ontem à tarde, a tarde inteira!

Ele estreitou o braço em torno dela, mas não falou nada.

Depois de uma pausa, Opal perguntou:

– Quem... quem você acha que pode ter feito isso com ele?

Ele teve um sobressalto.

Opal levantou a cabeça de repente. Agora, não havia nela o menor traço de fraqueza.

— Você sabe, não é, Ned?

Ele hesitou, molhou os lábios, sussurrou:

— Acho que sei.

— Quem? — perguntou ela, com ardor.

Ele hesitou de novo, desviou os olhos, em seguida lhe fez uma pergunta em tom vagaroso:

— Você promete manter segredo sobre isso até o fim?

— Prometo — respondeu sem demora, mas quando ele ia falar, Opal o deteve agarrando o seu ombro com as duas mãos. — Espere. Não vou prometer, a menos que você me prometa que eles não vão escapar, que vão ser presos e castigados.

— Não posso prometer isso. Ninguém pode.

Opal olhou-o fixamente, mordendo o lábio, em seguida falou:

— Tudo bem, então eu prometo mesmo assim. Quem?

— Alguma vez ele contou para você que devia a um apostador chamado Bernie Despain mais dinheiro do que podia pagar?

— Esse... esse Despain...?

— Eu acho que sim, mas alguma vez ele falou alguma coisa com você sobre uma dívida...?

— Eu sabia que ele andava encrencado. Me contou isso, mas não disse o que era, só disse que ele e o pai tinham brigado por causa de dinheiro e que ele estava... "desesperado", foi o que disse.

— Não falou do Despain?

— Não. O que era? Por que você acha que foi esse Despain que fez isso?

— Despain estava com promissórias de Taylor no valor de mais de mil dólares e não conseguiu que fossem pagas. Saiu da cidade na noite passada, às pressas. A polícia está à procura dele agora. — Baixou a voz, olhou para ela um pouco de lado. – Você faria uma coisa para ajudar a gente a prender e condenar o sujeito?

– Sim. O quê?

– Estou falando de uma coisa um pouco feia. Sabe, vai ser difícil condenar o sujeito, mas, se ele for culpado, você faria uma coisa que pode ser um pouco... bem... um pouco feia, para garantir que ele não vai escapar?

– Qualquer coisa – respondeu.

Ele suspirou e contraiu os lábios.

– O que você quer que eu faça? – perguntou ela, ansiosa.

– Quero que você me consiga um dos chapéus dele.

– O quê?

– Quero um dos chapéus do Taylor – disse Ned Beaumont. Seu rosto ficou vermelho. – Você consegue?

Ela ficou desconcertada.

– Mas para quê, Ned?

– Para garantir que Despain não vai escapar. É só isso o que posso dizer a você agora. Você pode pegar para mim um chapéu dele ou não pode?

– Eu... eu acho que posso, mas eu gostaria que você...

– Em quanto tempo?

– Hoje à tarde, eu acho – disse ela. – Mas eu queria...

Ele a interrompeu outra vez.

– Você não quer saber nada a respeito disso. Quanto menos gente souber melhor, e a mesma coisa vale para a história de você pegar o chapéu. – Pôs o braço em volta dela e puxou-a para si. – Você amava o Taylor de verdade, gatinha, ou era só porque o seu pai...

– Eu o amava de verdade – soluçou. – Tenho certeza... tenho certeza que sim.

## 2. O golpe do chapéu

### I

Ned Beaumont, usando um chapéu que não servia direito na cabeça, seguiu o carregador que levava suas malas pela Estação Central até a saída da rua 42 e ali chamou um táxi marrom. Deu uma gorjeta para o carregador, entrou no táxi, deu para o motorista o nome de um hotel fora da Broadway, perto da rua 40, e recostou-se acendendo um charuto. Mascou mais do que fumou, enquanto o táxi se arrastava no meio do trânsito congestionado pelo movimento dos teatros, na direção da Broadway.

Na avenida Madison, um táxi verde, fazendo a curva com o sinal fechado, veio a toda velocidade de encontro ao táxi marrom de Ned Beaumont, empurrou-o contra um outro carro estacionado no meio-fio e atirou-o sobre a esquina, no meio de um chafariz de cacos de vidro.

Ned Beaumont levantou-se e saiu do carro em meio à multidão que logo se aglomerou. Não estava ferido, explicou ele. Respondeu às perguntas de um guarda. Achou o chapéu que não servia direito nele e o enfiou na cabeça. Transferiu as malas para um outro táxi, indicou o nome do hotel para o segundo motorista e ficou encolhido num canto do banco, rosto branco e trêmulo, enquanto durou a corrida.

Quando se registrou no balcão do hotel, pediu a correspondência e lhe deram dois recados deixados por telefone e dois envelopes lacrados, sem carimbo do correio.

Pediu ao mensageiro que o conduziu até o quarto uma garrafa de uísque de centeio. Quando o mensageiro se foi, ele girou a chave na porta e leu os recados de telefone. Os dois eram datados daquele mesmo dia, um das quatro e cinquenta da tarde e o outro das oito e cinco da noite. Olhou para o relógio de pulso. Eram oito e quarenta e cinco.

O recado que chegara mais cedo dizia: "No Gárgula". O outro dizia: "No Tom e Jerry. Telefono depois". Os dois estavam assinados: "Jack".

Abriu um dos envelopes. Continha duas folhas de papel cobertas por letras manuscritas brutas e masculinas, com data do dia anterior.

> Ela está hospedada no Matin, quarto 1211, registrada com o nome de Eileen Dale, Chicago. Deu uns telefonemas da estação e entrou em contato com um homem e com uma garota que moram na rua 30 Leste. Foram a uma porção de lugares, sobretudo bares onde se vende bebida clandestina, na certa está querendo dar um golpe nele, mas não parece estar com sorte. Meu quarto é o 734. Homem e mulher chamados Brook.

A folha de papel do outro envelope, coberta com a mesma caligrafia, era datada daquele mesmo dia.

> Vi Deward esta manhã, mas ele diz que não sabia que Bernie estava na cidade. Ligo mais tarde.

As duas mensagens estavam assinadas: "Jack".

Ned Beaumont se lavou, vestiu uma roupa de linho limpa tirada da mala e estava acendendo um charuto quando o mensageiro do hotel lhe trouxe a garrafa de uísque. Pagou ao garoto, apanhou um copo de vidro no banheiro e puxou uma cadeira até a janela do quarto. Sentou-se ali, fumando, bebendo e olhando para baixo, para o outro lado da rua, até a campainha do telefone tocar.

– Alô – disse no telefone. – Sim, Jack... Agora mesmo... Onde?... Claro... Claro, já estou indo.

Tomou mais uma dose de uísque, pôs na cabeça o chapéu que não servia direito nele, pegou o sobretudo que tinha jogado nas costas da cadeira, vestiu, apalpou um dos bolsos, apagou as luzes e saiu.

Passavam dez minutos das nove horas.

## II

Depois de atravessar as portas duplas de vaivém iluminadas pelo letreiro elétrico que dizia Tom e Jerry, na frente de um prédio que se avistava da Broadway, Ned Beaumont passou por um corredor estreito. Uma porta de vaivém simples na parede esquerda do corredor o levou a um restaurante pequeno.

Um homem numa mesa de canto se levantou e ergueu o dedo indicador para ele. O homem era de estatura mediana, jovem e elegante, com uma cara morena, lisa e de muito bom aspecto.

Ned Beaumont foi até ele.

– Oi, Jack – disse, quando apertaram as mãos.

– Estão lá em cima, a garota e os Brook – disse Jack. – Você pode ficar aqui sentado, de costas para a escada. Daqui dá para ver se eles saem, ou se ele entra, e tem gente bastante no meio do caminho para que ele não perceba você.

Ned Beaumont sentou-se à mesa com Jack.

– Estão esperando por ele?

Jack mexeu os ombros.

– Não sei, mas estão armando alguma coisa para retardar os planos dele. Quer comer? Não pode beber nada aqui embaixo.

Ned Beaumont disse:

– Quero um drinque. Não dá para a gente arranjar um lugar lá em cima, onde eles não vejam a gente?

– É uma espeluncazinha meio pequena – protestou Jack. – Tem umas cabines lá em cima onde a gente pode ficar escondido deles, mas se ele chegar é provável que nos veja.

– Vamos arriscar. Quero tomar um drinque e posso muito bem falar com ele aqui mesmo de uma vez, se ele aparecer.

Jack olhou com ar curioso para Ned Beaumont, depois virou os olhos para o lado e disse:

– Você manda. Vou ver se tem uma cabine vaga. – Hesitou, mexeu os ombros de novo e se afastou da mesa.

Ned Beaumont virou-se na cadeira para ver o jovem elegante voltar para a escada e subir. Ficou olhando o pé da escada até o jovem descer de novo. Do segundo degrau, Jack acenou. Disse, quando Ned Beaumont se aproximou:

– A melhor cabine está vaga e dá de costas para este lado, assim você pode dar uma espiada nos Brook quando for para lá.

Foram para o primeiro andar. As cabines – mesas e bancos dispostos entre pequenas paredes de madeira que chegavam à altura do peito – ficavam à direita da escada. Tiveram de virar e olhar num arco aberto até o bar para avistar a sala de jantar.

Os olhos de Ned Beaumont focalizaram as costas de Lee Wilshire no seu vestido amarelo-ouro sem mangas e de chapéu marrom. O casaco de pele marrom pendia nas costas da cadeira. Ele olhou para os acompanhantes dela. À esquerda estava um homem pálido, de nariz de gavião e queixo grande, um animal predador de uns quarenta anos. De frente para ela, estava uma garota de cara carnuda e mole, cabelo vermelho, olhos muito afastados um do outro. A garota ria.

Ned Beaumont seguiu Jack até a cabine. Sentaram-se com a mesa entre ambos. Ned Beaumont sentou-se de costas para a sala de jantar, perto da ponta do banco, para tirar o máximo de vantagem da pequena parede de madeira. Tirou o chapéu, mas não o sobretudo.

Veio um garçom. Ned Beaumont disse:

– Uísque de centeio.

Jack disse:

– Gim com limonada.

Jack abriu um maço de cigarros, pegou um e, olhando para o cigarro, disse:

– Você é quem manda, e eu estou aqui trabalhando para você, mas aqui não é o melhor lugar do mundo para ir em cima dele se o sujeito tiver amigos por aqui.

– E ele tem?

Jack pôs o cigarro no canto da boca e assim ele se mexeu feito uma batuta com as suas palavras:

– Se estão esperando por ele aqui, deve ser um dos lugares onde ele faz ponto.

O garçom trouxe os drinques. Ned Beaumont secou o copo de uma só vez e reclamou:

– Não tem gosto de nada.

– É, verdade – disse Jack e tomou um golinho do seu copo. Acendeu a ponta do cigarro e tomou mais um golinho.

– Bom – disse Ned Beaumont. – Assim que ele der as caras, vou partir para cima dele.

– Muito bem – o rosto bonito e moreno de Jack estava inescrutável. – O que é que eu faço?

Ned Beaumont respondeu:

– Deixe por minha conta – e chamou o garçom.

Pediu um uísque duplo escocês, Jack pediu mais um gim com limonada. Ned Beaumont esvaziou o copo assim que o trouxeram. Jack deixou que levassem seu primeiro drinque, embora só tivesse tomado metade, e bebericou o segundo. Logo em seguida, Ned Beaumont pediu mais um uísque duplo, e mais outro, enquanto Jack não teve tempo de terminar nenhum dos seus drinques.

Então Bernie Despain chegou pela escada.

Jack, que vigiava o topo da escada, viu o apostador aparecer e chutou de leve o pé de Ned Beaumont por baixo da mesa. Erguendo os olhos do copo vazio, Ned Beaumont de repente ficou rígido e com frieza no olhar. Pôs as mãos espalmadas sobre a mesa e levantou-se. Saiu da cabine e encarou Despain. Falou:

– Quero o meu dinheiro, Bernie.

O homem que havia subido a escada atrás de Despain deu a volta por trás dele e acertou o punho esquerdo com muita força no corpo de Ned Beaumont. Não era um homem alto, mas tinha ombros sólidos e os punhos eram globos grandes.

Ned Beaumont foi jogado para trás contra a divisória de uma cabine. Inclinou-se para a frente e seus joelhos baquearam, mas ele não caiu. Ficou ali se segurando por um momento. Tinha os olhos opacos e a pele havia tomado uma coloração esverdeada. Falou algo que ninguém conseguiu entender e caminhou para o topo da escada.

Desceu a escada, trôpego, pálido e sem chapéu. Atravessou a sala de jantar a caminho da rua, chegou ao meio-fio e ali vomitou. Depois de vomitar, andou até um táxi que estava parado a alguns passos de distância, entrou no carro e deu para o motorista um endereço em Greenwich Village.

## III

Ned Beaumont saiu do táxi na frente de uma casa cuja porta do porão, embaixo de uma escada de pó de pedra, deixava a luz e o barulho escaparem para uma rua escura. Atravessou a porta do porão rumo a uma sala estreita onde dois garçons de jaleco branco serviam um punhado de homens e mulheres num balcão de seis metros, enquanto outros dois garçons se moviam entre as mesas onde mais pessoas estavam sentadas.

O garçom careca do balcão disse:

– Meu Deus, é o Ned! – Serviu a mistura cor-de-rosa que estava sacudindo numa coqueteleira e estendeu a mão molhada por cima do balcão.

Ned Beaumont disse:

– Oi, Mack – e apertou a mão molhada.

Um dos garçons veio apertar a mão de Ned Beaumont e depois um italiano corpulento e avermelhado a quem Ned Beaumont chamava de Tony. Quando os cumprimentos acabaram, Ned Beaumont disse que queria comprar um drinque.

– Nada disso, nem pensar – disse Tony. Voltou-se para o balcão e bateu nele algumas vezes com um copo de coquetel vazio. – Este cara não pode pagar nem por um copo de água aqui esta noite – disse, quando o garçom do balcão lhe deu atenção. – O que ele quiser tomar, é por conta da casa.

Ned Beaumont disse:

– Para mim, tudo bem, contanto que eu beba o meu drinque. Um uísque escocês duplo.

Duas garotas numa mesa na outra ponta da sala se levantaram e chamaram, juntas:

– Oi, Ned!

Ele falou para Tony:

– Volto num minuto – e foi para a mesa das garotas. Elas o abraçaram, fizeram perguntas, apresentaram-no aos homens que estavam com elas e abriram um lugar para ele na mesa.

Ele sentou e respondeu às perguntas, disse que havia voltado para Nova York só para uma visita curta, não era para ficar, e que o uísque duplo era dele.

Pouco antes das três horas, levantaram-se da mesa, saíram do bar de Tony e foram para um outro, exatamente igual, a três quarteirões dali, onde sentaram a uma mesa que mal se podia distinguir da primeira e beberam o mesmo tipo de bebida alcoólica que estavam bebendo antes.

Um dos homens foi embora às três e meia. Não deu até logo para os outros, nem os outros lhe deram até logo. Dez minutos depois, Ned Beaumont, o outro homem e as duas garotas saíram. Entraram num táxi na esquina e foram para um hotel perto da Washington Square, onde um homem e uma garota desceram.

A garota que sobrou levou Ned Beaumont, que a chamava de Fedink, para um apartamento na rua 73. O apartamento estava muito quente. Quando ela abriu a porta, o ar quente saiu de encontro a eles. Quando ela já havia avançado três passos na direção da sala, soltou um suspiro e caiu no chão.

Ned Beaumont fechou a porta e tentou acordá-la, mas a garota não acordava. Carregou e arrastou a mulher com dificuldade para o quarto vizinho e deitou-a num sofá-cama forrado com algodão estampado. Tirou uma parte das roupas da mulher, achou uns cobertores para jogar por cima do corpo e abriu uma janela. Em seguida foi ao banheiro e sentiu-se mal. Depois disso, voltou para a sala, deitou-se no sofá com as roupas que estava usando e pegou no sono.

## IV

Uma campainha de telefone, tocando ao lado da cabeça de Ned Beaumont, o acordou. Ele abriu os olhos, pôs os pés no chão, virou-se de lado e olhou o quarto à sua volta. Quando viu o telefone, fechou os olhos e relaxou.

A campainha continuou a tocar. Ele soltou um resmungo, abriu os olhos de novo e se contorceu até libertar o braço esquerdo, que estava embaixo do seu corpo. Chegou o pulso perto dos olhos e olhou para o relógio, estreitando as pálpebras. O vidro do relógio sumira e os ponteiros tinham parado às onze e quarenta.

Ned Beaumont contorceu-se de novo no sofá, até ficar apoiado no cotovelo esquerdo, com a cabeça segura na mão esquerda. A campainha do telefone ainda tocava. Olhou em volta do quarto com os olhos terrivelmente embotados. As luzes estavam acesas. Pela porta aberta podia ver os pés de Fedink, cobertos por um cobertor, na ponta do sofá-cama.

Resmungou outra vez e sentou-se, correu os dedos pelos cabelos escuros e desgrenhados, apertou as têmporas entre as palmas das mãos. Tinha os lábios secos e com uma crosta marrom. Passou a língua pelos lábios e fez uma cara de nojo. Em seguida, levantou-se, tossindo um pouco, tirou as luvas e o sobretudo, jogou-os no sofá e foi ao banheiro.

Quando saiu, foi até o sofá-cama e olhou para baixo, na direção de Fedink. Ela dormia um sono pesado, a cara virada para baixo, um braço dentro da manga azul dobrado por cima da cabeça. A campainha do telefone tinha parado de tocar. Ele ajeitou a gravata e voltou para a sala.

Três cigarros Murad estavam num maço aberto sobre a mesa, entre duas cadeiras. Pegou um cigarro, murmurou "esnobe", sem humor, achou uma cartela de fósforos, acendeu o cigarro e foi para a cozinha. Espremeu quatro laranjas para fazer suco dentro de uma jarra, e bebeu. Fez duas xícaras de café e bebeu.

Quando saiu da cozinha, Fedink perguntou, com uma voz tristemente apagada:

– Cadê o Ted? – O seu único olho visível estava semiaberto.

Ned Beaumont chegou perto dela.

– Quem é Ted? – perguntou.

– O cara que estava comigo.

– Você estava com alguém? Como é que vou saber?

Ela abriu a boca e, ao fechar, fez um som gutural desagradável.

– Que horas são?

– Também não sei. Já é dia.

Ela esfregou a cara no forro da almofada que estava embaixo da cabeça e disse:

– Um cara muito bacana que por acaso estava comigo, e ontem eu prometi que ia casar com ele, mas aí larguei o sujeito em troca do primeiro vagabundo que apareceu na minha frente e que eu trouxe para casa comigo. – Abriu e fechou a mão que estava por cima da cabeça. – Eu não estou em casa?

– Bom, você tinha a chave pelo menos – respondeu Ned Beaumont. – Quer suco de laranja e café?

– Não quero nada, só quero morrer. Será que você pode ir embora, Ned, e não voltar nunca mais?

– Para mim, vai ser muito difícil – disse ele, mal-humorado. – Mas vou tentar.

Vestiu o sobretudo e as luvas, tirou um boné escuro e pregueado de dentro do bolso do sobretudo, pôs o boné na cabeça e saiu.

## V

Meia hora depois Ned Beaumont estava batendo na porta do quarto 734 do seu hotel. A voz de Jack, sonolenta, logo soou através da porta:

– Quem é?

– Beaumont.

– Ah – sem entusiasmo. – Tudo bem.

Jack abriu a porta e acendeu as luzes. Vestia pijama de bolinhas verdes. Pés descalços. Olhos apagados, cara vermelha, cheia de sono. Bocejou, acenou com a cabeça e voltou para a cama, onde se estirou de costas e ficou olhando para o teto. Em seguida, perguntou, sem grande interesse:

– Como tem passado nesta manhã?

Ned Beaumont tinha fechado a porta. Ficou parado entre a porta e a cama, olhando com ar soturno para o homem na cama. Perguntou:

– O que aconteceu depois que fui embora?

– Não aconteceu nada. – Jack bocejou de novo. – Ou você está querendo saber o que foi que eu fiz? – Não esperou a resposta. – Saí e fiquei plantado do outro lado da rua até eles irem embora. Despain, a garota e o cara que meteu um murro em você saíram. Foram para o edifício Buckman, na rua 48. É onde Despain está escondido, no apartamento 938, com o nome de Barton Dewey. Fiquei lá de olho até muito depois das três horas e depois caí fora. Ainda estavam todos lá dentro, a menos que tenham me tapeado de algum jeito. – Virou a cabeça de leve para um canto do quarto. – O seu chapéu está naquela cadeira ali. Achei que eu pelo menos podia salvar o chapéu para você.

Ned Beaumont foi até a cadeira e pegou o chapéu que não cabia direito na sua cabeça. Enfiou no bolso do sobretudo o boné escuro e pregueado e pôs o chapéu na cabeça.

Jack disse:

– Tem um pouco de gim na mesa, se quiser tomar um gole.

Ned Beaumont respondeu:

– Não, obrigado. Você tem uma arma?

Jack parou de olhar para o teto. Sentou-se na cama, esticou bem os braços, bocejou pela terceira vez e perguntou:

– O que está pensando em fazer?

Sua voz não transmitia nada a não ser uma curiosidade educada.

– Vou falar com o Despain.

Jack levantou os joelhos, cruzou as mãos sobre eles e ficou meio curvado para a frente por um tempo, olhando para o pé da cama. Falou devagar:

– Não acho que seja uma boa ideia, não agora.

– Tenho de fazer isso, e agora – disse Beaumont.

Sua voz fez Jack virar-se para ele. O rosto de Ned Beaumont estava cinza-amarelado e com um aspecto nada saudável. Tinha os olhos turvos, vermelhos nas bordas, e não estavam abertos o bastante para se ver a parte branca. Os lábios estavam secos e um pouco mais grossos que o habitual.

– Ficou acordado a noite inteira? – perguntou Jack.

– Dormi um pouco.

– De porre?

– Pois é, mas e a arma?

Jack tirou as pernas de sob o cobertor e baixou-as no lado da cama.

– Por que não dorme um pouco antes? Depois a gente pode ir, os dois juntos, atrás dele. Agora você não está em condições.

Ned Beaumont disse:

– Eu vou agora.

Jack disse:

– Tudo bem, mas você está errado. Sabe que eles não são crianças e não ficam de brincadeira. Com eles, o negócio é para valer.

– Cadê a arma? – perguntou Beaumont.

Jack levantou e começou a desabotoar o paletó de pijama.

Ned Beaumont disse:

– Me dê a arma e volte para a cama. Vou sozinho.

Jack abotoou o botão que tinha acabado de desabotoar e voltou para a cama.

– A arma está na primeira gaveta da escrivaninha – falou. – Tem munição extra ali também, se quiser. – Virou-se de lado e fechou os olhos.

Ned Beaumont achou a pistola, colocou-a no bolso de trás da calça, disse:

– Vejo você mais tarde – apagou as luzes e saiu.

## VI

O Buckman era um prédio de apartamentos amarelo e quadrado que ocupava a maior parte de um quarteirão. Lá dentro, Ned Beaumont disse que queria falar com o sr. Dewey. Quando perguntaram seu nome, respondeu:

– Ned Beaumont.

Cinco minutos depois ele saía de um elevador e tomava um corredor comprido, rumo a uma porta aberta onde Bernie Despain estava parado.

Despain era um homem pequeno, miúdo e seco, com a cabeça grande demais em relação ao corpo. O tamanho da cabeça era exagerado a ponto de parecer uma deformidade, no cabelo ondulado, comprido, grosso e fofo. Tinha um rosto moreno, feições pronunciadas, exceto os olhos, e rugas fundas na testa e ao lado das narinas, junto à boca. Tinha uma cicatriz levemente avermelhada na bochecha. Seu terno azul estava muito bem passado e ele não usava nenhuma joia.

Ficou parado na porta aberta, sorrindo com ar sarcástico, e disse:

– Bom dia, Ned.

Ned Beaumont disse:

– Quero falar com você, Bernie.

– Achei que era isso. Na hora em que anunciaram seu nome pelo interfone, eu logo disse para mim mesmo: aposto que ele quer falar comigo.

Ned Beaumont não falou nada. Sua cara amarela estava com os lábios tensos.

O sorriso de Despain ficou mais frouxo. Falou:

– Bem, meu rapaz, não precisa ficar parado aí fora. Entre. – Deu um passo para o lado.

A porta abriu para um pequeno vestíbulo. Através de uma outra porta em frente, que estava aberta, dava para ver Lee Wilshire e o homem que tinha dado um murro em Ned Beaumont. Eles haviam parado de fazer duas malas de viagem a fim de olhar para Ned Beaumont.

Ele entrou no vestíbulo.

Despain o seguiu, fechou a porta do corredor e disse:

– O Kid é meio afobado e na hora em que você apareceu e veio para cima de mim daquele jeito, ele pensou que talvez estivesse procurando encrenca, entende? Já dei uma tremenda bronca nele por causa disso e, se você pedir com jeito, talvez ele peça desculpas.

Kid falou algo num sussurro para Lee Wilshire, que olhava fixamente para Ned Beaumont. Ela soltou uma risadinha venenosa e retrucou:

– Pois é, um bom perdedor, esse daí.

Bernie Despain disse:

– Pode entrar, senhor Beaumont, o senhor já conhece a turma, não é?

Ned Beaumont avançou para o quarto onde estavam Kid e Lee Wilshire.

– E a barriga, como está? – perguntou Kid.

Ned Beaumont nada respondeu.

Bernie Despain exclamou:

— Meu Deus! Para um cara que diz que veio aqui para conversar, você está falando menos do que qualquer um que eu já tenha visto.

— Quero conversar com você — disse Ned Beaumont. — A gente tem de ficar com toda essa turma por perto?

— Eu tenho — respondeu Despain. — Você não tem. É fácil se livrar deles, é só sair daqui e ir cuidar da sua vida.

— Tenho coisas para resolver aqui.

— É verdade, tinha uma história sobre um dinheiro. — Despain sorriu para Kid. — Não tinha uma conversa sobre um dinheiro, Kid?

Kid tinha se deslocado a fim de ficar na porta pela qual Ned Beaumont havia entrado.

— Tinha uma história, sim — disse ele, numa voz áspera. — Mas esqueci o que era.

Ned Beaumont tirou o sobretudo e pendurou nas costas de uma poltrona marrom. Sentou na poltrona e colocou o chapéu para trás. Falou:

— Dessa vez não é da minha conta. Eu estou... deixe-me ver. — Tirou um papel do bolso interno do paletó, desdobrou, olhou de relance e disse: — Estou aqui na qualidade de investigador especial do gabinete do promotor público.

Por uma fração de segundo, o brilho nos olhos de Despain ficou embotado, mas ele tinha uma resposta na ponta da língua:

— Mas como você está subindo na vida! Na última vez em que o vi você era só um moleque de recados do Paul.

Ned Beaumont dobrou o papel e enfiou no bolso outra vez.

Despain disse:

— Muito bem, vá em frente, investigue algo para nós... qualquer coisa... só para mostrar para a gente como é que se faz. — Sentou de frente para Ned Beaumont, balançando de leve a cabeça grande demais. – Não vai me dizer que veio de Nova York até aqui só para me interrogar sobre o assassinato do Taylor Henry, vai?

– Sim.

– Isso é muito ruim. Eu podia ter poupado toda essa viagem para você. – Fez um floreio com a mão no ar, na direção das malas de viagem no chão. – Assim que a Lee me contou toda a história, comecei logo a fazer as malas para voltar e esculhambar a armação que vocês inventaram para me incriminar.

Ned Beaumont recostou-se confortavelmente na poltrona. Uma das mãos estava nas costas. Falou:

– Se existe uma armação para incriminar você, quem inventou foi a Lee. Foi dela que a polícia pegou as dicas.

– Sim – disse Lee, com raiva. – Eu tive de falar porque você mandou a polícia ir lá, seu sacana.

Despain disse:

– Ahn-ahn. Lee é uma besta, tudo bem, mas essas dicas não têm a menor importância. Elas...

– Eu sou uma besta, eu? – gritou Lee, indignada. – Não fui eu que viajei até aqui só para prevenir você, depois que você fugiu levando todas as minhas...

– Certo – concordou Despain, com bom humor. – E vir até aqui só serve para mostrar a grande besta que você é, porque trouxe esse cara direto para mim.

– Se é assim que você encara a situação, eu fico contente demais por ter dado à polícia aquelas notas promissórias, e o que é que você acha disso, hein?

Despain disse:

– Vou lhe dizer exatamente o que eu acho depois que a nossa companhia tiver ido embora. – Virou-se para Ned Beaumont. – Que bonito gesto do Paul Madvig, deixar você armar essa arapuca para mim, não é?

Ned Beaumont sorriu.

— Não tem nenhuma armação para incriminar você, Bernie, e você sabe disso. Lee nos deu a dica inicial e o resto que a gente conseguiu casou direitinho.

— Tem mais coisa além do que ela contou?

— Uma porção de coisas.

— O quê?

Ned Beaumont sorriu de novo.

— Tem uma porção de coisas que eu podia dizer para você, Bernie, e que não gostaria de dizer na frente de uma multidão.

Despain disse:

— Bobagem!

Da porta, Kid falou para Despain, com sua voz áspera:

— Vamos dar logo um pontapé na bunda desse babaca e cuidar da nossa vida.

— Espere — disse Despain. Em seguida franziu as sobrancelhas e fez uma pergunta para Ned Beaumont: — Tem um mandado de prisão contra mim?

— Bom, eu não...

— Sim ou não? — O humor sarcástico de Despain tinha desaparecido.

Ned Beaumont falou devagar:

— Não que eu saiba.

Despain levantou-se e empurrou a cadeira para trás.

— Então caia fora daqui agora mesmo, e rapidinho, senão deixo o Kid meter outro murro em você.

Ned Beaumont levantou-se. Pegou o sobretudo. Pegou o boné no bolso do sobretudo e, segurando-o na mão, com o sobretudo no outro braço, disse em tom sério:

— Você vai se arrepender.

Em seguida saiu de um jeito pomposo. A risada rascante do Kid e a vaia estridente de Lee seguiram seus passos para fora.

## VII

Fora do edifício Buckman, Ned Beaumont afastou-se rapidamente pela rua. Seus olhos brilhavam no rosto cansado e o bigode escuro se crispava por cima de um sorriso trêmulo.

Na primeira esquina, deu de cara com Jack. Perguntou:
– O que está fazendo aqui?

Jack respondeu:
– Ainda estou trabalhando para você, até onde eu sei, por isso vim ver se podia achar alguma coisa para fazer

– Beleza. Arranje um táxi para a gente, depressa. Eles estão caindo fora.

Jack disse:
– Ai, ai, ai... – e seguiu rua abaixo.

Ned Beaumont ficou na esquina. A entrada da frente e a entrada lateral do edifício Buckman podiam ser vistas dali.

Pouco depois Jack voltou num táxi. Ned Beaumont entrou e os dois disseram para o motorista onde devia estacionar.

– O que você fez com eles? – perguntou Jack quando estavam parados, à espera.

– Umas coisinhas.
– Ah.

Passaram dez minutos e Jack disse:
– Olhe lá. – E apontou o dedo indicador para um táxi que estava encostando diante da porta do edifício Buckman.

Kid, carregando duas malas de viagem, saiu do edifício antes dos outros, depois, quando ele já estava dentro do táxi, Despain e a garota vieram correndo juntar-se a ele. O táxi partiu.

Jack inclinou-se para a frente e disse ao motorista do táxi o que devia fazer. Partiram no rastro do outro táxi. Rodaram por ruas que reluziam no sol da manhã, seguindo por um trajeto sinuoso até finalmente chegar a uma casa de pó de pedra, na rua 49, Oeste.

O táxi de Despain parou na frente da casa e, mais uma vez, Kid foi o primeiro a ir para a calçada. Olhou para os dois lados da rua. Andou até a porta da frente da casa e abriu a fechadura. Depois voltou para o táxi. Despain e a garota saíram de um pulo e entraram na casa correndo. Kid foi atrás, com as malas.

– Fique aqui com o táxi – disse Ned Beaumont para Jack.

– O que vai fazer?

– Vou arriscar.

Jack balançou a cabeça.

– Este aqui é mais um lugar errado para procurar encrenca – falou.

Ned Beaumont disse:

– Se eu sair de lá com o Despain, você cai fora logo. Pegue outro táxi e volte para vigiar o edifício Buckman. Se eu não sair, use o seu bom senso.

Abriu a porta do táxi e saiu. Estava tremendo. Tinha os olhos brilhantes. Ignorou algo que Jack ainda lhe falou, inclinado para fora do táxi, e atravessou a rua depressa, rumo à casa onde os dois homens e a garota haviam entrado.

Subiu direto a escadinha do alpendre e pôs a mão na maçaneta da porta. A maçaneta girou sob a sua mão. A porta não estava trancada. Ele abriu a porta e, depois de dar uma espiada no vestíbulo meio escuro, entrou.

A porta fechou com força às suas costas e um dos punhos do Kid acertou sua cabeça com um golpe violento que fez seu boné voar longe e jogou-o com força contra a parede. Abaixou um pouco, atordoado, quase apoiando o joelho no chão, e o outro punho do Kid acertou na parede logo acima da sua cabeça.

Ele encolheu os lábios por cima dos dentes e disparou o punho contra a virilha do Kid, um soco curto e seco que fez Kid soltar um rosnado e cair para trás, de modo que Ned Beaumont pôde se recuperar e ficar de pé antes que Kid se levantasse para atacá-lo outra vez.

Um pouco adiante no corredor, Bernie Despain estava encostado na parede, a boca esticada para os lados e fina, os olhos reduzidos a pontos escuros, falando e repetindo sem parar:

– Dê um murro nele, Kid, dê um murro nele...

Lee Wilshire não estava visível.

Os dois socos seguintes do Kid acertaram no peito de Ned Beaumont, esmagando-o de encontro à parede e deixando-o sufocado. O terceiro mirou a sua cara, ele se desviou. Então empurrou Kid para trás com o antebraço contra o seu pescoço e deu um pontapé na barriga. Kid soltou um rugido raivoso e partiu para cima dele com os dois punhos erguidos, mas o antebraço e o pé de Ned Beaumont o afastaram, o que deu tempo para que Ned Beaumont levasse a mão direita ao bolso de trás da calça e sacasse o revólver de Jack. Não teve tempo de levantar o revólver, mas, com a arma num ângulo ainda baixo, puxou o gatilho e conseguiu alvejar a coxa direita do Kid. Ele soltou um berro e tombou no chão do corredor. Ficou ali estirado, olhando para Ned Beaumont com os olhos assustados e injetados de sangue.

Ned Beaumont recuou, afastou-se dele, meteu a mão esquerda no bolso da calça e se voltou para Despain:

– Venha aqui fora comigo. Quero falar com você.

Seu rosto, de repente, ganhou uma determinação sinistra.

Passos se aproximaram correndo, em cima, em algum ponto nos fundos do prédio uma porta abriu e, no corredor, soaram vozes nervosas, mas ninguém apareceu.

Despain ficou olhando fixamente para Ned Beaumont durante um bom tempo, como que dominado por um fascínio terrível. Então, sem uma palavra, ergueu o pé, passou por cima do homem estendido no chão e saiu do prédio na frente de Ned Beaumont. Ned Beaumont enfiou o revólver no bolso do paletó antes de descer a escada que dava para a rua, mas manteve a mão no revólver.

– Até o táxi – disse para Despain e apontou para o carro do qual Jack estava saindo. Quando chegaram ao táxi, disse ao motorista que os levasse para qualquer lugar:
– Fique rodando até eu dizer para onde deve ir.

Estavam em movimento quando Despain conseguiu falar. Disse:
– Isto é um sequestro. Vou dar tudo o que quiser, porque não quero morrer, mas não passa de um sequestro.

Ned Beaumont riu de um jeito desagradável e balançou a cabeça.

– Não esqueça que agora eu subi na vida e virei sei lá o quê no gabinete do promotor público.

– Mas não existe nenhuma acusação contra mim. Não sou procurado. Você disse...

– Eu estava tapeando você, Bernie, tenho meus motivos. Você é procurado sim.

– Por quê?

– Matar Taylor Henry.

– Aquilo? Caramba, pois eu vou lá pôr essa história em pratos limpos. O que vocês têm contra mim? Eu estava com umas promissórias dele, está certo. E fui embora na noite em que foi assassinado, está certo. E eu encostei o cara na parede porque ele não queria me pagar, está certo. No que pode dar essa acusação, se um advogado de primeira classe tomar a minha defesa? Caramba, se eu deixei as promissórias para trás, no meu cofre, por volta das nove e meia... se a gente for seguir a história da Lee... isso não prova justamente que eu não estava querendo cobrar a dívida naquela noite?

– Não, e não é só isso que eu tenho contra você.

– Não pode haver mais nada – retrucou Despain, muito sério.

Ned Beaumont sorriu com ar de escárnio.

– Errado, Bernie. Lembra que eu estava de chapéu quando fui falar com você hoje de manhã?

– Talvez. Acho que estava.

– Lembra que tirei um boné de dentro do bolso do meu paletó e pus na cabeça quando fui embora?

Espanto, medo começaram a penetrar nos olhos pequenos e morenos de Despain.

– Meu Deus! Puxa! Aonde você quer chegar?

– Quero chegar à prova. Lembra que aquele chapéu não cabia direito na minha cabeça?

A voz de Bernie Despain estava rouca.

– Não sei, Ned. Pelo amor de Deus, o que você quer dizer?

– Quero dizer que não cabia direito na minha cabeça porque o chapéu não era meu. Lembra que o chapéu que Taylor estava usando quando foi assassinado não foi encontrado?

– Não sei. Não sei nada sobre ele.

– Bom, estou tentando lhe dizer que o chapéu que estava usando hoje de manhã era o chapéu do Taylor e agora ele está metido entre a almofada do assento e o encosto daquela poltrona marrom no apartamento que você estava usando no edifício Buckman. Você não acha que isso, somado ao resto, vai ser o bastante para pôr você sentadinho na cadeira elétrica?

Despain teria dado um berro de terror se Ned Beaumont não tivesse espalmado a mão em cima da sua boca e se não tivesse grunhido na sua orelha:

– Cale a boca.

O suor correu pelo rosto moreno. Despain pulou em cima de Ned Beaumont, puxando as lapelas do seu paletó com as duas mãos, balbuciando:

– Escute, não faça isso comigo, Ned. Pode tomar até o último centavo que eu devo a você, pode levar até com juros, se não fizer isso comigo. Nunca tive a intenção de roubar você, Ned, juro por Deus. Fui apanhado de surpresa e tratei o assunto como se fosse um empréstimo. Juro por Deus, Ned. Já não tenho muito agora, mas garanto que consigo o dinheiro quando vender as joias de Lee, que vou negociar hoje, e aí dou para você a bolada toda, cada centavo, pode crer. Quanto é que foi, Ned? Vou dar tudo para você daqui a pouco, ainda de manhã.

Ned Beaumont empurrou o moreno para o outro lado do banco do táxi e disse:

– Eram três mil, duzentos e cinquenta dólares.

– Três mil, duzentos e cinquenta dólares. Você vai ter tudo de volta, até o último centavo, hoje mesmo, ainda de manhã. – Despain olhou para o seu relógio. – Sim, senhor, em poucos minutos, assim que a gente chegar lá. O velho Stein já deve estar no seu escritório. É só você dizer que vai me deixar ir embora, Ned, pelos velhos tempos.

Ned Beaumont esfregou as mãos com ar pensativo.

– Não posso exatamente deixar você ir embora. Quero dizer, não neste instante. Tenho de lembrar a minha ligação com o promotor público e que você é procurado para prestar esclarecimentos. Portanto, tudo o que a gente pode discutir agora é a questão do chapéu. Minha sugestão é a seguinte: você me dá o dinheiro e eu trato de pegar o chapéu sem ninguém ver e aí ninguém vai ficar sabendo de nada. Senão eu vou dar um jeito de metade da polícia de Nova York estar bem do meu lado, na hora, e... Lá vai você direto para o inferno. É aceitar ou largar.

– Ah, meu Deus! – gemeu Despain. – Diga para ele nos levar ao escritório do velho Stein. Fica na...

# 3. Tiro de festim

## I

O Ned Beaumont que desembarcou do trem que o trouxe de volta de Nova York era um homem ereto, alto e de olhos claros. Só o peito chato dava sinal de alguma fragilidade na forma física. Na cor e nas feições, seu rosto era sadio. Tinha o passo largo e flexível. Subia com agilidade a escada de concreto que ligava a plataforma da estação à rua, atravessou a sala de espera, acenou com a mão para um conhecido atrás do balcão de informações e saiu da estação por uma das portas da rua.

Enquanto esperava na calçada que o carregador chegasse com as suas malas, comprou um jornal. Abriu o jornal quando já estava dentro de um táxi, a caminho da avenida Randall, com a sua bagagem. Leu meia coluna da primeira página:

**SEGUNDO IRMÃO ASSASSINADO**
FRANCIS F. WEST ASSASSINADO PERTO DO
LOCAL ONDE O IRMÃO FOI ENCONTRADO
MORTO

Pela segunda vez em duas semanas, a tragédia atingiu a família West, da avenida Achland, Norte, 1342, ontem à noite, quando Francis W. West, 31 anos, foi morto a tiros na rua a menos de um quarteirão da esquina onde tinha visto o irmão Norman correr e ser morto por um carro que supostamente transportava bebida clandestina, no mês passado.

Francis West, que trabalhava como garçom no café Rockaway, estava voltando do trabalho para casa pouco depois da meia-noite, quando, segundo aqueles que testemunharam a tragédia, foi surpreendido por um carro preto conversível que descia pela avenida Achland em alta velocidade. O carro virou na direção do meio-fio quando alcançou West, e dizem que mais de vinte tiros foram disparados contra ele. West caiu com oito balas no corpo e morreu antes que alguém conseguisse chegar perto dele. O carro da morte, que pelo que dizem nem sequer parou, imediatamente ganhou velocidade outra vez e desapareceu, dobrando a esquina da rua Bowman. A polícia está com dificuldades em localizar o carro por causa das descrições conflitantes fornecidas pelas testemunhas, e nenhuma garante ter visto nenhum dos homens dentro do automóvel.

Boyd West, o irmão sobrevivente, que também testemunhou a morte de Norman no mês passado, não consegue imaginar o motivo do assassinato de Francis. Afirmou não saber da existência de inimigos do irmão. A srta. Marie Shepperd, avenida Baker, 1917, com quem Francis iria casar na semana que vem, também não consegue imaginar quem que pudesse querer a morte do noivo.

Timothy Ivans, o suposto motorista do carro que acidentalmente atropelou e matou Norman

West no mês passado, se recusou a falar com os repórteres em sua cela na Prisão Municipal, onde está detido sem direito à condicional, à espera do julgamento por homicídio.

Ned Beaumont dobrou o jornal com lentidão cautelosa e o enfiou em um dos bolsos do sobretudo. Seus lábios estavam um pouco contraídos e os olhos brilhavam, pensativos. A não ser por isso, seu rosto estava normal. Recostou-se num canto do banco do táxi e ficou brincando com um charuto apagado na mão.

Entrou no seu apartamento, não tirou o chapéu nem o paletó, foi até o telefone e ligou para quatro números, perguntando todas as vezes se Paul Madvig estava lá e se sabiam onde seria possível encontrá-lo. Depois da quarta ligação, desistiu de tentar achar Madvig.

Pôs o telefone no gancho, pegou o charuto na mesa, onde o havia deixado, acendeu-o, colocou-o na beira da mesa outra vez, pegou o telefone e ligou para o número da prefeitura. Pediu para falar com o gabinete do promotor público. Enquanto esperava, puxou uma cadeira enfiando o pé por trás de uma das pernas dela e, arrastando-a para perto do telefone, sentou-se e pôs o charuto na boca.

Então falou no telefone:

– Alô. O senhor Farr está?... Ned Beaumont... Sim, obrigado. – Inalou e exalou fumaça vagarosamente. – Alô, Farr?... Acabei de chegar, faz só alguns minutos... Sei. Posso ir conversar com você agora?... Está certo. Paul falou alguma coisa com você sobre a morte do West?... Não sei onde ele está, você sabe? Bem, tem um detalhe sobre o qual eu gostaria de conversar com você... Sim, digamos daqui a meia hora... Certo.

Pôs o telefone de lado e cruzou a sala para ver a correspondência sobre uma mesa perto da porta. Havia algumas revistas e nove cartas. Passou os olhos rapidamente pelos envelopes, jogou-os de novo sobre a mesa sem abrir nenhum e entrou no quarto para trocar de roupa, e depois no banheiro, para fazer a barba e tomar banho.

## II

O promotor público Michael Joseph Farr era um homem corpulento de uns quarenta anos. Seu cabelo era um monte de palha avermelhado em cima de uma cara avermelhada e agressiva. Sua escrivaninha de nogueira estava vazia, a não ser por um telefone e um vistoso apetrecho de escritório feito de ônix verde no qual uma figura nua de metal segurava no alto um avião, apoiada num pé só, entre duas canetas-tinteiro, uma preta e uma branca, inclinadas cada uma para um lado, em ângulos bem agudos.

Apertou a mão de Ned Beaumont entre as suas mãos e empurrou-o de leve para sentá-lo numa poltrona forrada em couro, antes de retornar a sua cadeira. Balançou-se para trás na cadeira e perguntou:

– Fez boa viagem? – A curiosidade brilhava através da disposição amistosa dos seus olhos.

– Foi tudo bem – respondeu Ned Beaumont. – E sobre esse tal de Francis West: com ele fora do caminho, em que pé fica o caso contra Tim Ivans?

Farr ia começar, mas depois transformou aquele movimento sobressaltado em parte de uma vagarosa contorção geral do corpo em busca de uma posição mais confortável na cadeira.

– Bem, não vai fazer lá grande diferença, nesse caso – disse ele. – Quer dizer, não é nada demais, pois ainda existe o outro irmão para testemunhar contra o Ivans. – De modo muito flagrante, ele não olhava para o rosto de Ned Beaumont, mas sim para um canto da escrivaninha de nogueira. – Por que está perguntando? O que tem em mente?

Ned Beaumont olhava com expressão grave para o homem que não olhava para ele.

– Eu estava só pensando. Mas imagino que esteja tudo bem, se o outro irmão pode identificar Tim e vai fazer isso.

Farr, ainda sem erguer os olhos, disse:

– Claro.

Balançou a cadeira para trás e para a frente, de leve, dois ou três centímetros em cada direção, uma porção de vezes. Suas faces carnudas se moviam em ondinhas no ponto onde recobriam os músculos da mandíbula. Soltou um pigarro e levantou-se. Olhou para Ned Beaumont, agora com olhos amigáveis.

– Espere um instante – falou. – Tenho de cuidar de uma coisa. Eles vivem esquecendo tudo se eu não fico no pé dessa gente. Não vá embora. Quero falar com você sobre o Despain.

– Não tem pressa nenhuma – respondeu Ned Beaumont, enquanto o promotor público saía do escritório, e ficou sentado, fumando tranquilamente, durante os quinze minutos em que ele ficou fora.

Farr voltou com as sobrancelhas franzidas.

– Desculpe deixar você esperando desse jeito – falou, enquanto sentava de novo. – Mas a gente está atolado de trabalho. Se continuar assim... – Completou a frase com um gesto de desesperança, feito com as mãos.

– Tudo bem. Tem alguma novidade no caso da morte do Taylor Henry?

– Nada. É o que eu queria perguntar a você: Despain. – De novo, Farr não olhava para o rosto de Ned Beaumont.

Um sorrisinho de escárnio, que o outro não podia ver, retorceu por um instante os cantos da boca de Ned Beaumont. Ele disse:

– Não há muitas provas contra ele, quando a gente examina o caso mais de perto.

Farr fez que sim com a cabeça, bem devagar, com o olhar dirigido para o canto da escrivaninha.

– Pode ser, mas o fato de ele ter se mandado da cidade naquela mesma noite não parece muito bom.

– Ele tinha outro motivo – respondeu Ned Beaumont. – Um motivo muito bom. – O sorriso sombrio ia e vinha na sua boca.

Farr assentiu de novo, como faz alguém que quer se convencer.

– Você não acha que existe uma possibilidade de Despain ter matado de fato o tal sujeito?

A resposta de Ned Beaumont foi dada com desleixo:

– Não acho que ele tenha matado, mas sempre existe uma chance e a gente tem motivos de sobra para manter o Despain preso, se a gente quiser.

O promotor público levantou a cabeça e olhou para Ned Beaumont. Sorriu com um misto de retraimento e camaradagem e disse:

– Pode me mandar para o inferno se não for da minha conta, mas por que diabos o Paul mandou você para Nova York atrás do Despain?

Ned Beaumont conteve a resposta por um momento de reflexão. Em seguida, encolheu os ombros um pouco e disse:

– Ele não me mandou. Deixou que eu fosse.

Farr não falou nada.

Ned Beaumont encheu os pulmões com fumaça de charuto, esvaziou-os e disse:

– Bernie me passou a perna numa aposta que eu fiz com ele. Por isso é que ele fugiu. Por acaso Taylor Henry foi morto na noite do dia em que Peggy O'Toole ganhou a corrida, com mil e quinhentos dólares meus em cima da sela.

O promotor público disse, às pressas:

– Está bem, Ned. Não é da minha conta o que você e o Paul fazem. Eu... veja, o que acontece é que eu não estou tão certo assim de que Despain não tenha esbarrado por acaso com o jovem Taylor no meio da rua e brigado com ele. Acho que vou prender o Despain por um tempo, só por segurança. – Sua boca brusca e torta curvou-se num sorriso que tinha algo de insinuante. – Não fique pensando que estou metendo o bedelho nos assuntos do Paul, ou nos seus, mas... – O seu rosto rosado ficou brilhante e inchado. De repente, Farr curvou-se para a frente e abriu uma gaveta com um puxão. Papéis farfalharam sob seus dedos. Sua mão saiu da gaveta e atravessou a escrivaninha na direção de Ned Beaumont. Na sua mão estava um pequeno envelope branco, com a beirada aberta. – Aqui. – Sua voz era grave. – Olhe isto aqui e veja o que você acha, ou será que não passa de uma bobagem?

Ned Beaumont pegou o envelope, mas não o examinou de imediato. Manteve os olhos, agora frios e brilhantes, voltados para a cara vermelha do promotor público.

A cara de Farr adquiriu um tom de vermelho ligeiramente mais escuro sob o olhar fixo do outro, e ele ergueu a mão carnuda num gesto apaziguador. Sua voz era apaziguadora:

– Não dou a menor importância a isso, Ned, mas... sabe, a gente sempre esbarra com um monte de besteira feito essa em todos os casos que aparecem por aqui... Bem, leia aí e veja o que acha.

Após mais um intervalo considerável, Ned Beaumont parou de olhar para Farr e voltou-se para o envelope. Destinatário e endereço estavam datilografados:

```
Ilmo. M.J. Farr
Promotor Público
Prefeitura
Centro
Pessoal
```

O carimbo do correio tinha a data do sábado anterior. Dentro, havia só uma folha de papel branco, na qual estavam datilografadas três frases, sem cumprimentos nem assinatura.

```
Por que Paul Madvig roubou um dos
chapéus de Taylor Henry, depois que ele
foi assassinado?
O que aconteceu com o chapéu que
Taylor Henry estava usando quando foi
assassinado?
Por que o homem que encontrou o corpo de
Taylor Henry foi nomeado funcionário do
seu gabinete?
```

Ned Beaumont dobrou o bilhete, devolveu-o ao envelope, colocou-o sobre a mesa e esfregou o bigode com a unha do polegar, do meio para a ponta direita, enquanto olhava para o promotor público com uma expressão impassível, e lhe falou num tom impassível:

– E aí?

As bochechas de Farr se ondularam de novo no ponto onde recobriam os músculos da mandíbula. Franziu as sobrancelhas acima dos olhos suplicantes.

– Pelo amor de Deus, Ned – falou, em tom severo. – Não pense que estou levando isso a sério. A gente recebe um monte de besteiras feito essa sempre que acontece alguma coisa. Eu só queria mostrar para você.

Ned Beaumont respondeu:

– Está tudo bem, contanto que você continue a pensar desse jeito. – Ainda mantinha o olhar e a voz impassíveis. – Falou com o Paul sobre isso?

– Sobre a carta? Não. Não o vejo desde a manhã, quando a carta chegou.

Ned Beaumont pegou o envelope na mesa e enfiou-o no bolso de dentro do paletó. O promotor público, enquanto olhava a carta sumir dentro do bolso, pareceu meio constrangido, mas não falou nada.

Depois de guardar bem a carta e tirar um charuto fino de outro bolso, Ned Beaumont disse:

– Se eu fosse você, acharia melhor não dizer nada para ele. Paul já anda com a cabeça muito cheia.

– Claro, o que você quiser, Ned – Farr foi logo dizendo, antes mesmo de Ned Beaumont terminar de falar.

Depois disso, nenhum dos dois falou nada por um tempo, enquanto Farr voltava a olhar fixamente para o canto da escrivaninha e Ned Beaumont olhava para Farr, de modo fixo e pensativo. Aquele intervalo de silêncio chegou ao fim com um zumbido suave que soou embaixo da escrivaninha do promotor público.

Farr pegou o telefone e falou:

– Sim... sim. – O torto lábio inferior subiu por cima do lábio superior e seu rosto rosado ficou meio sem cor. – Não vai é o cacete! – rosnou. – Traga o sacana para cá, ponha o sujeito cara a cara com ele e depois, se ele não abrir o bico, a gente dá um trato nele... Sim... Faça isso. – Bateu com força o fone no gancho e olhou com raiva para Ned Beaumont.

Ned Beaumont tinha interrompido o gesto de acender o charuto. Estava numa das mãos. O seu isqueiro, aceso, estava na outra. O rosto se encontrava um pouco inclinado para a frente, entre o isqueiro e o charuto. Os olhos reluziram. Pôs a ponta da língua entre os lábios, recuou-a e moveu os lábios na forma de um sorriso que não tinha nada a ver com prazer.

– Notícias? – perguntou, numa voz baixa e persuasiva.

A voz do promotor público estava furiosa:

– Boyd West, o outro irmão que identificou o Ivans. Eu já estava pensando nisso enquanto a gente conversava aqui, e aí mandei alguém verificar se ele ainda poderia identificar o Ivans. Agora diz que não tem certeza, o sacana.

Ned Beaumont fez que sim com a cabeça, como se aquela notícia não o surpreendesse.

– Como é que vai ficar a situação?

– Ele não pode se livrar dessa – rosnou Farr. – Já identificou o Ivans uma vez e vai fazer isso de novo quando estiver diante de um júri. Mandei trazerem o sujeito para cá e, depois que eu tiver dado um trato nele, vai se comportar como um bom menino.

Ned Beaumont disse:

– É mesmo? E se ele não fizer isso?

A escrivaninha do promotor público estremeceu debaixo de um murro do promotor público.

– Mas vai fazer!

Ned Beaumont não pareceu nem um pouco impressionado. Acendeu seu charuto, apagou o isqueiro e guardou no bolso, soprou uma baforada de fumaça e perguntou num tom alegre:

– É claro que vai, mas imagine só se ele não fizer. E se olhar para o Tim e disser: Não tenho certeza se é ele.

Farr esmurrou a escrivaninha de novo.

– Ele não vai fazer isso, não depois que eu tiver dado um trato nele, não vai fazer nadinha além de ficar de pé na frente do júri e dizer: É ele.

O ar alegre sumiu da cara de Ned Beaumont, que falou, um pouco chateado:

— Ele não vai querer identificar e você sabe disso. Bem, o que é que você pode fazer? Não há nada que você possa fazer, não é? Quer dizer que o seu caso contra o Tim Ivans foi para o espaço. Vocês acharam o carro que levava bebida clandestina quando ele o deixou, mas a única prova que têm de que o Tim estava dirigindo o veículo quando atropelou Norman West era a testemunha ocular dos dois irmãos do West. Bom, se Francis está morto e Boyd está com medo de falar, você não tem como provar nada e sabe disso.

Numa voz alta e enraivecida, Farr começou:

— Se você acha que vou ficar aqui sentado na minha...

Mas, com um gesto impaciente da mão que segurava o charuto, Ned Beaumont o interrompeu.

— Sentado, de pé ou de bicicleta – disse ele –, você perdeu, e sabe disso.

— Sei mesmo? Sou o promotor público desta cidade e deste condado e eu... – Abruptamente, Farr parou de erguer a voz. Pigarreou e engoliu em seco. A beligerância sumiu dos seus olhos, substituída primeiro pela confusão e depois por algo semelhante ao medo. Inclinou-se por cima da escrivaninha, preocupado demais para impedir que a preocupação se revelasse no seu rosto rosado. Falou:

— É claro que você sabe que se você... se Paul... quero dizer, se existe algum motivo para que eu não deva... você sabe... a gente pode deixar tudo isso para lá.

O sorriso que nada tinha a ver com prazer estava abandonando os cantos dos lábios de Ned Beaumont outra vez, e seus olhos brilharam através da fumaça do charuto. Ele balançou a cabeça devagar e falou devagar, num tom de voz meloso e desagradável:

— Não, Farr, não existe nenhum motivo, ou nenhum motivo desse tipo. Paul prometeu soltar o Ivans depois da eleição, mas, acredite ou não, Paul nunca mandou matar ninguém e, mesmo que tenha feito isso, Ivans não era tão importante a ponto de valer a pena matar alguém por causa dele. Não, Farr, não existe nenhum motivo e eu não gostaria de pensar que você ficou com uma ideia dessas na cabeça.

– Pelo amor de Deus, Ned, veja se me entende direito – protestou Farr. – Você sabe muito bem que não há na cidade ninguém que apoie o Paul e você tanto quanto eu. Já devia saber disso. Eu não queria sugerir nada demais com isso que falei, só que... bem, que vocês podem contar sempre comigo.

– Assim está bem – respondeu Ned Beaumont, sem grande entusiasmo, e levantou-se.

Farr ergueu-se e contornou a escrivaninha com a mão vermelha estendida.

– Por que a pressa? – perguntou. – Por que não fica por aqui e vê como o tal de West vai reagir quando chegar aqui? Ou – olhou para o relógio de pulso –, o que vai fazer hoje à noite? Por que não vem jantar comigo?

– Desculpe, não posso – respondeu Ned Beaumont. – Tenho de cair fora.

Deixou que Farr sacudisse a mão para cima e para baixo, sussurrou um "sim, eu irei" em resposta à insistência do promotor público para ele aparecer mais vezes no seu gabinete e para saírem para jantar numa outra noite, e foi embora.

## III

Walter Ivans estava junto a uma fileira de homens que operavam máquinas de cravar pregos na fábrica de caixotes onde trabalhava como capataz, quando Ned Beaumont entrou. Ele viu Ned Beaumont na mesma hora e, saudando-o com a mão erguida, desceu para o corredor central, mas, nos olhos azul-claros de Ivans e no seu rosto redondo e bonito, havia um pouco menos de prazer do que tentava mostrar.

Ned Beaumont disse:

– Oi, Walt – e, virando-se um pouco na direção da porta, escapou da necessidade de segurar ou de ignorar abertamente a mão estendida do homem baixote. – Vamos sair dessa barulheira.

Ivans falou algo que foi encoberto pelo estrépito de metal batendo na madeira e os dois saíram pela mesma porta aberta por onde Ned Beaumont tinha entrado. Lá fora, havia uma ampla plataforma de tábuas sólidas. Um lance de escada de madeira descia uns seis metros até o nível do chão.

Ficaram na plataforma de madeira e Ned Beaumont perguntou:

– Sabia que uma das testemunhas contra o seu irmão foi apagada ontem à noite?

– S-sabia, vi no j-j-jornal.

Ned Beaumont perguntou:

– Sabia que o outro agora não tem muita certeza se consegue identificar o Tim?

– N-não, eu não sabia, N-ned.

Ned Beaumont falou:

– Você sabe que, se ele não identificar, o Tim está livre.

– S-sei.

Ned Beaumont disse:

– Você não parece ter ficado tão contente com isso quanto era de se esperar.

Ivans enxugou a testa com a manga da camisa.

– M-m-mas estou, sim, N-ned, m-meu Deus, estou sim!

– Conhecia o West? O que mataram.

– N-não, só est-tive c-com ele uma vez, para p-p-pedir que pegasse leve com o T-tim.

– E o que ele disse?
– Que não ia.
– Quando foi isso?

Ivans mudou o pé de apoio e enxugou o rosto de novo com a manga da camisa.

– Dois ou t-três dias at-trás.

Ned Beaumont perguntou, em tom suave:

– Tem alguma ideia de quem pode ter matado o West, Walt?

Ivans balançou a cabeça com força de um lado para o outro.

– Tem alguma ideia de quem pode ter mandado matar o West, Walt?

Ivans fez que não.

Por um momento, Ned Beaumont olhou com ar reflexivo para o ombro de Ivans. O estrépito das máquinas de pôr pregos vinha pela porta a uns três metros dali e, de um outro galpão, chegava o chiado das serras. Ivans respirou fundo e soltou um suspiro prolongado.

A fisionomia de Ned Beaumont tinha se tornado solidária quando voltou o olhar para os olhos azuis do outro. Inclinou-se um pouco para baixo e perguntou:

– Você está bem, Walt? Quero dizer, tem gente que vai pensar que talvez você tenha atirado no West para salvar o seu irmão. Você já pensou...?

– E-e-eu estava no c-c-clube na noite passada, f-fiquei lá das oito horas até depois das duas da madrugada – respondeu Walter Ivans, o mais rápido que o seu problema de fala lhe permitia. – O Harry Sloss, o B-ben Ferris e o Brager p-p-podem contar para você.

Ned Beaumont riu.

– Foi muita sorte sua ir para a farra ontem, Walt – disse, alegremente.

Deu as costas para Walter Ivans e desceu o lance da escada de madeira para a rua. Não prestou a menor atenção ao "Até logo, Ned" muito amigável que Walter Ivans lhe disse.

## IV

Da fábrica de caixote, Ned Beaumont caminhou quatro quarteirões até um restaurante e usou um telefone. Discou para quatro números, os mesmos para os quais havia ligado antes, naquele mesmo dia, perguntou de novo por Paul Madvig e, como não conseguiu localizá-lo, deixou recado para que Madvig ligasse para ele. Em seguida pegou um táxi e foi para casa.

Mais algumas cartas foram deixadas junto com as que já estavam sobre a mesa, perto da porta. Pendurou o chapéu e o sobretudo, acendeu um charuto e sentou-se, com a correspondência na mão, na maior das poltronas vermelhas de pelúcia da sala. O quarto envelope que abriu era semelhante ao que o promotor público lhe havia mostrado. Continha uma única folha de papel, com frases datilografadas sem um cumprimento nem assinatura.

```
Você encontrou o corpo de Taylor Henry
depois que ele foi morto ou estava
presente quando ele foi morto?
Por que só comunicou a morte dele depois
que a polícia achou o corpo?
Pensa que pode livrar os culpados
fabricando provas contra inocentes?
```

Ned Beaumont contraiu os olhos, franziu a testa diante daquele bilhete e inalou muita fumaça do charuto. Comparou o bilhete ao que o promotor público havia recebido. O papel e as letras datilografadas eram iguais, assim também a maneira como as três frases estavam dispostas na folha de papel, bem como a data do carimbo do correio.

De sobrancelhas franzidas, devolveu cada uma das cartas ao respectivo envelope e enfiou-os no bolso, para retirá-los dali logo em seguida, reler e examinar outra vez. Como fumava muito depressa, seu charuto queimou mais de um lado que do outro. Apoiou o charuto na beira da mesa ao seu lado, com uma careta de repulsa, e cofiou os bigodes com dedos nervosos. Pôs as cartas de lado mais uma vez e recostou-se na poltrona, olhando o teto e mordendo uma unha. Passou os dedos pelo cabelo. Enfiou a ponta de um dedo entre o colarinho e o pescoço. Aprumou as costas e retirou os envelopes do bolso outra vez, mas meteu-os de volta no bolso, sem sequer olhar para eles. Mordeu o lábio inferior. Por fim, sacudiu-se com impaciência e começou a ler o resto da correspondência. Estava lendo quando o telefone tocou.

Foi até o telefone.

– Alô... Ah, alô, Paul, onde você está?... Vai ficar aí por um tempo?... Certo, está bem, passe por aqui no caminho... Certo, estarei aqui.

Voltou para a correspondência.

## V

Paul Madvig chegou ao apartamento de Ned Beaumont quando os sinos da igreja cinzenta do outro lado da rua estavam batendo o Angelus. Entrou falando, animado:

– Como vai, Ned? Quando foi que voltou? – Seu corpo grande estava vestido num *tweed* cinzento.

– No fim da manhã – respondeu Ned Beaumont, enquanto apertavam as mãos.

– Correu tudo bem?

Ned Beaumont mostrou a ponta dos dentes, num sorriso satisfeito.

– Consegui o que procurava... tudo.

– Que ótimo. – Madvig jogou o chapéu em cima da uma cadeira e sentou-se numa outra, ao lado da lareira.

Ned Beaumont voltou para a poltrona.

– Aconteceu alguma coisa enquanto estive fora? – perguntou, enquanto pegava os copos de coquetel cheios até a metade, ao lado de uma coqueteleira prateada, sobre a mesa que estava perto do seu cotovelo.

– A gente conseguiu dar um jeito na trapalhada daquele contrato do esgoto.

Ned Beaumont tomou um golinho do coquetel e perguntou:

– Teve de fazer muitos cortes?

– Demais. Não vai dar nem de longe o lucro que era para dar, mas é melhor assim do que correr o risco de um escândalo tão próximo de uma eleição. Vamos recuperar tudo nas obras de rua no ano que vem, quando as extensões das ruas Salem e Chestnut começarem a andar.

Ned Beaumont fez que sim com a cabeça. Olhava para os tornozelos esticados e cruzados do homem louro. Falou:

– Você não devia usar meias de seda quando veste *tweed*.

Madvig levantou uma perna a fim de olhar para a canela.

– Não? Eu gosto do toque da seda.

– Então deixe o *tweed* de lado. O Taylor Henry foi enterrado?

– Sexta-feira.

– Foi ao enterro?

– Sim – respondeu Madvig e acrescentou, um pouco envergonhado: – O senador sugeriu.

Ned Beaumont pôs o copo sobre a mesa e tocou nos lábios com um lenço branco, que tirou do bolso da frente do paletó.

– Como vai o senador? – Olhou de lado para o homem louro e não escondeu o ar divertido dos olhos.

Madvig respondeu, ainda um pouco envergonhado:

– Vai bem. Passei boa parte desta tarde com ele, lá na casa dele.

– Na casa dele?

– Ahn-ahn.

– E a ameaça loura estava lá?

Madvig não franziu muito as sobrancelhas. Falou:

– Janet estava lá.

Pondo o lenço de lado, Ned Beaumont emitiu um som gorgolejante e engasgado na garganta e falou:

– M-m-m. Agora é Janet. Está conseguindo avançar um pouco com a garota?

A compostura voltou para Madvig. Falou, em tom neutro:

– Ainda acho que vou casar com ela.

– Ela já sabe disso? Sabe que as suas intenções são honestas?

– Pelo amor de Deus, Ned! – protestou Madvig. – Por quanto tempo ainda vai me tratar como se eu estivesse testemunhando num tribunal?

Ned Beaumont riu, pegou a coqueteleira prateada, sacudiu-a e serviu-se de mais um drinque.

– O que está achando da morte de Francis West? – perguntou, quando sentava de novo, com o copo na mão.

Madvig pareceu intrigado por um momento. Em seguida, seu rosto desanuviou e ele disse:

– Ah, o sujeito que levou uns tiros na avenida Achland, na noite passada.

– Ele mesmo.

Uma sombra mais tênue de perplexidade voltou aos olhos azuis de Madvig. Ele disse:

– Bem, eu não conhecia o sujeito.

Ned Beaumont respondeu:

– Era uma das testemunhas contra o irmão do Walter Ivans. Agora a outra testemunha, Boyd West, está com medo de depor, e assim a acusação contra o Tim Ivans vai para o ralo.

– Que ótimo – disse Madvig, mas na hora em que a última palavra saiu da sua boca, um olhar de dúvida surgiu em seus olhos. Encolheu as pernas e inclinou-se para a frente: – Está com medo? – perguntou.

– É, a menos que você prefira dizer com pavor.

O rosto de Madvig enrijeceu, numa expressão atenta, e seus olhos viraram discos de pedra azuis.

– O que está querendo dizer, Ned? – perguntou, numa voz incisiva.

Ned Beaumont esvaziou o copo e o pôs na mesa.

– Depois que você disse para o Walt Ivans que só poderia tirar o Tim da prisão depois das eleições, Walt levou seus problemas para o Shad O'Rory – disse num tom lento e monótono, como se recitasse uma lição. – Shad mandou alguns dos seus gorilas darem um bom susto nos dois West para não testemunharem contra o Tim. Um dos dois não teve medo e aí acabaram com ele de uma vez.

Madvig, de sobrancelhas franzidas, objetou:

– Mas por que diabos o Shad ia dar alguma importância para os problemas do Tim Ivans?

Ned Beaumont, estendendo a mão para pegar a coqueteleira, respondeu, irritado:

– Tudo bem, só estou especulando. Esqueça.

– Pare com isso, Ned. Você sabe que, para mim, qualquer palpite seu vale muito. Se tem alguma coisa na cabeça, ponha logo para fora.

Ned Beaumont baixou a coqueteleira sem ter servido um drinque e disse:

– Pode ser só um palpite, está certo, Paul, mas a impressão que eu tenho é a seguinte. Todo mundo sabe que Walter Ivans trabalha para você lá no Terceiro Distrito e é sócio do Clube e tudo o mais, e que você faria tudo o que pudesse para tirar o irmão dele de uma encrenca, se o Walt pedisse. Bom, todo mundo, ou muita gente, vai começar a imaginar que você pode ter mandado fuzilar o cara que era a testemunha de acusação do irmão dele, e assustar o outro, para ficar de bico calado. Isso, para os que estão do lado de fora, o tal clube de mulheres, com o qual você anda tão apavorado ultimamente, e os cidadãos respeitáveis. Os que estão do lado de dentro, aqueles que pouco se importam se você fez ou não fez isso, vão acabar recebendo algo mais parecido com informações verdadeiras. Vão ficar sabendo que um dos seus rapazes teve de procurar o Shad para resolver um problema e que o Shad resolveu tudo para ele. Bom, essa é a sinuca em que o Shad meteu você, ou você não acha que ele é capaz de chegar a esse ponto só para meter você numa sinuca?

Madvig soltou um rosnado entre os dentes:

– Sei muito bem que ele é capaz disso, o verme.

Estava olhando fixo para uma folha verde estampada no tapete aos seus pés.

Ned Beaumont, depois de olhar atentamente para o homem louro, prosseguiu:

– E ainda tem mais um ângulo nessa questão para a gente examinar. Pode ser que não aconteça, mas você está exposto a isso, se o Shad quiser pôr em ação.

Madvig levantou a cabeça para perguntar:

– O que é?

– Walt Ivans estava no Clube na noite passada, ficou lá até as duas da madrugada. Quer dizer, três horas além do que ele jamais ficou, a não ser quando tem eleição, ou em noites de banquete. Entendeu? Ele quis preparar um álibi para si... no nosso Clube. Agora imagine – a voz de Ned Beaumont afundou para uma clave mais grave e seus olhos escuros ficaram redondos e sérios – que o Shad incrimine o Walt, plantando provas de que ele matou o West. Os seus clubes de mulheres e todas as pessoas que adoram fazer escândalo com coisas desse tipo vão acabar achando que o álibi do Walt é uma fraude, que a gente arranjou tudo isso para dar cobertura para ele.

Madvig disse:

– O verme. – Levantou-se e meteu as mãos nos bolsos da calça. – Como eu gostaria que a eleição já tivesse terminado ou ainda estivesse bem distante.

– Nesse caso, nada disso teria acontecido.

Madvig deu dois passos para o meio da sala. Resmungou:

– Desgraçado – e ficou parado, de sobrancelhas franzidas para o telefone, na prateleira ao lado da porta do quarto. Seu peito enorme se movia com a respiração. Falou com o canto da boca, sem olhar para Ned Beaumont: – Imagine um jeito de liquidar esse ângulo da questão. – Deu um passo na direção do telefone e parou. – Deixe para lá – falou e virou-se para encarar Ned Beaumont. – Acho que vou varrer o Shad da nossa pequena cidade. Estou farto de ter esse sujeito no meu pé. Acho que vou varrer o Shad daqui agora mesmo, a partir desta noite.

Ned Beaumont perguntou:

– Por exemplo?

Madvig sorriu:

– Por exemplo – respondeu –, acho que vou mandar o Rainey fechar a Casa de Cachorro, e os Jardins do Paraíso, e tudo quanto é birosca que a gente sabe que está ligada aos negócios do Shad e dos amigos dele. Acho que vou mandar o Rainey estraçalhar todas elas, uma por uma, a série toda, ainda nesta noite.

Ned Beaumont falou, hesitante:

– Você vai meter o Rainey numa encrenca. Os nossos guardas não estão habituados a fazer cumprir a lei da proibição da bebida. Eles não vão gostar muito dessa história.

– Podem fazer isso uma vez só, por mim – disse Madvig –, e mesmo assim eu ainda vou ter um crédito com eles.

– Pode ser. – O rosto e a voz de Ned Beaumont ainda mostravam certa dúvida. – Mas essa estratégia de liquidação geral parece muito com dar um tiro de canhão para abrir um cadeado, quando a gente pode muito bem chegar lá sem fazer nenhum barulho, usando um alicate de pressão.

– Tem alguma coisa na manga, Ned?

Ned Beaumont balançou a cabeça.

– Não tenho certeza, mas não faria mal nenhum esperar mais alguns dias...

Agora Madvig balançou a cabeça.

– Não – disse ele. – Quero ação. Não entendo de cadeados, Ned, mas sei muito bem como brigar, ao meu estilo, avançar com as duas mãos no ataque. Nunca aprendi a lutar boxe e, nas únicas vezes em que tentei aprender, acabei levando uma surra. Vamos mandar um belo tiro de canhão em cima do senhor O'Rory.

## VI

O homem esguio, de óculos com armação de tartaruga, falou:

– Então você não precisa se aborrecer nem um pouco por causa disso. – Estava sentado, à vontade, na sua poltrona.

O homem à esquerda – descarnado, com um bigode castanho eriçado e pouco cabelo na cabeça – disse para o homem à esquerda dele:

– Para mim, não parece nada tão formidável assim.

– Não? – O homem esguio virou o olhar, através dos óculos, para o homem descarnado. – Bem, o Paul nunca teve de vir em pessoa ao meu distrito para...

O descarnado falou:

– Ah, palhaçada!

Madvig dirigiu-se para o descarnado:

– Você viu o Parker, Breen?

Breen respondeu:

– Sim, vi, e ele diz que tem cinco, mas acho que dá para conseguir mais alguns com ele.

O homem de óculos disse, em tom de desprezo:

– Caramba, eu aposto que dá!

Breen deu um sorriso de escárnio para ele, com o canto da boca.

– Ah, é? E com quem é que você acha que ia conseguir tudo isso?

Três batidas soaram na ampla porta de carvalho.

Ned Beaumont levantou-se da cadeira onde estava sentado, com o espaldar virado para a frente, e foi até a porta. Abriu uns dez centímetros.

O homem que havia batido era um moreno de cara miúda, em trajes azuis que precisavam de uma boa passada a ferro. Ele não tentou entrar e procurou falar em voz baixa, mas o nervosismo tornou suas palavras audíveis para todos na sala.

– Shad O'Rory está lá embaixo. Quer falar com o Paul.

Ned Beaumont fechou a porta, à qual deu as costas para olhar Paul Madvig. Só eles dois, entre os dez homens presentes na sala, ficaram imperturbáveis com a notícia trazida pelo homem de cara miúda. Os demais não mostraram seu nervosismo abertamente – em alguns, isso era visível na repentina imobilidade –, mas em nenhum deles a respiração continuava igual a antes.

Ned Beaumont, fingindo não saber que não era necessário repetir, falou, num tom que exprimia uma dose adequada de interesse nas suas palavras:

– O'Rory quer falar com você. Está lá embaixo.

Madvig olhou para o seu relógio.

– Diga a ele que agora estou ocupado, mas, se puder esperar um pouco, eu já falo com ele.

Ned Beaumont fez que sim com a cabeça e abriu a porta.

– Diga que o Paul está ocupado agora – ordenou ao homem que tinha batido na porta. – Mas, se ele puder esperar um pouco, o Paul já vai falar com ele. – Fechou a porta.

Madvig estava perguntando a um homem de cara quadrada e amarela acerca das chances de conseguir mais votos do outro lado da rua Chestnut. O homem de cara quadrada respondeu que achava que iam conseguir mais do que na última vez, "muito mais, de longe", mas mesmo assim não o suficiente para causar dano à oposição. Enquanto falava, seus olhos, toda hora, fugiam para a porta.

Ned Beaumont sentou na sua cadeira com o espaldar virado para a frente, perto da janela, fumando de novo um charuto.

Madvig dirigiu a outro homem uma pergunta que tinha a ver com o tamanho da contribuição de campanha que se podia esperar de um homem chamado Hartwick. Esse outro homem mantinha os olhos afastados da porta, mas a sua resposta não tinha nenhuma coerência.

Nem a calma da fisionomia de Madvig e de Ned Beaumont nem a sua concentração sistemática nos assuntos da campanha eleitoral conseguiam atenuar a crescente tensão na sala.

Depois de quinze minutos, Madvig levantou-se e disse:

– Bem, ainda não estamos num mar de rosas, mas a vitória está tomando forma. Vamos dar duro que a gente chega lá. – Foi até a porta e apertou a mão de todos, um por um, enquanto se retiravam. Eles foram embora, um pouco apressados.

Ned Beaumont, que não saíra da cadeira, perguntou, quando ele e Madvig eram os únicos na sala:

– Fico ou caio fora?

– Fica. – Madvig foi até a janela e baixou os olhos para observar a ensolarada rua China.

– Avançar com as duas mãos no ataque? – perguntou Ned Beaumont, depois de uma pausa.

Madvig deu as costas para a janela e fez que sim com a cabeça.

– Não conheço outra maneira de agir – sorriu com ar juvenil para o homem sentado de pernas abertas na cadeira com o espaldar virado para a frente –, a não ser, talvez, atacar também com os pés.

Ned Beaumont começou a falar alguma coisa, mas foi interrompido pelo barulho da maçaneta que girou.

Um homem abriu a porta e entrou. Era um homem de estatura pouco acima da mediana, de físico elegante, com uma elegância que lhe dava uma enganosa aparência de fragilidade. Embora o cabelo fosse liso, fino e branco, na certa ele não passava muito dos trinta e cinco anos de idade. Seus olhos tinham o notável tom cinza-azulado claro, numa cara bastante comprida e estreita, mas muito bem esculpida. Vestia um sobretudo azul-escuro por cima de um terno azul-escuro e trazia um chapéu-coco preto na mão coberta por uma luva preta.

O homem que entrou atrás dele era um brigão de pernas tortas, da mesma altura, um moreno com algo de simiesco na inclinação dos ombros grandes, no comprimento dos braços grossos e no achatamento geral da cara. O chapéu dele – cinzento, de feltro – estava na cabeça. Ele fechou a porta e ficou recostado nela, pôs as mãos nos bolsos do sobretudo de lã escocesa xadrez.

O primeiro homem, depois de avançar uns quatro ou cinco passos na sala, pôs o chapéu sobre uma cadeira e começou a tirar as luvas.

Madvig, com as mãos nos bolsos da calça, sorria amável e disse:

– Como vai, Shad?

O homem de cabelo branco respondeu:

– Vou bem, Paul. E você, como vai? – Sua voz tinha um tom bem forte de barítono. Um sotaque irlandês suavíssimo matizava suas palavras.

Madvig, com um leve aceno da cabeça, apontou para o homem na cadeira e perguntou:

– Já conhece o Beaumont?

O'Rory respondeu:

– Sim.

Ned Beaumont disse:

– Sim.

Nenhum dos dois cumprimentou o outro e Ned Beaumont não levantou da cadeira.

Shad O'Rory terminou de tirar as luvas. Colocou-as num bolso do sobretudo e disse:

– Política é política e negócios são negócios. Tenho cumprido a minha parte e estou disposto a continuar pagando o preço do acordo, mas quero receber aquilo por que eu pago. – Sua voz modulada era apenas cordialmente sincera.

– O que quer dizer com isso? – perguntou Madvig, como se não desse grande importância.

– Quero dizer que metade dos guardas da cidade estão pagando os seus biscoitos e as suas cervejas com a grana que tiram de mim e de alguns amigos meus.

Madvig sentou-se à mesa.

– E daí? – perguntou, tão descuidado quanto antes.

– Quero receber aquilo por que estou pagando. Estou pagando para que me deixem em paz. Quero que me deixem em paz.

Madvig deu uma risadinha.

– Não vai querer dizer que veio aqui reclamar comigo porque os seus guardas não querem ficar quietinhos com a grana que recebem.

– Quero dizer é que o Doolan me disse ontem à noite que as ordens para fechar os meus bares partiram diretamente de você.

Madvig deu outra risadinha e virou a cabeça para dirigir-se a Ned Beaumont:

– O que acha disso, Ned?

Ned Beaumont sorriu de leve, mas não falou nada.

Madvig falou:

– Sabe o que eu acho? Acho que o capitão Doolan anda trabalhando demais. Acho que alguém tinha de dar umas longas férias para o capitão Doolan. Não me deixe esquecer isso.

O'Rory disse:

– Eu comprei proteção, Paul, e quero ter isso. Negócios são negócios e política é política. Vamos manter as duas coisas separadas.

Madvig respondeu:

– Não.

Os olhos azuis de Shad O'Rory fitaram sonhadores alguma coisa distante. Sorriu com ar um pouco triste e havia um toque de tristeza na sua voz musical, ligeiramente irlandesa, quando falou:

– Isso significa que vai ter matança.

Os olhos azuis de Madvig ficaram opacos e sua voz era tão difícil de interpretar como os olhos. Disse:

– Se você quiser que signifique isso.

O homem de cabelo branco fez que sim com a cabeça.

– Vai ter que significar matança mesmo – disse, ainda tristonho. – Estou grande demais para levar um pé na bunda de você, a essa altura.

Madvig recostou-se na sua poltrona e cruzou as pernas. O seu tom de voz dava pouca importância às suas palavras. Falou:

– Você pode estar grande demais para ver o seu barco afundar, mas vai ver. – Franziu os lábios e acrescentou, depois de pensar um pouco: – Já está vendo.

O ar sonhador e tristonho abandonou rapidamente os olhos de Shad O'Rory. Pôs o chapéu de volta na cabeça. Ajeitou a gola do paletó no pescoço. Apontou o dedo branco e comprido para Madvig e disse:

– Vou abrir a Casa de Cachorro de novo hoje à noite. Não quero que ninguém me perturbe. Se você me perturbar, eu também vou perturbar.

Madvig descruzou as pernas e pegou o telefone sobre a mesa. Discou para a Chefatura de Polícia, mandou chamar o chefe de Polícia e lhe disse:

– Alô, Rainey... Sim, está bem. Como vai o pessoal por aí?... Ótimo. Escute, Rainey. Ouvi dizer que o Shad está a fim de abrir de novo esta noite... Sei... Sim, ponha logo tudo abaixo de uma vez... Certo... Claro. Até logo. – Empurrou o telefone para trás e voltou-se para O'Rory: – Agora você está entendendo qual é a sua situação. Está acabado, Shad. Está acabado, e de uma vez por todas.

O'Rory falou, em tom suave:

– Entendo – virou-se, abriu a porta e saiu.

O brigão de pernas tortas demorou-se ainda um instante para cuspir – de propósito – no tapete na frente dele e para fitar Madvig e Ned Beaumont com olhos de desafio. Em seguida foi embora.

Ned Beaumont esfregou as palmas das mãos num lenço. Não falou nada para Madvig, que o fitava com olhos indagadores. Os olhos de Ned Beaumont estavam sombrios.

Depois de um instante, Madvig perguntou:

– E aí?

Ned Beaumont disse:

– Errado, Paul.

Madvig levantou-se e foi até a janela.

– Meu Deus do céu! – queixou-se por cima do ombro. – Será que nada está bom para você?

Ned Beaumont levantou-se da cadeira e andou na direção da porta.

Madvig, virando-se da janela, perguntou, zangado:

– Mais uma dessas suas besteiras, não é?

Ned Beaumont respondeu:

– É. – E saiu. Desceu, pegou o chapéu e saiu do Clube Cabana de Madeira. Caminhou sete quarteirões rumo à estação ferroviária, comprou uma passagem para Nova York e reservou um lugar num trem noturno. Depois pegou um táxi até o seu apartamento.

## VII

Uma mulher corpulenta e sem formas, em roupas cinzentas, e um garoto gorducho que ainda não crescera muito faziam as três malas de couro e o baú de Ned Beaumont, sob a sua supervisão, quando a campainha da porta soou.

A mulher ajoelhada levantou-se com um resmungo e foi até a porta. Abriu-a toda.

– Meu Deus, senhor Madvig – disse ela. – Entre logo.

Madvig entrou, dizendo.

– Como vai, senhora Duveen? Está cada dia mais jovem. – O seu olhar passou pelo baú e pelas malas até chegar ao garoto. – Oi, Charley. Ainda não está pronto para trabalhar no controle do misturador de cimento?

O garoto sorriu com acanhamento e respondeu:

– Como vai, senhor Madvig?

O sorriso de Madvig voltou-se para Ned Beaumont.

– Vai dar um giro, é?

Ned Beaumont sorriu educadamente.

– Vou, sim – respondeu.

O homem louro deu uma olhada em volta do quarto, olhou de novo para o baú e para as malas, para as roupas empilhadas nas cadeiras e para as gavetas abertas. A mulher e o garoto voltaram ao trabalho. Ned Beaumont viu duas camisas meio desbotadas numa pilha sobre a cadeira e as separou do resto.

Madvig perguntou:

– Tem meia hora disponível, Ned?

– Tenho tempo de sobra.

Madvig disse:

– Pegue o chapéu.

Ned Beaumont pegou o chapéu e o sobretudo.

– Ponha nas malas tudo o que couber – disse para a mulher, enquanto ele e Madvig andavam na direção da porta –, e o que ficar de fora pode ser enviado junto com o resto.

Ele e Madvig desceram para a rua. Caminharam para o sul, por um quarteirão. Então Madvig perguntou:

– Para onde está indo, Ned?

– Nova York.

Dobraram num beco.

Madvig perguntou:

– Para sempre?

Ned Beaumont encolheu os ombros.

– Estou indo embora daqui para sempre.

Abriram uma porta verde de madeira na parede de tijolos dos fundos de um prédio, avançaram por um corredor e atravessaram outra porta, que dava para um bar onde meia dúzia de homens bebiam. Trocaram cumprimentos com o garçom e com três dos clientes enquanto seguiam rumo a uma sala pequena onde havia quatro mesas. Não tinha ninguém lá. Sentaram-se a uma das mesas.

O garçom meteu a cabeça na porta e perguntou:

– Cerveja, como de costume, senhores?

Madvig respondeu:

– Sim – e depois, quando o garçom se foi: – Por quê?

Ned Beaumont respondeu:

– Estou farto dessas histórias de cidadezinha caipira.

– Quer dizer, de mim?

Ned Beaumont não falou nada.

Madvig ficou sem falar nada por um tempo. Então soltou um suspiro e disse:

– É uma hora muito ruim para me deixar na mão.

O garçom entrou com duas canecas de uma cerveja muito clara e uma cestinha de *pretzels*. Depois que o garçom saiu outra vez, fechando a porta, Madvig exclamou:

– Meu Deus, você é um cara muito difícil de lidar, Ned!

Ned Beaumont encolheu os ombros.

– Eu nunca disse que não era. – Ergueu a caneca e bebeu.

Madvig estava partindo um *pretzel* em pedaços menores.

– Você quer mesmo ir embora, Ned? – perguntou.

– Estou indo.

Madvig largou os pedaços de *pretzels* sobre a mesa e tirou um talão de cheques do bolso. Destacou um cheque, pegou uma caneta tinteiro do outro bolso e preencheu o cheque. Em seguida o secou e largou-o sobre a mesa, na frente de Ned Beaumont.

Ned Beaumont, olhando para o cheque, balançou a cabeça e falou:

– Não preciso de dinheiro e você não me deve nada.

– Devo, sim. Devo muito mais do que isso, Ned. Quero que aceite.

Ned Beaumont disse:

– Está certo, obrigado – e pôs o cheque no bolso.

Madvig bebeu cerveja, comeu um *pretzel*, recomeçou a beber, baixou a caneca sobre a mesa e perguntou:

– Você tinha alguma outra coisa na cabeça, estava com alguma bronca de mim, lá do Clube, hoje à tarde?

Ned Beaumont fez que não com a cabeça.

– Não pode falar comigo desse jeito. Ninguém pode.

– Puxa vida, Ned, não estou falando nada demais.

Ned Beaumont não falou nada.

Madvig bebeu de novo.

– Será que pode me dizer por que acha que estou agindo errado com o O'Rory?

– Não vai adiantar nada.

– Experimente.

Ned Beaumont disse:

– Está certo, mas não vai adiantar nada. – Inclinou a cadeira um pouquinho para trás, com a caneca numa mão e uns *pretzels* na outra. – Shad vai brigar. Não tem saída. Você o deixou encurralado. Você disse que ele estava acabado. Agora ele não pode fazer nada a não ser arriscar todas as fichas. Se ele puder atrapalhar você nessa eleição, não vai nem piscar antes de fazer qualquer coisa que puder para vencer. Se você ganhar a eleição, ele ainda vai ter de se virar de algum jeito. Você está usando a polícia contra ele. Ele vai ter de contra-atacar a polícia e vai fazer isso, não tenha dúvida. Isso significa que você vai ter pela frente uma coisa que pode acabar virando uma tremenda onda de crimes. Você está tentando reeleger todo o governo do município. Pois bem, criar para eles uma onda de crimes, e uma onda de crimes que com toda a certeza eles não vão conseguir controlar, e tudo isso nas vésperas da eleição, não vai dar para o público uma imagem de um governo muito eficiente. Eles...

– Você acha que eu tinha de meter o rabo entre as pernas na frente dele? – perguntou Madvig, franzindo o rosto.

– Não acho isso. Acho que você devia ter oferecido uma saída para ele, um caminho para bater em retirada. Não devia ter encostado o Shad contra a parede.

A cara de Madvig se franziu mais ainda.

– Não sei nada desse seu estilo de briga. Foi ele quem começou. Só sei que quando a gente tem alguém encurralado, contra a parede, o melhor é partir logo para cima e dar cabo do sujeito de uma vez. Esse sistema funcionou muito bem comigo até agora. – Ficou um pouco vermelho. – Não quero dizer que eu acho que sou Napoleão nem nada disso, Ned, mas comecei como garoto de recados do Packy Flood lá no antigo Quinto Distrito, onde hoje quem manda e desmanda sou eu.

Ned Beaumont esvaziou a caneca de cerveja e deixou as pernas da frente da cadeira pousarem no chão.

– Falei com você que não ia adiantar nada – disse. – Faça do seu jeito. Continue pensando que o que era bom para o velho Quinto Distrito também é bom para qualquer lugar.

Na voz de Madvig havia uma espécie de ressentimento e um toque de humildade quando perguntou:

– Você acha que não sou um político de muito futuro, não é, Ned?

Agora o rosto de Ned Beaumont ficou vermelho:
– Não falei isso, Paul.
– Mas é nisso que a história toda se resume, não é? – insistiu Madvig.
– Não, mas o que eu acho é que você se deixou enganar dessa vez. Primeiro, deixou os Henry engabelar você para apoiar o senador. Ali estava uma chance de você avançar e dar cabo de um inimigo que estava encurralado, contra a parede, mas acontece que o inimigo tem uma filha, uma posição social e sei lá o que mais, e aí você...
– Chega, Ned – resmungou Madvig.
O rosto de Ned Beaumont adquiriu uma expressão vazia. Ele se levantou e disse:
– Bem, eu tenho de ir embora – e virou-se para a porta.
Madvig levantou-se atrás dele imediatamente, pôs a mão no seu ombro e disse:
– Espere, Ned.
Ned Beaumont disse:
– Tire a sua mão de mim. – Não se virou.
Madvig pôs a outra mão no braço de Ned e o fez virar o corpo.
– Escute, aqui, Ned – começou.
Ned Beaumont falou:
– Largue. – Seus lábios estavam pálidos e tensos.
Madvig o sacudiu. Falou:
– Não seja tão tolo, caramba, eu e você...
Ned Beaumont golpeou a boca de Madvig com o punho esquerdo.
Madvig tirou as mãos de Ned Beaumont e recuou dois passos. Enquanto seu coração teve tempo para bater, talvez, três vezes, a sua boca se abriu e o espanto se estampou no seu rosto. Em seguida, seu rosto ficou sombrio de raiva e ele fechou a boca com toda a força, de modo que a mandíbula

ficou dura e proeminente. Fechou os punhos, curvou os ombros para a frente e avançou com um meneio do corpo.

A mão de Ned Beaumont correu para o lado a fim de pegar uma das pesadas canecas de cerveja sobre a mesa, mas não a levantou da mesa. O seu corpo inclinou-se um pouco para aquele lado, quando ele se esticou para pegar a caneca. Mesmo assim, continuou virado de frente para o homem louro. Seu rosto estava contraído e duro, com linhas brancas de tensão em volta da boca. Seus olhos escuros fitavam ferozes os olhos azuis de Madvig.

Ficaram parados assim, a menos de um metro de distância um do outro – um, louro, alto e de físico vigoroso, inclinado para a frente, os ombros grandes arqueados, os punhos grandes a postos; o outro, de cabelos e olhos escuros, alto e magro, o corpo um pouco inclinado para o lado, com um braço abaixado desse lado para segurar uma pesada caneca de cerveja pela asa – e a não ser pela respiração dos dois, não havia nenhum ruído na sala. Não vinha nenhum barulho do salão do bar, por trás da porta fina, nem o tilintar de vidros, nem o rumor das conversas, nem o esguicho da água da torneira.

Depois que passaram uns bons dois minutos, Ned Beaumont afastou a mão da caneca de cerveja e deu as costas para Madvig. Nada mudou no rosto de Ned Beaumont, mas o fato é que seus olhos, não mais voltados para Madvig, ficaram duros e frios, em vez de brilharem com raiva. Deu um passo sem pressa na direção da porta.

Madvig falou, com uma voz rouca, que vinha lá do fundo:

– Ned.

Ned Beaumont parou. Seu rosto ficou mais pálido. Não se virou.

Madvig disse:

– Seu maluco filho da mãe.

Então, Ned Beaumont virou-se, devagar.

Madvig esticou a mão aberta para a frente e empurrou a cara de Ned Beaumont para o lado, desequilibrou-o, de modo que ele teve de esticar o pé depressa para aquele lado, a fim de se apoiar, e pôr a mão numa cadeira junto à mesa.

Madvig disse:

– Eu devia fazer picadinho de você.

Ned Beaumont sorriu, meio acanhado, e sentou-se na cadeira em que havia tropeçado. Madvig sentou-se de frente para ele e bateu na mesa com a caneca de cerveja.

O garçom abriu a porta e meteu a cabeça através dela.

– Mais cerveja – disse Madvig.

Do salão do bar, pela porta aberta, veio o barulho de homens conversando, o tilintar de vidros e o som de copos e garrafas batendo na madeira.

# 4. A casa de cachorro

I

Ned Beaumont, tomando o café da manhã na cama, respondeu:

– Pode entrar – e depois, quando a porta de entrada abriu e fechou: – O que é?

Uma voz rascante, de timbre grave, perguntou na sala:

– Onde é que você está, Ned? – Antes que Ned Beaumont pudesse responder, o dono da voz rascante já tinha entrado no quarto e dizia: – Mas que moleza, hein? – Era um jovem corpulento, de cara quadrada, meio amarelada, boca larga, de lábios grossos, em cuja ponta balançava um cigarro, e com olhos escuros, alegres e contraídos.

– Oi, Whisky – disse Ned Beaumont. – Pegue uma cadeira aí.

Whisky correu os olhos pelo quarto.

– Você arranjou um cantinho um bocado chique – disse. Tirou o cigarro dos lábios e, sem virar a cabeça, usou o cigarro para apontar por cima do ombro, para a sala, atrás dele. – Para que são aquelas malas todas? Está de mudança?

Ned Beaumont terminou de mastigar e engolir os ovos mexidos que tinha na boca, antes de responder:

– Estou pensando nisso.

Whisky falou:

– É mesmo? – enquanto seguia para uma cadeira que estava diante da cama. Sentou-se ali. – E para onde?

— Nova York, talvez.
— Como assim, talvez?
Ned Beaumont respondeu:
— Bom, pelo menos tenho uma passagem para lá.
Whisky bateu as cinzas do cigarro no chão e devolveu o cigarro ao canto esquerdo da boca. Perguntou, fanhoso:
— Vai ficar fora por quanto tempo?
Ned Beaumont deteve a xícara de café a meio caminho entre a bandeja e a boca. Olhou com ar pensativo, por cima da xícara, para o homem amarelado. Por fim, disse:
— A passagem é só de ida – e bebeu.
Whisky entrecerrou os olhos para Ned Beaumont agora, até que um dos seus olhos escuros ficou totalmente fechado e o outro não passava de uma centelha preta e fina. Tirou o cigarro da boca, bateu mais um pouco de cinza no chão. Sua voz rascante forçou um tom persuasivo:
— Por que não vai falar com o Shad antes de ir embora? – sugeriu.
Ned Beaumont baixou a xícara na bandeja e sorriu. Falou:
— Shad e eu não somos tão amigos assim para que ele fique triste se eu for embora sem me despedir.
Whisky respondeu:
— A questão não é essa.
Ned Beaumont deslocou a bandeja dos joelhos para a mesinha de cabeceira. Virou-se de lado, empurrou o corpo para cima, com o cotovelo apoiado no travesseiro. Puxou o lençol para cobrir o peito. Depois perguntou:
— E qual é a questão?
— A questão é que você e o Shad deviam dar um jeito de trabalhar juntos.
Ned Beaumont balançou a cabeça.
— Não acho.

– Será que não pode estar enganado? – perguntou Whisky.

– Posso, claro – admitiu o homem na cama. – Uma vez, em 1921, eu me enganei. Esqueci qual era a questão de verdade.

Whisky levantou-se para esmagar seu cigarro num dos pratos sobre a bandeja. De pé ao lado da cama, perto da mesa, falou:

– Por que não experimenta, Ned?

Ned Beaumont franziu as sobrancelhas.

– Parece perda de tempo, Whisky. Não acho que eu possa me entender direito com o Shad.

Whisky chupou o ar entre os dentes, com ruído. A curva para baixo dos seus lábios grossos deu ao som um toque de escárnio.

– O Shad acha que você pode – falou.

Ned Beaumont abriu os olhos.

– Ah, é? – perguntou. – Foi ele que mandou você vir aqui?

– Puxa, foi, claro – respondeu Whisky. – Você não acha que eu estaria aqui falando desse jeito se ele não tivesse mandado, acha?

Ned Beaumont estreitou os olhos outra vez e perguntou:

– Por quê?

– Porque ele acha que você e ele podiam trabalhar juntos.

– Não é isso – explicou Ned Beaumont. – Por que ele acha que eu ia querer trabalhar com ele?

Whisky fez uma cara de chateado.

– Está querendo me enrolar, Ned? – perguntou.

– Não.

– Bom, pelo amor de Deus, você acha que ninguém na cidade sabe que você e o Paul tiveram um pega ontem lá no Pip Carson's?

Ned Beaumont fez que sim com a cabeça.

– Então é isso – falou, em tom suave, como se falasse para si mesmo.

– É isso – confirmou o homem de voz rascante. – Shad acabou sabendo que você caiu fora porque acha que o Paul não devia pôr abaixo os botecos do Shad. Então quer dizer que agora você está do lado do Shad, se usar direito a cabeça.

Ned Beaumont falou, pensativo:

– Não sei. Eu queria era ir embora daqui, voltar para a cidade grande.

– Use a cabeça – falou Whisky, áspero. – A cidade grande vai continuar lá no mesmo lugar depois da eleição. Fique por aqui. Você sabe que o Shad é osso duro e não vai dormir enquanto não acabar com a raça do Paul. Fique e ganhe uma fatia do bolo.

– Bem – disse Ned Beaumont, devagar. – Conversar com ele não vai machucar ninguém.

– Pode ter certeza que não – disse Whisky, animado. – Troque as fraldas e vamos logo até lá.

Ned Beaumont falou:

– Certo – e saiu da cama.

## II

Shad O'Rory levantou-se e se curvou.

– Estou contente em ver você, Beaumont – falou. – Largue o chapéu e o casaco em qualquer lugar. – Não ofereceu a mão para apertar.

Ned Beaumont disse:

– Bom dia – e começou a tirar o sobretudo.

Whisky, na porta, disse:

– Bom, mais tarde eu venho falar com vocês.

O'Rory respondeu:

— Sim, isso mesmo. – E Whisky os deixou, fechando a porta ao sair.

Ned Beaumont largou o sobretudo no braço do sofá, colocou o chapéu em cima do sobretudo e sentou-se ao lado. Olhava para O'Rory sem curiosidade.

O'Rory tinha voltado para a cadeira, um móvel densamente acolchoado, bojudo, em cores vinho e dourada, bem sem graça. Cruzou as pernas e juntou as mãos – as pontas dos dedos e dos polegares se tocavam – por cima do joelho. Deixou que a cabeça bem esculpida afundasse na direção do peito, de modo que os olhos azuis e acinzentados ficaram voltados para cima, por baixo das sobrancelhas castanhas, na direção de Ned Beaumont. Shad falou, com sua voz irlandesa agradavelmente modulada:

— Tenho uma dívida com você por ter tentado convencer o Paul a...

— Não tem não – disse Ned Beaumont.

O'Rory perguntou:

— Não tenho?

— Não. Eu estava do lado dele naquela hora. O que eu disse foi pelo bem dele. Achei que o Paul estava dando um lance errado.

O'Rory sorriu, com cortesia.

— E ele vai entender isso antes de eu acabar com ele – falou.

Então o silêncio pairou entre os dois por um tempo. O'Rory ficou meio afundado na cadeira, sorrindo para Ned Beaumont. Ned Beaumont continuou no sofá, olhando para O'Rory, com um olhar que não dava nenhuma indicação do que estava pensando.

O silêncio foi rompido por O'Rory, que perguntou:

— O que foi que o Whisky lhe disse?

— Nada. Só que você queria falar comigo.

– E ele estava certíssimo – disse O'Rory. Separou as pontas dos dedos e deu umas palmadinhas nas costas da mão magra que ficou sobre o joelho. – É verdade que você e o Paul romperam para sempre?

– Pensei que você soubesse – retrucou Ned Beaumont. – Pensei que fosse por isso que você me chamou.

– Ouvi dizer – respondeu O'Rory –, mas isso nem sempre é a mesma coisa. O que está pensando em fazer agora?

– Tenho uma passagem para Nova York no bolso e estou com as malas prontas.

O'Rory levantou a mão e alisou o cabelo branco.

– Você veio de Nova York, não foi?

– Nunca contei para ninguém de onde eu vim.

O'Rory afastou a mão do cabelo e fez um pequeno gesto de protesto.

– Você não acha que eu sou do tipo que dá importância ao lugar de onde um homem veio ou não veio, não é? – perguntou.

Ned Beaumont não falou nada.

O homem de cabelo branco disse:

– O que me importa é para onde você vai e, se as coisas andarem do jeito que eu quero, você não irá para Nova York, pelo menos não agora. Não passou pela sua cabeça que você ainda pode ter muito a ganhar ficando por aqui?

– Não – respondeu Ned Beaumont. – Quer dizer, não até o Whisky chegar.

– E o que você acha agora?

– Não sei de nada. Estou esperando para ver o que você tem a dizer.

O'Rory pôs a mão no cabelo outra vez. Seus olhos azuis e acinzentados eram amistosos e sagazes. Perguntou:

– Há quanto tempo mora por aqui?

– Quinze meses.

— E você e o Paul eram unha e carne havia quanto tempo?

— Um ano.

O'Rory fez que sim com a cabeça.

— Você deve saber muita coisa sobre ele – falou.

— Sei, sim.

O'Rory disse:

— Você deve saber uma porção de coisas que poderiam me servir.

Ned Beaumont falou, em tom indiferente:

— Faça a sua proposta.

O'Rory levantou-se das profundezas da cadeira acolchoada e foi para uma porta, no lado oposto àquela por onde Ned Beaumont tinha entrado. Quando abriu a porta, um imenso buldogue inglês entrou gingando. O'Rory voltou para a cadeira. O cachorro ficou deitado no tapete na frente da cadeira de cor vinho e dourada, fitando o dono com olhos irritados.

O'Rory disse:

— Uma coisa que eu posso lhe oferecer é a chance de se vingar de Paul para valer.

Ned Beaumont disse:

— Isso para mim não quer dizer nada.

— Não?

— No que me diz respeito, estamos quites.

O'Rory levantou a cabeça. Perguntou em tom suave:

— E você não faria nada que machucasse o Paul?

— Não falei isso – respondeu Ned Beaumont, um pouco irritado. – Não me importa que ele se machuque, mas acontece que posso fazer isso a qualquer hora que eu quiser, por minha própria conta, e não quero que você pense que está me dando alguma coisa quando me dá uma chance de fazer isso.

O'Rory balançou a cabeça para baixo e para cima, com satisfação.

– Isso me convém – disse ele. – Então vai ser pior para ele. Mas por que foi que ele passou fogo no jovem Henry?

Ned Beaumont riu.

– Calma aí – falou. – Você ainda não fez a sua proposta. Cachorro bonito. Quantos anos tem?

– Está no limite. Sete anos. – O'Rory esticou o pé e esfregou a ponta no focinho do cachorro. O cachorro mexeu o rabo com indolência. – Diga o que você acha disto aqui. Depois da eleição, ponho você para trabalhar na melhor casa de jogo que este estado já viu e deixo que você a administre ao seu gosto, com toda a proteção do mundo.

– Isso é uma proposta *se* – disse Ned Beaumont, de um jeito meio entediado –, *se* você vencer. De todo jeito, não tenho certeza se quero ficar aqui depois da eleição, ou até antes dela.

O'Rory parou de esfregar o focinho do cachorro com a ponta do sapato. Levantou os olhos para Ned Beaumont outra vez, sorriu com ar sonhador, e perguntou:

– Você não acha que a gente vai ganhar a eleição?

Ned Beaumont sorriu.

– Nem você apostaria o seu dinheiro nisso.

O'Rory, ainda sorrindo com ar sonhador, fez outra pergunta:

– Você não está muito empolgado com a ideia de passar para o meu lado, não é, Beaumont?

– Não. – Ned Beaumont levantou-se e pegou o chapéu. – Não foi ideia minha. – Sua voz soou descontraída, seu rosto estava educadamente inexpressivo. – Eu disse para o Whisky que era pura perda de tempo. – Esticou a mão para pegar o sobretudo.

O homem de cabelo branco falou:

– Sente. Ainda podemos conversar, não é? E quem sabe a gente chega a algum lugar, no fim das contas.

Ned Beaumont hesitou, encolheu os ombros de leve, tirou o chapéu da cabeça, colocou-o no sofá junto com o sobretudo e sentou-se ao lado.

O'Rory disse:

– Vou lhe dar dez mil pratas em dinheiro vivo agora mesmo se você passar para o meu lado, e mais dez mil na noite da eleição se a gente vencer o Paul, e mantenho de pé aquela proposta da casa de jogo, para você pegar ou largar.

Ned Beaumont contraiu os lábios e fitou O'Rory com ar sombrio, por baixo das sobrancelhas, contraídas e juntas.

– Você quer que eu traia o Paul, é claro – disse.

– Quero que vá ao *Observer* com toda a sujeirada em que você sabe que ele anda metido, os contratos dos esgotos, como e por que matou o Taylor Henry, aquela história do Sapateiro do inverno passado, a maneira porca como está administrando esta cidade.

– Com o negócio dos esgotos, agora, não tem nada – disse Ned Beaumont, como se sua mente estivesse mais atarefada com outros pensamentos. – Ele está abrindo mão dos lucros para que a sujeira não venha à tona por enquanto.

– Muito bem – admitiu O'Rory, tranquilo e confiante –, mas tem alguma coisa na história do Taylor Henry.

– É, com isso a gente pode trabalhar – respondeu Ned Beaumont, franzindo as sobrancelhas –, mas não sei se daria para usar o caso do Sapateiro – hesitou – sem criar encrenca também para mim.

– Diabos, a gente não quer isso – disse O'Rory rapidamente. – Deixe isso para lá. O que mais a gente pode arranjar?

– Talvez a gente possa conseguir alguma coisa com a concessão das linhas de bonde e com aquele problema do ano passado, no gabinete do secretário municipal. Mas primeiro vai ser preciso dar uma boa investigada.

– Vai valer a pena para nós dois – disse O'Rory. – Vou mandar o Hinkle, ele é o cara do *Observer*, pôr o assunto em pauta. É só você dar para as dicas e pode deixar que ele escreve tudo. Podemos começar com o caso do Taylor Henry. É uma coisa que está bem fresca.

Ned Beaumont esfregou o bigode com a unha do polegar e sussurrou:

– Pode ser.

Shad O'Rory riu.

– Você quer dizer que a gente devia começar com os dez mil dólares, não é? – perguntou. – Faz sentido. – Levantou-se e atravessou a sala até a porta que havia aberto para o cachorro. Abriu-a e saiu, fechando-a às suas costas. O cachorro não se levantou de onde estava, na frente da cadeira de cor vinho e dourada.

Ned Beaumont acendeu um charuto. O cachorro virou-se e olhou para ele.

O'Rory voltou com um grosso maço de notas verdes de cem dólares presas por uma fita de papel pardo na qual estava escrito, em tinta azul: "$10.000". Bateu com o maço na palma da outra mão e disse:

– O Hinkle já está aí fora. Eu disse para ele entrar.

Ned Beaumont franziu as sobrancelhas.

– Eu precisava ter um pouco de tempo para organizar melhor as ideias.

– Conte para o Hinkle do jeito que você lembrar mesmo. Deixe que ele monta os pedaços depois.

Ned Beaumont fez que sim com a cabeça. Soprou a fumaça do charuto e disse:

– Está certo, posso fazer assim.

O'Rory estendeu para a frente o maço de papel-moeda.

– Obrigado – disse Ned Beaumont, pegou o maço e colocou no bolso interno do paletó. O dinheiro formou um bolo no casaco por cima do seu peito reto.

Shad O'Rory disse:

– Eu é que agradeço – e voltou para a cadeira.

Ned Beaumont tirou o charuto da boca.

– Tem uma coisa que eu queria dizer enquanto penso no assunto – falou. – Incriminar o Walt Ivans pela morte do West não vai incomodar o Paul tanto como se a gente deixar o caso como está.

O'Rory olhou de um jeito curioso para Ned Beaumont por um momento, antes de perguntar:

– Por quê?

– O Paul não vai deixar que ele use o álibi do Clube.

– Quer dizer que ele vai dar ordens para os rapazes esquecerem que o Ivans esteve lá?

– Isso mesmo.

O'Rory estalou a língua e perguntou:

– De onde ele foi tirar a ideia de que eu ia armar alguma coisa para cima do Ivans?

– Ah, a gente adivinhou.

O'Rory sorriu.

– Quer dizer que você adivinhou – disse ele. – O Paul não é tão esperto assim.

Ned Beaumont deu um sorrisinho de modéstia e perguntou:

– Que tipo de serviço você armou para cima dele?

O'Rory deu uma risadinha.

– A gente mandou o palhaço até Braywood para comprar as armas que foram usadas. – Seus olhos azuis e acinzentados de repente ficaram duros e incisivos. Em seguida, o ar divertido voltou aos seus olhos e ele disse: – Ah, bem, nada disso é grande coisa agora, agora que o Paul está seco para armar uma briga por causa dessa história. Mas foi por isso que ele começou a criar encrenca comigo, não foi?

– Foi – respondeu Ned Beaumont. – Se bem que a coisa ia acabar estourando mesmo, mais cedo ou mais tarde. O Paul acha que foi ele quem abriu as portas para você aqui, desde o início, e que você tinha de ficar debaixo das asas deles, e não crescer a ponto de virar uma pedra no caminho.

O'Rory sorriu, com cortesia.

– E eu sou esse moleque que vai fazer o Paul se arrepender de ter me aberto as portas naquele tempo – prometeu. – Ele pode...

Uma porta abriu e um homem entrou. Era jovem, em calças bem folgadas e cinzentas. Tinha orelhas e nariz muito grandes. O cabelo, de um castanho indefinido, precisava de um trato e o seu rosto bastante encardido tinha vincos fundos demais para a idade.

– Entre, Hinkle – disse O'Rory. – Este aqui é o Beaumont. Ele vai lhe dar as dicas. Me mostre depois que tiver dado forma à história e vamos soltar a primeira bomba no jornal de amanhã.

Hinkle sorriu com dentes ruins e resmungou alguma coisa ininteligível e educada para Ned Beaumont.

Ned Beaumont levantou-se, dizendo:

– Está bem. Vamos agora para a minha casa e lá a gente trabalha na história.

O'Rory balançou a cabeça.

– Vai ser melhor aqui – disse.

Ned Beaumont, pegando o chapéu e o sobretudo, sorriu e disse:

– Desculpe, mas estou esperando uns telefonemas e outras coisas. Pegue o chapéu, Hinkle.

Hinkle, com ar assustado, ficou parado, mudo.

O'Rory disse:

– Você vai ter de ficar aqui, Beaumont. Não podemos correr o risco de alguma coisa acontecer com você. Aqui você tem toda a proteção.

Ned Beaumont sorriu da maneira mais simpática.

– Se é o dinheiro que preocupa você – meteu a mão no casaco e tirou de lá o maço de dinheiro –, pode ficar com ele até eu ter contado a história toda.

– Não estou preocupado com nada – disse O'Rory calmamente. – Mas você vai ficar em apuros se o Paul souber que veio falar comigo e eu não quero correr nenhum risco de meterem uma bala em você.

– Vai ter de correr o risco – respondeu Ned Beaumont. – Estou indo.

O'Rory disse:

– Não.

Ned Beaumont disse:

– Sim.

Hinkle virou-se rapidamente e saiu da sala.

Ned Beaumont deu as costas e andou na direção da outra porta, aquela pela qual ele havia entrado, ereto e rápido.

O'Rory falou com o buldogue aos seus pés. O cachorro levantou-se numa pressa embaraçada e, gingando, ultrapassou Ned Beaumont na direção da porta. Parou ali na frente da porta de pernas abertas e fitou Ned Beaumont com ar irritado.

Ned Beaumont sorriu com os lábios contraídos e virou o rosto de novo para O'Rory. O maço de notas de cem dólares estava na mão de Ned Beaumont. Ergueu a mão e disse:

– Você sabe onde pode enfiar isto aqui – e jogou o maço de notas em cima de O'Rory.

Quando o braço de Ned Beaumont desceu, o buldogue, num salto desajeitado, levantou-se para abocanhá-lo. Suas mandíbulas se fecharam em volta do pulso de Ned

Beaumont. Ned Beaumont foi empurrado para a esquerda com o impacto e tombou apoiado num joelho, com o braço abaixado, perto do chão, a fim de retirar o peso do cachorro do braço.

Shad O'Rory levantou-se da cadeira e foi até a porta pela qual Hinkle havia saído. Abriu-a e disse:

– Entrem um instante.

Em seguida, aproximou-se de Ned Beaumont, que, ainda apoiado num joelho sobre o chão, tentava deixar o braço ceder à força do puxão do cachorro. O cachorro estava quase achatado contra o chão, as quatro patas esticadas, segurando o braço.

Whisky e dois outros homens entraram. Um deles era o sujeito simiesco de pernas tortas que acompanhara Shad O'Rory na ida ao Clube Cabana de Madeira. O outro era um rapaz de cabelo arruivado, de dezenove ou vinte anos, troncudo, de cara rosada e mal-humorado. O rapaz mal-humorado contornou Ned Beaumont, ficou de pé entre ele e a porta. O brigão de pernas tortas pôs a mão direita no braço esquerdo de Ned Beaumont, o braço que o cachorro não estava segurando. Whisky parou a meio caminho entre Ned Beaumont e a outra porta.

Então O'Rory disse para o cachorro:

– Patty.

O cachorro soltou o pulso de Ned Beaumont e voltou gingando na direção do dono.

Ned Beaumont levantou-se. Tinha o rosto pálido e encharcado de suor. Olhava para a manga rasgada do paletó, para o pulso e para o sangue que escorria pela mão. A mão tremia.

O'Rory falou, com sua voz musical e irlandesa:

– Você podia ter se dado bem.

Ned Beaumont ergueu o olhar do pulso para o homem de cabelo branco.

– É – falou. – Mas vai ter que fazer mais do que isso para me impedir de sair daqui.

## III

Ned Beaumont abriu os olhos e gemeu.

O rapaz de cara rosada e cabelo arruivado virou a cabeça por cima do ombro e rosnou:

– Cale a boca, seu sacana.

O homem moreno e simiesco falou:

– Deixa ele em paz, Ferrugem. Quem sabe ele tenta sair outra vez e aí a gente se diverte mais um bocado. – Sorriu olhando para os próprios nós dos dedos inchados. – Dê as cartas.

Ned Beaumont resmungou alguma coisa sobre Fedink e sentou-se. Estava numa cama estreita, sem lençóis nem roupa de cama nenhuma. O colchão nu tinha manchas de sangue. Sua cara estava inchada, com hematomas e manchas de sangue. O sangue seco colava a manga da camisa ao pulso que o cachorro tinha mordido e aquela mão estava meio grudenta com o sangue que secava. Ele estava num quarto pequeno, amarelo e branco, mobiliado com duas cadeiras, uma mesa, um gaveteiro, um espelho de parede e três gravuras francesas em molduras brancas, além da cama. Na frente do pé da cama, uma porta aberta deixava à mostra uma parte do interior de um banheiro de azulejos brancos. Havia outra porta, fechada. Não havia janelas.

O homem moreno de porte simiesco e o rapaz de cara rosada e cabelo arruivado estavam sentados nas cadeiras, jogavam cartas sobre a mesa. Cerca de vinte dólares em cédulas e em moedas estavam sobre a mesa.

Ned Beaumont olhava, com os olhos castanhos, nos quais o ódio era um ardor opaco, que vinha de algum ponto muito abaixo da superfície, dirigido aos jogadores de cartas, e começou a sair da cama. Sair da cama era uma tarefa difícil para ele. O braço direito estava inutilizado. Tinha de empurrar as pernas para o lado da cama, uma de cada vez, com a mão esquerda, e por duas vezes tombou de lado e teve de se escorar com o braço esquerdo no colchão a fim de impelir o corpo para cima de novo.

Uma vez, o homem simiesco olhou para ele com o rabo do olho, por cima das cartas, para perguntar, em tom jocoso:

– Como é que está se arranjando, meu irmão? – A não ser por isso, os dois à mesa deixavam Ned Beaumont em paz.

Por fim, ele se levantou, trêmulo, de pé ao lado da cama. Firmando-se com a mão esquerda sobre a cama, alcançou a ponta. Ali, se empertigou e, olhando fixamente para seu objetivo, moveu-se cambaleante na direção da porta fechada. Já perto dela, tropeçou e caiu de joelhos, mas a mão esquerda, esticada para a frente em desespero, agarrou a maçaneta e ele conseguiu levantar-se de novo.

Então o homem simiesco baixou com cuidado as cartas sobre a mesa e disse:

– É agora.

O seu sorriso, que deixava à mostra os dentes notavelmente bonitos e brancos, era largo o bastante para revelar que os dentes não eram naturais. Avançou e ficou ao lado de Ned Beaumont.

Ned Beaumont dava puxões na maçaneta.

O homem simiesco falou:

– Já chega, ô seu Houdini de araque – e, com todo o seu peso por trás do muro, golpeou o rosto de Ned Beaumont com o punho direito.

Ned Beaumont foi jogado para trás, contra a parede. A parte de trás da cabeça bateu primeiro, depois o corpo se chocou inteiro de encontro à parede, e ele deslizou para baixo, pela parede, até o chão.

Ferrugem, de cara rosada, ainda segurava as cartas, sentado à mesa, e disse em tom lúgubre, mas sem emoção:

– Meu Deus, Jeff, assim você mata o coitado.

Jeff disse:

– Ele? – Indicou o homem aos seus pés chutando-o na coxa sem muita força. – Este aqui não dá para matar assim, não. Ele é osso duro. É um garoto durão. Ele gosta disso. – Curvou-se, segurou as lapelas do homem inconsciente, uma em cada mão, e puxou-o até ficar de joelhos. – Você não gosta disso, boneca? – perguntou e, segurando Ned Beaumont de joelhos com uma mão, esmurrou sua cara com o outro punho.

A maçaneta sacudiu pelo lado de fora.

Jeff perguntou:

– Quem é?

A voz agradável de Shad O'Rory respondeu:

– Sou eu.

Jeff arrastou Ned Beaumont o suficiente para que a porta pudesse abrir, largou-o ali e destrancou a porta com uma chave tirada do bolso.

O'Rory e Whisky entraram. O'Rory olhou para o homem no chão, depois para Jeff e por fim para Ferrugem. Os seus olhos azuis acinzentados estavam enevoados. Quando falou, foi para perguntar a Ferrugem:

– O Jeff está espancando o Beaumont só para se divertir?

O rapaz de cara rosada balançou a cabeça.

– Esse Beaumont é um filho da mãe – respondeu, em tom chateado. – Toda vez que acorda, levanta e começa a arranjar alguma confusão.

– Não quero que ele morra, ainda não – disse O'Rory. Olhou para Ned Beaumont, no chão. – Veja se consegue acordá-lo de novo. Quero falar com ele.

Ferrugem levantou-se da mesa.

– Não sei, não – respondeu. – Ele está bem apagado.

Jeff estava mais otimista.

– É claro que a gente consegue – falou. – Vou mostrar para vocês. Pegue os pés dele, Ferrugem. – Pôs as mãos embaixo das axilas de Ned Beaumont.

Carregaram o homem inconsciente para dentro do banheiro e o puseram dentro da banheira. Jeff tampou o ralo da banheira e abriu a água fria do chuveiro e também da torneira de baixo.

– Isso vai fazer o cara acordar e sair cantando num instante – previu.

Cinco minutos depois, quando o içaram gotejante da banheira e o puseram de pé, Ned Beaumont conseguia se aguentar. Levaram-no de novo para o quarto. O'Rory estava sentado numa cadeira e fumava um cigarro. Whisky tinha ido embora.

– Ponha-o na cama – ordenou O'Rory.

Jeff e Ferrugem levaram a carga até a cama, viraram o corpo e sentaram Ned Beaumont em cima do colchão. Assim que afastaram as mãos, Ned Beaumont tombou para trás, sobre a cama. Puxaram-no para a frente, para que ficasse de novo em posição sentada, e Jeff deu um tapa na cara dele, dizendo:

– Vamos lá, seu Rip Van Winkle, acorde logo.

– Vai ser bem difícil ele acordar – resmungou o mal--humorado Ferrugem.

– Acha que não vai acordar? – perguntou Jeff, alegre, deu mais um tapa na cara de Ned Beaumont.

Ned Beaumont abriu um olho, o que não estava inchado demais para abrir.

O'Rory disse:

– Beaumont.

Ned Beaumont levantou a cabeça e tentou olhar em volta do quarto, mas não havia o menor sinal de que estivesse vendo Shad O'Rory.

O'Rory levantou-se da cadeira e ficou parado na frente de Ned Beaumont, curvou-se para baixo, até que o rosto ficou a poucos centímetros do rosto do outro. Perguntou:

– Consegue me ouvir, Beaumont?

O olho aberto de Ned Beaumont fitou com ódio opaco os olhos de O'Rory.

O'Rory disse:

– É o O'Rory que está falando, Beaumont. Consegue ouvir o que estou falando?

Mexendo com dificuldade os lábios inchados, Ned Beaumont murmurou um pesado "Sim".

O'Rory disse:

– Muito bem. Agora escute o que vou dizer. Você vai me dar as informações sobre o Paul. – Falava de maneira bem clara, sem erguer a voz, sem que a voz perdesse nada dos atributos melódicos. – Talvez você ache que não vai, mas vai, sim. Você vai ser moído sem parar até que fale. Está entendendo?

Ned Beaumont sorriu. O estado do seu rosto dava ao sorriso um aspecto horrendo. Falou:

– Não vou.

O'Rory recuou um passo e disse:

– Faça o seu serviço.

Enquanto Ferrugem hesitava, o simiesco Jeff empurrou para o lado a mão erguida de Ned Beaumont e o jogou sobre a cama.

– Vou experimentar uma coisa.

Pegou as pernas de Ned Beaumont por baixo, levantou-as e largou-as em cima da cama. Debruçou-se sobre Ned Beaumont, as suas mãos trabalharam no corpo dele.

O corpo de Ned Beaumont, seus braços e pernas sacudiram-se convulsamente e ele gemeu três vezes. Depois disso, ficou parado.

Jeff ergueu-se, tirou as mãos do homem sobre a cama. Respirava arfante pela boca de macaco. Rosnou, num tom meio de queixa, meio de desculpas:

– Agora não vai adiantar. Ele apagou outra vez.

## IV

Quando Ned Beaumont recobrou a consciência, estava sozinho no quarto. As luzes estavam acesas. Com o mesmo esforço de antes, saiu da cama e atravessou o quarto até a porta. A porta estava trancada. Remexia na maçaneta quando a porta foi aberta com um tranco que o jogou de encontro à parede.

Jeff, de cuecas, descalço, entrou:

– Mas você é um pé no saco mesmo, hein? – falou. – Sempre arrumando alguma das suas gracinhas. Será que não fica cansado de apanhar e ser jogado no chão? – Pegou Beaumont pelo pescoço com a mão esquerda e esmurrou a cara dele com a mão direita, duas vezes, mas não tão forte como antes. Em seguida, empurrou-o para trás, até a cama, e jogou-o em cima dela. – E trate de ficar quieto dessa vez – rosnou.

Ned Beaumont ficou parado, de olhos fechados.

Jeff saiu e trancou a porta por fora.

Penosamente, Ned Beaumont saiu da cama e caminhou como pôde até a porta. Experimentou a maçaneta. Depois recuou dois passos e tentou jogar-se contra ela, mas tudo o que conseguiu foi machucar-se mais ainda. Continuou tentando, até que a porta foi aberta com um safanão de Jeff outra vez.

Jeff disse:

– Nunca vi um cara assim, que gostasse tanto de apanhar e que eu gostasse tanto de esmurrar. – Inclinou-se bastante para o lado a fim de tomar impulso e disparou o seu punho lá de baixo, da altura do joelho.

Ned Beaumont ficou parado, às cegas, no caminho do punho. O golpe acertou seu queixo e o lançou até a extremidade oposta do quarto. Ficou estirado no ponto onde caiu. Estava ali deitado já fazia duas horas quando Whisky entrou no quarto.

Whisky acordou-o com água trazida do banheiro e o ajudou a ir para a cama.

– Use a cabeça – suplicou Whisky. – Essas bestas vão acabar matando você. Eles não têm nada na cabeça.

Ned Beaumont olhava atônito para Whisky pelo olho opaco e sangrento.

– Deixa eles – conseguiu falar.

Então dormiu, até ser acordado por O'Rory, Jeff e Ferrugem. Recusou-se a contar qualquer coisa para O'Rory a respeito dos negócios de Paul Madvig. Foi arrastado para fora da cama, esmurrado até ficar inconsciente e jogado de novo na cama.

Isso se repetiu algumas horas depois. Não trouxeram nenhuma comida.

Indo de gatinhas até ao banheiro quando recobrou a consciência após a última surra, viu, no chão por trás da coluna da pia, uma lâmina de barbear estreita e vermelha de uma ferrugem acumulada em meses. Retirá-la de trás da coluna da pia foi uma tarefa que lhe tomou uns dez minutos, e os seus dedos dormentes falharam uma porção de vezes antes de conseguir pegá-la e tirá-la do chão de ladrilhos. Tentou cortar a própria garganta com ela, mas a lâmina escapou da sua mão depois de ele ter conseguido apenas dar três cortes no queixo. Deitou-se no chão do banheiro e gemeu até adormecer.

Quando acordou de novo, era capaz de ficar de pé, e ficou. Encharcou a cabeça na água fria e bebeu quatro copos de água. A água lhe deu enjoo e depois disso ele começou a tremer com um calafrio. Foi para o quarto e deitou-se no colchão nu e manchado de sangue, mas levantou-se quase imediatamente para ir depressa, cambaleante e aos trambolhões, de volta para o banheiro, onde ficou de quatro no chão e procurou a lâmina de barbear enferrujada, até encontrá-la. Sentou-se no chão e enfiou-a no bolso do colete. Ao meter a mão ali, seus dedos tocaram seu isqueiro. Tirou o isqueiro e ficou olhando para ele. Uma luz de esperteza surgiu no seu único olho aberto quando observava o isqueiro. A luz não era de uma mente sensata.

Sacudindo-se de tal modo que os dentes se entrechocavam, levantou-se do chão do banheiro e retornou ao quarto. Riu de um jeito cortante quando viu o jornal embaixo da mesa onde o homem moreno e simiesco e o rapaz de cara rosada e mal-humorado tinham ficado jogando cartas. Rasgou, amassou e embolou o jornal nas mãos, levou-o até a porta e colocou-o ali no chão. Em todas as gavetas do gaveteiro, achou um pedaço de papel de embrulho dobrado para recobrir o fundo. Amassou os papéis e colocou-os junto com o jornal, na porta. Com a lâmina, abriu um grande corte no colchão, puxou para fora punhados do algodão cru e cinzento que estofava o colchão e levou-os também para a porta. Agora ele já não tremia mais, nem tropeçava, e usava as duas mãos com destreza, mas logo se cansou na tarefa de arrancar as entranhas do colchão e arrastou o que restava do próprio colchão – forro e tudo – até a porta.

Deu um sorriso forçado, então, e depois da terceira tentativa conseguiu acender o isqueiro. Pôs fogo na base da pilha amontoada junto à porta. No início, ficou perto do monte de material inflamável, agachado, mas quando a fumaça aumentou, teve de se afastar, um passo de cada vez, relutante, tossindo enquanto recuava. Logo depois foi para o banheiro, encharcou uma toalha de água, enrolou-a na cabeça, cobrindo os olhos, o nariz e a boca. Voltou meio trôpego para o quarto, uma figura obscura no quarto enfumaçado, esbarrou na cama e caiu, e depois sentou no chão ao lado da cama.

Jeff foi encontrá-lo ali quando entrou.

Jeff entrou praguejando e tossindo entre os trapos que segurava contra o nariz e a boca. Ao abrir a porta, empurrou um pouco para trás boa parte do material em chamas. Aos chutes, tirou mais algumas peças incandescentes do seu caminho e pisou no resto, para conseguir chegar aonde estava Ned Beaumont. Pegou Ned Beaumont por trás do colarinho e arrastou-o para fora do quarto.

Do lado de fora, ainda com Ned Beaumont preso pela parte de trás do colarinho, Jeff, aos chutes, obrigou-o a ficar de pé e levou-o depressa para a outra ponta do corredor. Lá, empurrou-o por uma porta aberta, berrou:

– Vou comer uma das suas relhas quando eu voltar, seu sacana. – Chutou-o de novo, voltou para o corredor, bateu a porta e virou a chave na fechadura.

Ned Beaumont, chutado para dentro do quarto, evitou cair segurando-se numa mesa. Esforçou-se para ficar numa posição mais ereta e olhou em redor. A toalha tinha caído, em volta dos ombros e do pescoço, à maneira de um cachecol. O quarto tinha duas janelas. Foi até a janela mais próxima e tentou levantá-la. Estava trancada. Abriu o fecho e ergueu a janela. Do lado de fora, era noite. Passou uma perna por cima do parapeito, depois a outra, virou-se de maneira a ficar deitado de bruços sobre o parapeito, foi baixando o corpo até ficar seguro apenas pelas mãos, mexeu os pés no ar em busca de algum apoio, não encontrou nenhum, e deixou-se cair.

# 5. O hospital

I

Uma enfermeira estava fazendo alguma coisa na cara de Ned Beaumont.

– Onde estou? – perguntou ele.

– Hospital St. Luke. – Era uma enfermeira pequena, com olhos amendoados muito grandes e brilhantes, um tipo de voz ofegante e abafada, e um cheiro de mimosas.

– Que dia é hoje?

– Segunda.

– Que mês e ano? – perguntou ele. Quando ela franziu as sobrancelhas, ele disse: – Ah, deixe para lá. Há quanto tempo estou aqui?

– É o terceiro dia.

– Onde está o telefone? – Tentou sentar-se.

– Pare com isso – disse ela. – Não pode usar o telefone e não deve ficar agitado.

– Então, você usa para mim. Ligue para Hartford 6116 e diga ao senhor Madvig que eu tenho de vê-lo agora mesmo.

– O senhor Madvig vem aqui todo dia de tarde – disse ela. – Mas acho que o doutor Tait não vai deixar você falar com ninguém por enquanto. Na verdade, você agora já falou mais do que devia.

– Que parte do dia é agora? De manhã ou de tarde?

– Manhã.

– É tempo demais para esperar – disse. – Ligue para ele agora mesmo.

– O doutor Tait vem aqui daqui a pouco.

– Não quero saber de nenhum doutor Tait – retrucou irritado. – Quero falar com Paul Madvig.

– Você vai fazer o que estou mandando – replicou a enfermeira. – Vai ficar aí deitado e bem quieto, até o doutor Tait chegar.

Ele a olhou de cara feia.

– Que ótima enfermeira é você. Ninguém lhe ensinou que não faz bem aos pacientes ficar discutindo com eles?

Ela ignorou a pergunta.

Ele disse:

– Além do mais, você está machucando o meu queixo.

Ela disse:

– Se você ficasse parado não ia doer.

Ele ficou parado por um tempo. Depois perguntou:

– O que acha que aconteceu comigo? Ou você não foi tão longe nos seus estudos para saber?

– Deve ter sido uma briga de bêbados – respondeu a enfermeira, mas não conseguiu manter o rosto sério depois disso. Soltou uma risada e disse: – Mas, francamente, você não devia falar tanto e também não pode ver ninguém antes que o doutor Tait autorize.

## II

Paul Madvig chegou logo no início da tarde.

– Meu Deus, estou contente em ver você vivo outra vez! – exclamou. Com as duas mãos, pegou a mão esquerda do paciente, que não estava enfaixada.

Ned Beaumont disse:

– Estou bem. Mas veja bem o que temos de fazer: pegue o Walt Ivans e leve-o até Braywood e lá procure os vendedores de armas. Ele...

– Você já me contou tudo isso – falou Madvig. – Já foi feito.

Ned Beaumont franziu o rosto.

– Já contei para você?

– Claro... na manhã em que foi recolhido. Levaram você para o Hospital de Emergência e você não queria deixar que fizessem nada antes de falar comigo e então fui até lá e você me contou sobre o Ivans e a turma de Braywood e depois caiu inconsciente.

– Não me lembro de nada disso – falou Ned Beaumont. – Você pegou aquela turma?

– Pegamos os Ivans, com certeza, e o Walt Ivans contou tudo, depois que foi identificado em Braywood e o Júri de Instrução indiciou o Jeff Gardner e mais dois zés-ninguéns, mas não vamos conseguir prender o Shad por causa disso. Gardner é o homem com quem o Ivans fez negócio e todo mundo sabe que ele não faria nada sem o Shad autorizar, mas provar isso é uma outra história.

– Jeff é o tal cara com jeito de macaco, não é? Já foi apanhado?

– Não. O Shad está escondendo ele, desde que você fugiu, eu acho. Pegaram firme em cima de você, não foi?

– Ahn-ahn. No primeiro andar da Casa de Cachorro. Fui lá a fim de pegar o mandachuva numa armadilha, mas foi ele que me pegou numa armadilha. – Fechou a cara. – Lembro que fui até lá com o Whisky Vassos, fui mordido por um cachorro e espancado pelo Jeff e por um rapaz louro. Depois, aconteceu alguma coisa com fogo e... é só isso. Quem foi que me achou? E onde?

– Um guarda encontrou você se arrastando, de quatro, no meio da rua Colman, às três da madrugada, deixando uma trilha de sangue atrás de você.

– Estou com umas ideias de fazer umas coisas engraçadas – disse Ned Beaumont.

## III

A enfermeira pequena de olhos grandes abriu a porta com cuidado e introduziu a cabeça no vão.

Ned Beaumont dirigiu-se a ela com uma voz cansada:

– Tudo bem, é uma brincadeira de esconde-esconde! Mas você não acha que já está um pouco crescida para isso?

A enfermeira abriu mais a porta e ficou parada na soleira, segurando a beirada da porta com a mão.

– Não admira que batam em você desse jeito – falou. – Eu só queria ver se estava acordado. O senhor Madvig e – o tom abafado da voz se tornou mais pronunciado e seus olhos ficaram mais brilhantes – uma senhora estão aqui.

Ned Beaumont fitou-a com curiosidade e um toque de zombaria.

– Que tipo de senhora?

– É a senhorita Janet Henry – respondeu à maneira de alguém que dá uma notícia agradável e inesperada.

Ned Beaumont virou-se de lado, desviou o rosto do olhar da enfermeira. Fechou os olhos. Um canto da boca se torceu, mas a sua voz não tinha nenhuma expressão:

– Diga para eles que estou dormindo.

– Não pode fazer isso – disse a enfermeira. – Eles sabem que não está dormindo, mesmo que não tenham ouvido você falar, senão eu já teria voltado para lá.

Ele resmungou de modo teatral e ergueu-se, apoiado no cotovelo.

– Ela vai voltar numa outra hora – grunhiu. – Também posso encarar isso de vez.

A enfermeira, fitando-o com olhos de desprezo, falou, sarcástica:

– Tivemos de manter policiais na porta do hospital para espantar todas as mulheres que querem ver você.

– Você pode falar essas coisas, está certo – disse Ned Beaumont. – Talvez fique impressionada com filhas de senadores que aparecem na imprensa toda hora, mas nunca foi perseguida por elas como eu fui. Vou lhe contar, elas fizeram da minha vida um inferno, elas e suas páginas de fofoca dos jornais. Filhas de senadores, sempre filhas de senadores, nunca a filha de um deputado, ou a filha de um ministro de Estado, ou a filha de um vereador, só para variar, nunca outra coisa que não... Você acha que os senadores são mais férteis do que...

– Você não tem graça nenhuma – disse a enfermeira.
– É o jeito como penteia o cabelo. Vou trazer os dois para cá. – A enfermeira saiu.

Ned Beaumont respirou bem fundo. Tinha os olhos brilhantes. Umedeceu os lábios e depois comprimiu um contra o outro num sorriso tenso e enigmático, mas, quando Janet Henry entrou no quarto, o seu rosto era uma máscara de cortesia.

Ela foi direto até a cama e disse:
– Oh, senhor Beaumont, fiquei tão contente quando soube que o senhor estava se recuperando muito bem que simplesmente tive de vir visitá-lo. – Pôs a mão sobre a dele e sorriu. Embora os olhos dela não fossem castanho-escuros, seu cabelo louro lhes dava um aspecto mais escuro. – Se o senhor não queria que eu viesse, não deve pôr a culpa no Paul. Eu o obriguei a me trazer.

Ned Beaumont sorriu para ela e disse:
– Estou imensamente feliz em ver você. É muita gentileza da sua parte.

Paul Madvig, vindo atrás de Janet Henry, entrou no quarto e seguiu para o outro lado da cama. Sorriu com afeição para ela e para Ned Beaumont e disse:

– Eu sabia que você ia ficar contente, Ned. Eu disse para ela. Como está hoje?

– Esplendidamente. Puxem umas cadeiras.

– Não podemos ficar muito tempo – respondeu o homem louro. – Tenho de encontrar o M'Laughlin no Grandcourt.

– Mas eu não tenho – disse Janet Henry. Dirigiu seu sorriso para Ned Beaumont outra vez. – Não posso ficar... um pouco mais?

– Eu gostaria muito – garantiu Ned Beaumont, enquanto Madvig, contornando a cama a fim de pôr uma cadeira para ela sentar, sorria radiante para ambos e disse:

– Está ótimo.

Depois que a garota sentou junto à cama e o seu casaco preto foi pendurado no espaldar da cadeira, Paul Madvig olhou para o relógio de pulso e murmurou:

– Tenho de correr. – Apertou a mão de Ned Beaumont. – Alguma coisa que eu possa fazer por você?

– Não, obrigado, Paul.

– Bem, se cuide. – O homem louro virou-se para Janet Henry, parou e falou de novo para Ned Beaumont: – Até que ponto você acha que devo avançar com o M'Laughlin nessa primeira vez?

Ned Beaumont encolheu um pouco os ombros.

– O quanto quiser, contanto que não abra o jogo em palavras diretas. Ele fica assustado com isso. Mas você pode até contratá-lo para cometer assassinatos, se usar uma linguagem cheia de voltas, assim, por exemplo: "Se existisse um homem chamado Smith que morasse em tal lugar e ele ficasse doente ou tivesse alguma coisa e não estivesse passando bem e você por acaso desse um pulo para me visitar um dia e, por mera sorte, um envelope endereçado a você tivesse sido enviado aos meus cuidados, como é que eu ia saber que ele continha quinhentos dólares?".

Madvig concordou com a cabeça:

– Não quero saber de assassinatos – disse –, mas precisamos daquele voto da ferrovia. – Franziu as sobrancelhas. – Gostaria que você já estivesse de pé, Ned.

– Vou estar, em um ou dois dias. Viu o *Observer* desta manhã?

– Não.

Ned Beaumont deu uma olhada em volta do quarto.

– Alguém passou a mão nele. A sujeira está num editorial, no meio da primeira página. "O que farão a respeito disso os nossos governantes municipais?" Uma lista de crimes de seis semanas, para mostrar que estamos numa onda de crimes. Uma lista muito menor de quem foi preso mostra que a polícia não está em condições de fazer grande coisa sobre o caso. A maior parte da gritaria se refere ao assassinato de Taylor Henry.

Quando o irmão foi citado, Janet Henry contraiu o rosto e seus lábios se abriram um pouco, num arquejo silencioso. Madvig olhou para ela e depois, rapidamente, para Ned Beaumont a fim de menear a cabeça num breve gesto de alerta.

Ned Beaumont, ignorando o efeito de suas palavras sobre os demais, prosseguiu:

– Foram brutais com o caso. Acusaram a polícia de manter as mãos propositalmente longe do caso durante uma semana, de modo que um jogador metido nas altas esferas da política pudesse usar a história a fim de acertar as contas com um outro jogador, o que se refere ao fato de eu ter ido atrás do Despain para pegar o meu dinheiro. Fiquei imaginando o que o senador Henry ia pensar dos seus novos aliados políticos quando souber que eles andam manipulando o assassinato do filho dele com essa finalidade.

Madvig, de cara vermelha, olhando afobado o relógio de pulso, falou às pressas:

– Vou comprar um exemplar e ler. Tenho de ir...

– E outra coisa – acrescentou Ned Beaumont em tom sereno. – Eles acusam a polícia de perseguir, depois de ter protegido durante anos, os bares cujos donos não derem enormes contribuições de campanha. É assim que se referem à sua briga com o Shad O'Rory. E prometem publicar uma lista dos bares que ainda estão abertos porque os donos já acertaram as contas.

Madvig disse:

– Ora, ora. – Falou, meio constrangido, para Janet Henry: – Até logo, tenha uma visita agradável. Vejo você mais tarde – disse para Ned Beaumont, e saiu.

Janet Henry inclinou-se para a frente na cadeira e disse:

– Por que você não gosta de mim? – perguntou para Ned Beaumont.

– Acho que talvez eu goste, sim – respondeu ele.

Ela balançou a cabeça.

– Não gosta. Eu sei.

– Não pode julgar pelas minhas maneiras – ele lhe disse. – São sempre muito ruins.

– Você não gosta de mim – insistiu ela, sem responder ao sorriso dele. – E eu quero que goste.

Ned Beaumont se mostrou humilde.

– Por quê?

– Porque é o melhor amigo do Paul – respondeu.

– Paul – disse ele, olhando de lado para ela – tem uma porção de amigos: é um político.

Ela mexeu a cabeça com impaciência.

– Você é o melhor amigo dele. – Fez uma pausa, depois acrescentou: – Ele acha isso.

— E o que você acha? – perguntou Ned Beaumont com uma seriedade parcial.

— Acho que é mesmo – respondeu ela, em tom grave –, do contrário não estaria aqui agora. Não teria passado tudo isso por causa dele.

A boca de Ned Beaumont se torceu num sorriso seco. Não falou nada.

Quando ficou claro que ele não ia falar, ela disse, em tom sério:

— Eu gostaria muito que você gostasse de mim, se puder.

Ele repetiu:

— Acho que talvez eu goste.

Ela balançou a cabeça:

— Não gosta.

Ele sorriu para ela. Seu sorriso era muito jovem e cativante, seus olhos eram tímidos, sua voz era jovialmente acanhada e confidencial quando falou:

— Vou lhe contar o que é que faz você pensar desse jeito, senhorita Henry. É que... veja bem, o Paul me tirou da sarjeta, pode-se dizer, faz apenas um ano, mais ou menos, e então eu fico meio sem graça e encabulado quando me vejo ao lado de pessoas feito você, que pertencem a um outro mundo, muito diferente, à alta sociedade e às seções de fofocas da imprensa e tudo isso, e você está confundindo essa... bem... *gaucherie* com inimizade, e não tem nada a ver.

Ela se levantou e disse, sem mágoa:

— Você está me ridicularizando.

Depois que ela saiu, Ned Beaumont recostou-se nos travesseiros e fitou o teto com olhos brilhantes, até que a enfermeira entrou.

Ela entrou e perguntou:

— O que foi que você arranjou, agora?

Ned Beaumont ergueu a cabeça para olhar para a enfermeira com ar chateado, mas não falou nada.

A enfermeira disse:

– Ela saiu daqui mal conseguindo conter o choro.

Ned Beaumont baixou a cabeça no travesseiro outra vez.

– Acho que estou perdendo a minha habilidade – falou. – Antigamente eu sempre fazia as filhas dos senadores chorarem para valer.

### IV

Um homem de estatura mediana, jovem e ágil, com uma cara morena, esperta, de muito bom aspecto, entrou.

Ned Beaumont se pôs sentado na cama e disse:

– Oi, Jack.

Jack falou:

– Você não parece tão mal quanto eu imaginava – e avançou até o lado da cama.

– Ainda estou inteiro. Puxe uma cadeira.

Jack sentou-se e pegou um maço de cigarros.

Ned Beaumont falou:

– Tenho um outro serviço para você. – Pôs a mão embaixo do travesseiro e tirou de lá um envelope.

Jack acendeu o cigarro antes de pegar o envelope da mão de Ned Beaumont. Era um envelope comum, endereçado a Ned Beaumont, no Hospital St. Luke, e o carimbo do correio local trazia a data de dois dias antes. Dentro, havia uma folha de papel datilografada, que Jack pegou e leu.

```
O que você sabe a respeito de Paul Madvig
que Shad O'Rory está tão seco em saber?
Tem alguma coisa a ver com o assassinato
de Taylor Henry?
Se não, por que você foi tão longe assim
para manter isso em segredo?
```

Jack dobrou a folha de papel e a devolveu ao envelope antes de levantar a cabeça. Em seguida perguntou:

– Faz algum sentido?

– Não que eu saiba. Eu queria descobrir quem escreveu isso.

Jack fez que sim com a cabeça.

– Posso ficar com ele?

– Pode.

Jack pôs o envelope no bolso.

– Tem alguma ideia de quem pode ter feito isso?

– Nenhuma.

Jack examinou a ponta acesa do cigarro.

– É um trabalho, sabe – disse, em seguida.

– Eu sei – concordou Ned Beaumont –, e a única coisa que posso dizer é que apareceu uma porção desses, vários, na semana passada. É o meu terceiro. Sei que o Farr recebeu pelo menos um. Não sei quem mais andou recebendo.

– Posso ver os outros?

Ned Beaumont disse:

– Este é o único que guardei. São todos muito parecidos, na verdade... o mesmo papel, a mesma datilografia, três perguntas em cada folha, e sobre o mesmo assunto.

Jack fitou Ned Beaumont com olhos indagadores.

– Mas não exatamente as mesmas perguntas, não é? – perguntou.

– Não exatamente, mas todas tocam na mesma questão.

Jack fez que sim com a cabeça e tragou o cigarro.

Ned Beaumont disse:

– Você entende que isso tem de ficar estritamente entre nós.

– Claro. – Jack tirou o cigarro da boca. – A mesma questão a que você se refere é a ligação de Madvig com o assassinato?

– É – respondeu Ned Beaumont, fitando com olhos firmes o jovem moreno e astuto. – E não existe nenhuma ligação.

O rosto moreno de Jack estava inescrutável.

– Não vejo como poderia haver – disse quando se levantou.

## V

A enfermeira entrou trazendo um grande cesto de frutas.

– Não é uma graça? – perguntou, quando o colocou sobre a mesa.

Ned Beaumont fez que sim com a cabeça, cautelosamente.

A enfermeira tirou do cesto um pequeno envelope de papel grosso.

– Aposto como é dela – disse e entregou o envelope para Ned Beaumont.

– Aposta o quê?

– O que você quiser.

Ned Beaumont fez um gesto com a cabeça, como se confirmasse alguma suspeita.

– Você já olhou – disse ele.

– Puxa, você... – As palavras da enfermeira pararam quando ele riu, mas a indignação continuou na sua fisionomia.

Ned Beaumont tirou o cartão de Janet Henry de dentro do envelope. Havia duas palavras escritas: *Por favor!* De sobrancelhas franzidas para o cartão, ele falou para a enfermeira:

– Você venceu – e bateu o cartão na unha do polegar. – Pode se servir dessas porcarias aí, e pegue bastante, para dar a impressão de que eu comi.

Mais tarde, naquela tarde, ele escreveu:

Minha cara senhorita Henry

Você me deixou estupefato com a sua gentileza – primeiro, ao vir me visitar, e depois com as frutas. Não sei como lhe agradecer, mas espero que algum dia possa lhe demonstrar de modo mais claro a minha gratidão.

Atenciosamente,<br>Ned Beaumont

Quando terminou de ler o que tinha escrito, rasgou, e reescreveu em outra folha de papel, usando as mesmas palavras, mas reordenando-as para que o fim da segunda frase ficasse: "possa algum dia lhe demonstrar a minha gratidão de modo mais claro".

## VI

Ned Beaumont, em roupão de banho e de chinelos naquela manhã, estava lendo um exemplar do *Observer* diante da mesa do café, perto da janela do quarto de hospital, quando Opal Madvig entrou. Ele dobrou o jornal, colocou-o virado para baixo sobre a mesa, ao lado da bandeja, e levantou-se dizendo cordialmente:

– Oi, doçura.

Ele estava pálido.

– Por que não me procurou quando voltou de Nova York? – perguntou ela, num tom de acusação. Também estava pálida. A palidez realçava a textura infantil da sua pele, mas fazia o rosto parecer menos jovem. Seus olhos azuis estavam muito abertos e escuros de emoção, mas não eram fáceis de interpretar. Mantinha-se ereta, alta, sem rigidez, à maneira de alguém mais certa do próprio equilíbrio que da estabilidade do chão debaixo dos pés. Ignorando a cadeira que ele puxou da parede para perto dela, repetiu, no mesmo tom imperativo de antes:

– Por que não fez isso?

Ele riu para ela, de leve, com compreensão, e falou:

– Gosto de você nesse tom de marrom.

– Ah, Ned, por favor...

– Assim está melhor – disse ele. – Eu pretendia ir até a sua casa, mas... bem... havia um monte de coisas acontecendo quando voltei e também havia um monte de pontos pendentes das coisas que já tinham acontecido enquanto fiquei fora, e na hora em que terminei de resolver tudo isso dei de cara com o Shad O'Rory e vim parar aqui. – Acenou com o braço para indicar o hospital.

A seriedade da moça não foi afetada pela leveza do tom de Ned Beaumont.

– Vão enforcar o tal de Despain? – perguntou ela, em tom seco.

Ele riu de novo e falou:

– A gente não vai chegar muito longe se continuar falando desse jeito.

Ela franziu as sobrancelhas, mas disse:

– Vão enforcar, Ned? – com menos arrogância.

– Acho que não – respondeu ele, balançando a cabeça um pouco. – Tudo indica que ele não matou o Taylor, afinal.

Ela não pareceu surpresa.

– Você já sabia disso quando me pediu... para ajudar você... ou para armar... uma prova contra ele?

Ned Beaumont sorriu com ar de censura.

– Claro que não, doçura. O que você acha que eu sou?

– Você sabia sim. – Sua voz era tão fria e desdenhosa quanto seus olhos azuis. – Você só queria pegar o dinheiro que ele lhe devia, e me induziu a ajudá-lo a usar o assassinato do Taylor para os seus fins.

– Pode entender como quiser – respondeu, indiferente.

Ela se aproximou mais um passo. Um tremor levíssimo agitou seu queixo por um segundo, em seguida seu rosto jovem ficou firme e atrevido outra vez.

– Você sabe quem foi que o matou? – perguntou ela, os olhos sondando os olhos de Ned Beaumont.

Ele balançou a cabeça lentamente, de um lado para o outro.

– E o papai?

Ele pestanejou.

– Você quer saber se o Paul sabe quem matou o Taylor?

Ela bateu com o pé no chão.

– Estou perguntando se ele matou o Taylor – gritou.

Ned Beaumont cobriu a boca da moça com a mão. Seus olhos saltaram para focalizar a porta fechada.

– Cale a boca – murmurou.

Ela se afastou, enquanto uma de suas mãos empurrava a mão dele para longe do seu rosto.

– Foi ele? – insistiu.

Numa voz baixa e zangada, ele disse:

– Se quer fazer o papel de uma retardada, pelo menos não saia por aí falando com um megafone. Ninguém dá a menor bola para as ideias malucas que você tem na cabeça, contanto que guarde suas ideias para você mesma, mas tem de guardar só para você mesma.

Os olhos dela se arregalaram, escuros.

– Então foi ele que o matou – disse ela numa voz pequena e apagada, mas com absoluta certeza.

Ele baixou o rosto na direção dela.

– Não, minha querida – disse, com voz melosa e enraivecida. – Não foi ele quem matou. – Chegou com a cara bem perto da cara da moça. Um sorriso cruel desfigurou suas feições.

De semblante e voz firmes, sem recuar, ela disse:

– Se não foi ele, não consigo entender que diferença faz se eu falo isso ou não, ou se falo alto ou baixo.

A ponta da boca de Ned Beaumont se retorceu para cima num sorriso de escárnio.

– Você ficaria espantada se soubesse quantas coisas existem que você não consegue entender – disse, zangado. – E nunca vai entender, se continuar a agir desse modo. – Recuou um passo para longe dela, um passo grande, e meteu os punhos nos bolsos do roupão. Os dois cantos da boca estavam abaixados agora, e havia vincos na sua testa. Seus olhos semicerrados fitavam o chão diante dos pés da moça. – De onde você foi tirar essa ideia maluca? – resmungou.

– Não é uma ideia maluca. Você sabe que não é.

Ele encolheu os ombros com impaciência e perguntou:

– De onde tirou essa ideia?

Ela também encolheu os ombros.

– Não tirei de lugar nenhum. Eu... eu... de repente vi.

– Absurdo – retrucou ele, em tom incisivo, fitando a moça por baixo das sobrancelhas. – Já viu o *Observer* desta manhã?

– Não.

Ele a observou com olhos descrentes.

Uma perturbação trouxe um pouco de cor ao rosto da moça.

– Não vi – disse ela. – Por que está perguntando?

– Não viu? – perguntou Ned Beaumont, num tom que indicava que ele não acreditava nela, mas o brilho descrente tinha sumido dos seus olhos. Estavam apagados e pensativos. De repente, brilharam. Tirou a mão direita do bolso do roupão. Estendeu a mão para ela, a palma virada para cima. – Deixe-me ver a carta – falou.

Ela o fitou de olhos arregalados:

– O quê?

— A carta — disse ele. — A carta datilografada. Três perguntas e sem assinatura.

Ela baixou os olhos para evitar o olhar dele e um constrangimento agitou, muito de leve, as suas feições. Após um momento de hesitação, ela perguntou:

— Como é que você sabe? — e abriu a bolsa marrom.

— Todo mundo na cidade recebeu pelo menos uma — disse ele, displicente. — Esta é a primeira?

— É. — Entregou-lhe uma folha de papel amarrotada.

Ned Beaumont desamassou o papel e leu.

```
Será que você é tão burra que não sabe
que foi seu pai quem matou seu namorado?
Se você não sabe disso, por que foi
que ajudou seu pai e Ned Beaumont na
tentativa de atribuir o crime a um
inocente?
Sabe que ao ajudar seu pai a livrar-se
da justiça você está se transformando em
cúmplice do crime?
```

Ned Beaumont fez que sim com a cabeça e sorriu de leve.

— São todos muito parecidos — falou. Amassou o papel numa bola e jogou-a na lixeira junto à mesa. — Na certa, você vai receber outras, agora que seu nome entrou na mala direta.

Opal Madvig prendeu o lábio inferior entre os dentes. Seus olhos azuis brilharam sem cordialidade. Examinavam o rosto contido de Ned Beaumont.

Ele disse:

— O'Rory está tentando transformar o caso em material da campanha eleitoral. Você já soube dos meus problemas com ele. Tudo aconteceu porque ele achou que eu tinha rompido com seu pai e que ia aceitar dinheiro para ajudar a incriminar o Paul no assassinato... pelo menos o suficiente para que ele fosse derrotado na eleição... e eu não ajudei.

Os olhos dela não se modificaram.

– Por que você e o papai brigaram? – perguntou.

– Não é da conta de ninguém, só nossa, doçura – respondeu, em tom cordial. – Se é que a gente brigou mesmo.

– Brigaram sim – disse ela. – No bar Carson's. – Juntou os dentes com um estalido e falou, em tom atrevido: – Vocês discutiram quando souberam que ele tinha na verdade... tinha matado o Taylor.

Ele riu e perguntou, em tom de zombaria:

– Mas eu já não sabia disso o tempo todo?

A expressão dela não se deixou abalar pelo seu humor.

– Por que perguntou se eu tinha visto o *Observer*? – perguntou a moça. – O que tem nele?

– Mais uma dose dos mesmos disparates – respondeu Ned Beaumont em tom neutro. – Está ali em cima da mesa, se quiser ler. Vai rolar muita coisa desse tipo até a campanha terminar: vai ser uma campanha daquelas. E você vai atrapalhar um bocado a vida do seu pai se acreditar nessas... – Parou com um gesto de impaciência, porque ela já não estava mais escutando.

A moça tinha ido até a mesa e pegou o jornal que ele havia deixado ali quando ela entrou.

Ned Beaumont sorriu com prazer, nas costas dela, e disse:

– Está na primeira página, "Carta aberta ao prefeito".

Enquanto lia, ela começou a tremer – os joelhos, as mãos, a boca –, de modo que Ned Beaumont franziu as sobrancelhas aflito, olhando para ela, mas quando terminou, largou o jornal sobre a mesa e virou-se para encará-lo, o corpo alto e o rosto bonito da jovem tinham uma imobilidade de estátua. Dirigiu-se a ele numa voz baixa, entre os lábios, que mal se mexiam enquanto as palavras soavam:

– Eles não se atreveriam a dizer essas coisas se não fossem verdadeiras.

– Isso não é nada em comparação com o que ainda vão dizer antes dessa história toda terminar – falou Ned Beaumont, em voz arrastada e preguiçosa. Ele parecia achar graça, embora no brilho dos seus olhos houvesse um toque de raiva, reprimida com dificuldade.

A moça olhou para ele durante um longo intervalo, depois, sem dizer nada, se virou para a porta.

Ele disse:

– Espere.

Ela parou e virou-se para ele de novo. O sorriso de Ned Beaumont agora estava amistoso, insinuante. O rosto da jovem tinha uma palidez de estátua.

Ele disse:

– A política é um jogo muito bruto, doçura, do jeito que estão jogando dessa vez. O *Observer* está do outro lado da cerca e eles não estão nem um pouco preocupados com a verdade de nada, contanto que prejudique o Paul. Eles...

– Não acredito – disse ela. – Conheço o senhor Mathews, a esposa dele era só alguns anos mais velha do que eu na escola onde estudamos e éramos amigas, e eu não acredito que ele fosse dizer uma coisa dessas sobre o papai se não fosse verdade, ou se não tivesse um bom motivo para achar que é verdade.

Ned Beaumont deu uma risadinha.

– Você está muito por dentro, hein? Mathews está enterrado em dívidas até as orelhas. Aliás a Companhia Fiduciária Central do Estado está com duas hipotecas da sua empresa, sem falar de uma hipoteca da casa dele. A Companhia Fiduciária pertence a Bill Roan. Bill Roan está concorrendo a uma vaga no Senado contra o Henry. Mathews faz o que mandam e imprime o que mandam imprimir.

Opal Madvig não falou nada. Não havia o menor sinal de que ela tivesse ficado convencida com o argumento de Ned Beaumont.

Ele continuou falando num tom amável e persuasivo:

– Isto – cravou um dedo no jornal sobre a mesa – não é nada comparado com o que está para vir. Eles vão sacudir os ossos do Taylor Henry até inventarem alguma coisa pior e publicarão esse tipo de material até a eleição terminar. O melhor era a gente ir logo se acostumando com isso desde já e você, mais do que qualquer outra pessoa, não devia se incomodar com isso. O Paul não se incomoda muito. Ele é político e...

– Ele é um assassino – disse ela numa voz baixa e clara.

– E a filha dele é uma pateta – exclamou irritado. – Quer parar de bobagem?

– Meu pai é um assassino – disse.

– Você está doida. Escute aqui. O seu pai não tem absolutamente nada a ver com o assassinato do Taylor. Ele...

– Não acredito em você – retrucou em voz séria. – Nunca mais vou acreditar em você.

Ele franziu as sobrancelhas para ela.

A moça se virou e andou na direção da porta.

– Espere – disse Ned Beaumont. – Deixe que eu...

Ela saiu e bateu a porta.

## VII

O rosto de Ned Beaumont, depois de uma careta de raiva dirigida à porta fechada, se tornou profundamente pensativo. Riscos surgiram na testa. Os olhos escuros se estreitaram e ficaram introspectivos. Os lábios se contraíram debaixo do bigode. Logo depois, pôs um dedo na boca e mordeu a unha. Respirava ritmado, mas de modo mais profundo que o habitual.

Soaram passos do lado de fora da porta. Ele abandonou o aspecto pensativo e caminhou preguiçosamente rumo à janela, cantarolando de lábios fechados "Little lost lady". Os passos passaram pela porta e seguiram adiante. Ele parou de cantarolar e curvou-se para pegar a folha de papel com as três perguntas dirigidas a Opal Madvig. Não desamassou o papel, mas enfiou-o assim como estava, amassado numa bola frouxa, em um bolso do roupão.

Achou um charuto, acendeu e, com ele aceso entre os dentes, ficou parado junto à mesa e, através da fumaça, com os olhos entrecerrados, observou a primeira página do *Observer*, ali estendida.

## CARTA ABERTA AO PREFEITO

Senhor,
O *Observer* está de posse de uma informação que acredita ser da máxima importância para o esclarecimento do mistério que cerca o recente assassinato de Taylor Henry.
Essa informação está fundada em diversas declarações juramentadas que se encontram no cofre do *Observer*. O conteúdo de tais declarações é o seguinte:
1. Paul Madvig discutiu com Taylor Henry meses atrás acerca das atenções que o jovem dedicava à filha dele e proibiu a filha de ver Henry.
2. A filha de Paul Madvig, porém, continuou a encontrar Taylor Henry num quarto mobiliado que ele alugou com esse fim.

3. Os dois estiveram juntos nesse quarto mobiliado na tarde do dia em que ele foi morto.

4. Paul Madvig foi à casa de Taylor Henry naquela noite, supostamente para queixar-se com o jovem, ou com seu pai, de novo.

5. Paul Madvig parecia furioso quando saiu da residência dos Henry, minutos antes de Taylor Henry ser assassinado.

6. Paul Madvig e Taylor Henry foram vistos a meio quarteirão de distância um do outro, a menos de um quarteirão do local onde o corpo do jovem foi encontrado, e não mais de quinze minutos antes de o corpo ser encontrado.

7. O Departamento de Polícia não tem, no momento, nenhum detetive com a incumbência de tentar descobrir o assassino de Taylor Henry.

O *Observer* acredita que o senhor devia saber disso e que os eleitores e contribuintes também deviam saber. O *Observer* não tem nenhum interesse particular, nenhuma motivação, que não o desejo de ver a justiça cumprida. O *Observer* espera com ansiedade uma oportunidade de entregar essas declarações juramentadas, bem como todas as demais informações que tem, para o senhor ou para qualquer funcionário de alto escalão da prefeitura e, se tal medida se mostrar útil à justiça, suspender a publicação de alguns ou de todos os pormenores dessas declarações.

Mas o *Observer* não vai permitir que a informação contida nessas declarações juramentadas seja ignorada. Se as autoridades eleitas e indicadas para manter a lei e a ordem nesta cidade e neste estado julgam que tais declarações não têm importância suficiente para exigir que se tomem providências, o *Observer* irá encaminhar a questão a um tribunal superior, o povo desta cidade, publicando seu texto integral.

H. K. MATHEWS, Editor-Chefe

Ned Beaumont soltou um grunhido de desdém e soprou uma baforada de fumaça de charuto para aquela afirmação, mas os seus olhos continuaram sombrios.

### VIII

No início daquela tarde, a mãe de Paul Madvig veio visitar Ned Beaumont.

Ele a abraçou e beijou-a nas duas faces, até que ela o empurrou para trás e disse, num tom severo e zombeteiro:

– Pare com isso. Você é pior do que o cachorro *terrier* do Paul.

– Eu sou um cão *terrier* – disse ele – por parte de pai. – E foi para trás dela a fim de ajudá-la a despir o casaco de pele de foca.

Alisando a parte de trás do vestido, ela foi até a cama e sentou-se.

Ned Beaumont pendurou o casaco nas costas de uma cadeira e ficou ali – as pernas separadas, as mãos nos bolsos do roupão – de frente para ela.

A mulher o observou com ar crítico.

– Você não parece muito mal, não – disse logo depois. – Nem muito bom. Como se sente?

– Ótimo. Só continuo por aqui por causa das enfermeiras.

– Isso não me espantaria nem um pouco – disse ela. – Mas não fique me olhando desse jeito maroto que nem um gato de *cheshire*. Isso me deixa nervosa. Sente. – Deu uma palmadinha na cama, ao seu lado.

Ele sentou ao lado dela.

A mulher falou:

– O Paul acha que você fez alguma coisa muito importante e nobre quando fez o que fez, seja lá o que for, mas para mim você nem precisa explicar, porque eu sei que, se você tivesse se comportado direito, não teria se metido nessa encrenca em que se meteu, seja lá qual for.

– Ah, mamãe – começou ele.

Ela o interrompeu. Os olhos azuis, jovens como os do filho, continuaram cravados com firmeza nos olhos castanhos de Ned Beaumont.

– Escute aqui, Ned, o Paul não matou aquele frangote metido a besta, matou?

A surpresa fez Ned Beaumont abrir a boca e os olhos.

– Não.

– Eu achei que não – disse a velha senhora. – Ele sempre foi um bom menino, mas ouvi falar que existem algumas coisas sujas acontecendo e só Deus sabe o que se passa nessa política. Tenho certeza de que não faço a menor ideia.

A surpresa se tingiu de humor nos olhos com que Ned Beaumont observou o rosto ossudo da mulher.

Ela disse:

– Bem, pode me olhar de olhos arregalados, porque eu não tenho meios de entender o que vocês, homens, pretendem, ou o que os leva a fazer essas coisas sem pensar. Muito tempo antes de você nascer eu já tinha desistido de tentar descobrir isso.

Ele deu umas palmadinhas no ombro da mulher.

– Você é um fenômeno, mãe – disse, com admiração.

Ela se esquivou da sua mão e fitou-o com olhos penetrantes outra vez.

– Vai me contar se ele tiver mesmo matado o sujeito? – perguntou.

Ned Beaumont fez que não.

– Então como vou saber que ele não fez isso?

Ele riu.

– Porque – explicou –, se ele tivesse matado, eu ainda diria "não", mas se a senhora me perguntasse se eu lhe diria a verdade no caso de ele ter feito isso, eu diria "sim". – O ar divertido desapareceu dos seus olhos e da sua voz. – Não foi ele quem fez isso, mãe. – Sorriu para ela. Sorriu só com os lábios, que ficaram contraídos junto aos dentes. – Seria muito bom se alguém na cidade além de mim pensasse que ele não fez isso, e melhor ainda que essa outra pessoa fosse a mãe dele.

## IX

Uma hora depois da partida da senhora, Ned Beaumont recebeu um pacote que continha quatro livros e um cartão de Janet Henry. Ele estava escrevendo um bilhete de agradecimento quando Jack chegou.

Soltando fumaça junto com as palavras, Jack disse:

– Acho que consegui alguma coisa, mas não sei se você vai gostar.

Ned Beaumont fitou pensativo o jovem refinado e alisou o lado esquerdo do bigode com o dedo indicador.

– Se for a respeito do assunto para o qual contratei você, vou gostar muito. – Sua voz era tão impassível quanto a de Jack. – Sente-se e me conte.

Jack sentou-se com cuidado, cruzou as pernas, pôs o chapéu no chão e voltou os olhos do seu cigarro para Ned Beaumont. Falou:

– Parece que aquelas cartas foram escritas pela filha de Madvig.

Os olhos de Ned Beaumont se alargaram um pouco, mas só por um momento. Seu rosto perdeu um pouco da cor e a respiração ficou irregular. Não houve alteração na voz.

– O que leva você a pensar assim?

De um bolso interno do paletó, Jack retirou duas folhas de papel, semelhantes em tamanho e feitio, dobradas do mesmo jeito. Entregou-as para Ned Beaumont, que, depois de desdobrá-las, viu que nas duas folhas de papel estavam datilografadas perguntas, as mesmas três perguntas nas duas folhas.

– Uma delas é a que você me deu ontem – disse Jack. – Consegue identificar?

Ned Beaumont balançou a cabeça devagar, de um lado para o outro.

– Não tem nenhuma diferença – disse Jack. – Eu escrevi a outra na rua Cherter, onde o Taylor Henry tinha um quarto mobiliado, aonde a filha de Madvig costumava ir, e escrevi com uma máquina de escrever Corona que estava lá, e num papel que estava lá. Até onde se sabe, só havia duas chaves para o quarto. Ele tinha uma e ela, a outra. Ela esteve lá pelo menos duas vezes depois que ele foi morto.

Ned Beaumont, agora de sobrancelhas franzidas, fitando as folhas de papel na sua mão, fez que sim com a cabeça, sem erguer os olhos.

Jack acendeu outro cigarro na ponta daquele que já estava fumando, ergueu-se, foi até a mesa para esmagar o cigarro velho no cinzeiro e voltou para o lugar onde estava sentado. Nada em seu rosto ou em sua atitude deixava entrever algum interesse na reação de Ned Beaumont à sua descoberta.

Após mais um minuto de silêncio, Ned Beaumont levantou a cabeça um pouco e perguntou:

– Como conseguiu isto?

Jack colocou o cigarro no canto da boca, onde ele começou a sacudir junto com as suas palavras:

– A dica do *Observer* a respeito do quarto mobiliado, hoje de manhã, me fez dar uma passada no tal lugar. A polícia fez a mesma coisa, só que chegou primeiro. Mas eu tive uma boa colher de chá: o guarda que deixaram lá é meu amigo, Fred Hurley, e por dez pratas ele me deixou olhar à vontade tudo o que eu queria.

Ned Beaumont sacudiu as folhas de papel na mão.

– A polícia sabe disso? – perguntou.

Jack deu de ombros:

– Não contei para eles. Subornei o Hurley, mas ele não sabia de nada, foi posto lá só para vigiar, até os outros resolverem o que vão fazer. Talvez saibam, talvez não. – Sacudiu as cinzas do cigarro no chão. – Eu posso descobrir.

– Deixe para lá. O que mais descobriu?

– Não procurei descobrir mais nada.

Ned Beaumont, depois de lançar um rápido olhar para o rosto impenetrável do jovem, baixou os olhos de novo para as folhas de papel.

– Que tipo de espelunca é?

– Oito por quatro. Um quarto com banheiro, alugado sob o nome de French. A mulher que cuida do lugar diz que não sabia quem eram, na verdade, até a chegada da polícia nesta manhã. Talvez não soubesse mesmo. É o tipo de lugar onde não fazem muitas perguntas. Ela diz que os dois iam lá muitas vezes, sobretudo à tarde, e que a garota voltou umas duas ou três vezes na última semana, mais ou menos, que ela saiba, se bem que era muito fácil para a jovem entrar e sair sem que ninguém visse.

– É mesmo ela?

Jack fez um gesto evasivo com a mão.

– A descrição coincide. – Fez uma pausa e acrescentou, de modo displicente, enquanto exalava fumaça: – Ela foi a única pessoa que a mulher viu desde que o Taylor Henry foi morto.

Ned Beaumont levantou a cabeça outra vez. Tinha os olhos duros.

– Taylor recebia outras pessoas lá? – perguntou.

Jack fez de novo o gesto evasivo.

– A mulher não ia dizer. Disse que não sabia, mas, pelo modo como falou, eu diria que é mais seguro apostar que estava mentindo.

– Não dá para saber pelo que está lá dentro do quarto?

Jack balançou a cabeça.

– Não. Não tem muita coisa de mulher lá... só um quimono e objetos de toalete, pijamas e coisas assim.

– Muita coisa dele?

– Ah, um terno, um par de sapatos, roupas de baixo, pijamas, meias e por aí afora.

– Algum chapéu?

Jack sorriu.

– Nenhum chapéu – disse.

Ned Beaumont levantou-se e foi até a janela. Lá fora, a escuridão era quase completa. Alguns pingos de chuva grudaram no vidro da janela e muitos outros batiam nela de leve, enquanto Ned Beaumont ficou ali parado. Virou-se para encarar Jack outra vez.

– Muito obrigado, Jack – disse, devagar. Tinha os olhos voltados para o rosto de Jack, com um olhar apagado e distraído. – Acho que em breve vou ter outro serviço para você... talvez esta noite mesmo. Telefono pra você.

– Tá legal – disse Jack, levantou-se e saiu.

Ned Beaumont foi até a porta do armário pegar suas roupas, levou-as para o banheiro e vestiu. Quando saiu, uma enfermeira estava no quarto, uma mulher alta e corpulenta, de rosto pálido e lustroso.

– Como? Está vestido? – exclamou.

– Pois é. Tenho de sair.

O alarme veio somar-se ao espanto na fisionomia da enfermeira.

– Mas não pode, senhor Beaumont – protestou. – Já é noite, está começando a chover e o doutor Tait ia...

– Eu sei, eu sei – falou ele, impaciente, e desviou-se dela, andando na direção da porta.

# 6. O *Observer*

## I

A senhora Madvig abriu a porta da frente.

— Ned! – gritou. – Você está doido? Na rua, numa noite feito esta, e mal acabou de sair do hospital.

— No táxi não tinha goteira – respondeu, mas no seu sorriso faltava vigor. – Paul está em casa?

— Saiu não faz meia hora, acho que foi ao Clube. Mas entre, entre.

— Opal está em casa? – perguntou, quando fechou a porta e seguiu os passos da mulher pela antessala.

— Não. Está fora de casa desde a manhã.

Ned Beaumont parou na porta da sala de estar.

— Não vou poder ficar – falou. – Vou dar um pulo no Clube e falar com o Paul. – Sua voz não estava muito firme.

A mulher idosa virou-se depressa para ele.

— Você não vai fazer nada disso – falou com voz de censura. – Olhe só para você, está à beira de pegar um resfriado. Vai ficar aqui, perto da lareira, e deixe que eu traga alguma coisa quente para você beber.

— Não posso, mãe – respondeu ele. – Tenho uns lugares para ir.

Os olhos azuis da mulher, nos quais a idade não transparecia, ficaram brilhantes e aguçados.

— Quando saiu do hospital? – perguntou.

— Agora há pouco.

Ela fechou os lábios com força, depois os entreabriu para falar, em tom de acusação:

– Você fugiu. – Uma sombra perturbou a claridade azul dos seus olhos. Aproximou-se de Ned Beaumont e pôs sua cara quase junto à dele: a mulher tinha quase a mesma altura que ele. Sua voz agora estava áspera, como se viesse de uma garganta ressecada. – É alguma coisa que tem a ver com o Paul? – A sombra nos olhos dela podia, agora, ser identificada como medo. – E com a Opal?

A voz de Ned Beaumont era quase inaudível:

– Tem a ver com uma coisa que eu preciso falar com eles.

Ela tocou uma das bochechas de Ned Beaumont de um jeito meio tímido, com os dedos ossudos:

– Você é um bom menino, Ned – disse.

Ele a abraçou.

– Não se preocupe, mãe. Não é nada tão ruim comparado ao que podia ser. É só que... se Opal vier para casa, dê um jeito de ela ficar aqui, se conseguir.

– Não é nada que você possa me dizer, Ned? – perguntou.

– Não agora e... bem... talvez seja melhor não deixar que eles saibam que você acha que há alguma coisa errada.

## II

Ned Beaumont caminhou cinco quarteirões debaixo de chuva, rumo a uma drogaria. Ali usou um telefone, primeiro para chamar um táxi e depois para discar dois números e chamar o sr. Mathews. Não conseguiu ser atendido pelo sr. Mathews.

Ligou para outro número e chamou o sr. Rumsen. Um instante depois dizia:

– Escute, Jack, aqui é o Ned Beaumont. Ocupado?... Tudo bem. É o seguinte. Eu queria saber se aquela garota sobre a qual falamos foi ver o Mathews no *Observer* hoje e o que ela fez depois, se é que fez... Isso mesmo, Hal Mathews. Tentei falar com ele pelo telefone, lá e na casa dele, mas não tive sorte... Bem, seja discreto, se puder, mas consiga a informação, e depressa... Não, já saí do hospital. Vou esperar em casa. Sabe o meu telefone... Certo, Jack. Está bem, obrigado, e me ligue o mais depressa que puder... Até logo.

Saiu para o táxi que o aguardava na porta, entrou e deu ao motorista seu endereço, mas depois de meia dúzia de quarteirões bateu no vidro com os dedos e deu ao motorista um outro endereço.

Pouco depois, o táxi estacionou diante de uma casa baixa, acinzentada, situada no centro de um gramado num terreno muito íngreme.

– Espere aqui – disse ao motorista e saiu.

A porta da frente da casa acinzentada foi aberta por uma criada de cabelos ruivos que atendeu o seu toque da campainha.

– O senhor Farr está? – perguntou.

– Vou ver. Quem quer falar com ele?

– Senhor Beaumont.

O promotor público veio à antessala com as mãos estendidas para a frente. Sua cara rosada e combativa era só sorrisos.

– Ora, ora, Beaumont, é um enorme prazer – disse, avançando ligeiro para o seu visitante. – Vamos, me dê o seu paletó e o seu chapéu.

Ned Beaumont sorriu e balançou a cabeça.

– Não posso demorar – respondeu. – Só vou ficar um segundo, acabei de sair do hospital e estou indo para casa.

– Está cem por cento outra vez? Esplêndido!

– Me sinto muito bem – disse Ned Beaumont. – Alguma novidade?

– Nada muito importante. Os pilantras que pegaram você ainda estão soltos, escondidos em algum lugar, mas nós vamos pegá-los.

Ned Beaumont fez um gesto depreciativo com a boca.

– Não morri e eles não estavam tentando me matar: você só pode acusá-los de agressão. – Fitou Farr de um jeito meio sonolento. – Apareceu mais alguma daquelas cartas de três perguntas?

O promotor público pigarreou.

– Bem... sim, veja você, apareceram mais algumas.

– Quantas? – perguntou Ned Beaumont. Sua voz era educadamente informal. As extremidades dos lábios estavam um pouco levantadas num sorriso frouxo. Um ar divertido brilhou nos olhos, mas eles continuaram cravados nos olhos de Farr.

O promotor público soltou um pigarro.

– Três – respondeu, com relutância. Então seus olhos brilharam. – Ouviu falar do esplêndido comício que fizemos no...?

Ned Beaumont interrompeu:

– Todas daquele jeito? – perguntou.

– Bem... mais ou menos. – O promotor público lambeu os lábios e uma expressão de súplica começou a surgir nos seus olhos.

– Mais pra mais... ou mais pra menos?

Os olhos de Farr desceram dos olhos de Ned Beaumont para a sua gravata e depois seguiram para o lado, rumo ao seu ombro esquerdo. Moveu os lábios de modo vago, mas não emitiu nenhum som.

O sorriso de Ned Beaumont, agora, era francamente malicioso.

– Todas as cartas dizem que o Paul matou Taylor Henry? – perguntou com voz adocicada.

Farr teve um sobressalto, o rosto desbotado num tom de laranja claro e, no seu nervosismo, deixou que seus olhos abalados fitassem de novo os olhos de Ned Beaumont.

– Por Deus, Ned! – soluçou.

Ned Beaumont riu.

– Está com os nervos em petição de miséria, Farr – disse, ainda com voz adocicada. – É melhor se cuidar, senão vai acabar estourando. – Seu rosto ficou sério de novo. – O Paul falou com você alguma coisa sobre isso? Eu me refiro aos seus nervos.

– N-não.

Ned Beaumont sorriu de novo.

– Vai ver que ele não notou... ainda. – Levantou um braço, deu uma rápida olhada no relógio de pulso e depois em Farr. – Ainda não descobriu quem foi que escreveu essas cartas? – perguntou de modo brusco.

O promotor público gaguejou:

– Escute, Ned, eu não... você entende... não é... – Agitou-se e parou.

Ned Beaumont perguntou:

– E então?

O promotor público engoliu em seco e falou, em desespero:

– Conseguimos alguma coisa, Ned, mas ainda é cedo demais para dizer. Talvez não tenha nada a ver. Você sabe como são essas coisas.

Ned Beaumont fez que sim com a cabeça. Não havia agora em seu rosto nada que não fosse simpatia. A voz estava firme e serena, sem frieza, quando ele disse:

– Você descobriu onde elas foram escritas, descobriu a máquina onde foram datilografadas, mas por enquanto é só isso o que você tem. Não conseguiu o suficiente sequer para ter um palpite de quem escreveu as cartas.

— É isso mesmo, Ned — exclamou Farr, com grande alívio.

Ned Beaumont segurou a mão de Farr e apertou-a cordialmente.

— Tudo bem — disse ele. — Tenho de ir embora. Você está coberto de razão em agir devagar e tentar ter certeza absoluta antes de ir em frente. Acredite no que estou dizendo.

O rosto e a voz do promotor público ficaram calorosos de emoção:

— Obrigado, Ned, obrigado.

### III

Às nove e dez daquela noite, a campainha do telefone da sala do apartamento de Ned Beaumont tocou. Ele foi depressa na direção do aparelho e atendeu:

— Alô... sim, Jack... Sim... Sim... Onde?... Sei, está bem... Por hoje é só. Muito obrigado.

Quando deixou o telefone, estava sorrindo com os lábios sem cor. Os olhos estavam brilhantes e afoitos. As mãos balançavam um pouco.

A campainha do telefone tocou outra vez antes que tivesse dado três passos. Ele hesitou, voltou para o telefone.

— Alô... Ah, alô, Paul... Pois é, cansei de bancar o doente... Nada especial, só pensei em dar um pulo lá e ver como você está... Não, sinto muito mas não posso. Não me sinto tão forte como achei que estivesse, então acho melhor ir para a cama... Sim, amanhã, claro... Até logo.

Vestiu uma capa e um chapéu enquanto descia a escada. O vento fez a chuva bater nele assim que abriu a porta da rua, o vento guiava a chuva direto para a sua cara enquanto ele andava meio quarteirão até a garagem, na esquina.

No escritório envidraçado da garagem, um homem magricela, de cabelo castanho, num macacão que um dia foi branco, estava reclinado para trás numa cadeira de madeira, os pés sobre uma prateleira acima de um aquecedor elétrico, lendo o jornal. Ele baixou o jornal quando Ned Beaumont falou:

– Oi, Tommy.

A sujeira na cara de Tommy fazia seus dentes parecerem mais brancos do que eram. Ele deixou muitos deles à mostra num sorriso e disse:

– O tempo está meio feio esta noite.

– Pois é. Tem aí alguma carroça para mim? Uma que consiga me levar por estradas rurais esta noite?

Tommy respondeu:

– Caramba! Que sorte a sua ter opções de sobra, hoje. Se fosse em outra noite, você ia se dar mal. Bom, estou aqui com um Buick e não me interessa muito o que vai acontecer com ele.

– Dá para me levar lá?

– Tem mais chance com ele do que com qualquer outro – disse Tommy –, numa noite feito esta lá fora.

– Ótimo. Abasteça para mim. Qual é a melhor estrada para Lazy Creek, numa noite assim?

– Mas até onde?

Ned Beaumont olhou pensativo para o garagista e depois falou:

– Até a beira do rio.

Tommy fez que sim com a cabeça:

– A casa do Mathews? – perguntou.

Ned Beaumont não falou nada.

Tommy disse:

– Tudo depende do lugar aonde você está indo.

– Ah, é? A casa do Mathews. – Ned Beaumont franziu as sobrancelhas. – Mas isso tem de ficar entre nós, Tommy.

– Você veio me procurar porque achou que eu ia falar ou porque sabia que eu não ia falar? – perguntou, em tom de quem quer polemizar.

Ned Beaumont disse:

– Estou com pressa.

– Então pegue a estrada Rio Novo até o Barton, passe para a estrada de terra do outro lado da ponte, se conseguir atravessar, e depois dobre no primeiro cruzamento para o leste. Isso vai deixar você atrás da casa do Mathews, mais ou menos no alto do morro. Se não conseguir pegar a estrada de terra com esse tempo ruim, aí vai ter de continuar subindo pela estrada Rio Novo até o ponto onde ela cruza e então voltar pela estrada velha.

– Obrigado.

Quando Ned Beaumont estava entrando no Buick, Tommy lhe disse num tom acentuadamente descontraído:

– Há uma arma extra no bolsinho lateral.

Ned Beaumont fitou o homem magricela.

– Extra? – perguntou, com voz desinteressada.

– Boa viagem – disse Tommy.

Ned Beaumont fechou a porta e partiu.

## IV

O relógio no painel do carro indicava dez e trinta e dois. Ned Beaumont apagou os faróis e saiu do Buick, com o corpo meio duro. O vento chuvoso martelava árvore, moita, terra, homem e carro com incessantes rajadas molhadas. Morro abaixo, através da chuva e das folhagens, pequenas manchas irregulares de luz amarela brilhavam debilmente. Ned Beaumont tremia, tentava fechar bem a capa de chuva em volta do corpo e começou a tropeçar enquanto descia o morro, entre o mato baixo e encharcado, rumo às manchas de luz.

O vento e a chuva nas costas o empurravam para baixo, rumo às manchas. À medida que descia o morro, a rigidez do corpo o abandonava aos poucos, de modo que, embora tropeçasse e cambaleasse muitas vezes, e fosse enganado por obstáculos embaixo dos pés, não perdia o passo e se movia com bastante agilidade, ainda que de modo errático, rumo ao objetivo.

Logo surgiu uma trilha sob seus pés. Ele a seguiu, orientando-se em parte pelo seu toque escorregadio debaixo dos pés, em parte pelo toque dos arbustos que batiam no seu rosto dos dois lados do caminho, mas nem um pouco pela visão. A trilha o levou para a esquerda por uma curta distância, mas uma curva aberta o deixou à beira de um pequeno barranco pelo qual a água corria ruidosa, e dali, depois de outra curva, ele chegou à porta da frente da construção onde brilhava a luz amarela.

Ned Beaumont rumou direto para a porta e bateu.

A porta foi aberta por um homem grisalho, de óculos. Tinha o rosto manso e acinzentado e os olhos, que perscrutavam ansiosos através das lentes rodeadas por uma armação de tartaruga, também eram cinzentos. Seu terno marrom era elegante, de boa qualidade, mas não estava de acordo com a moda. Um lado do seu colarinho duro, branco e um tanto alto, estava retorcido em quatro pontos, por causa de gotas de chuva. Ele ficou de lado, segurando a porta aberta, e disse:

– Entre, senhor, saia dessa chuva – num tom amistoso, senão acalorado. – É uma noite muito feia para ficar ao ar livre.

Ned Beaumont baixou a cabeça apenas cinco centímetros, num esboço de cumprimento, e entrou. Estava num cômodo amplo que ocupava todo o térreo do prédio. A simplicidade e a escassez do mobiliário davam ao local um ar primitivo, agradavelmente destituído de ostentação. Era uma cozinha, uma sala de jantar e uma sala de estar.

Opal Madvig levantou-se de um banquinho onde estava sentada, na ponta da lareira, e, mantendo-se em posição altiva e séria, fitou Ned Beaumont com olhos hostis e frios.

Ele tirou o chapéu e começou a desabotoar a capa de chuva. Então os demais o reconheceram.

– Puxa, é o Beaumont! – exclamou o homem que abriu a porta, com uma voz incrédula, e fitou Shad O'Rory com olhos arregalados.

Shad O'Rory estava sentado numa cadeira de madeira no centro da sala, de frente para a lareira. Ele sorriu para Ned Beaumont com ar sonhador, dizendo, em seu tom musical de barítono, com um toque irlandês:

– É mesmo. – E também: – Como vai, Ned?

A cara simiesca de Jeff Gardner se alargou num sorriso que deixava à mostra seus lindos dentes postiços e ocultava quase completamente os seus olhos vermelhos e miúdos.

– Por Deus, Ferrugem! – disse ele para o rapaz com manchas rosadas nas faces, acomodado no bando ao lado dele. – O Bolinha de Borracha voltou para a nossa mão. Eu não disse que ele gostava de ficar quicando para lá e para cá?

Ferrugem se curvou na direção de Ned Beaumont e rosnou alguma coisa que não chegou até o outro lado da sala.

A garota magra, de vermelho, sentada perto de Opal Madvig, olhou para Ned Beaumont com olhos escuros e radiantes de interesse.

Ned Beaumont tirou o paletó. Seu rosto magro, ainda com as marcas dos punhos de Jeff e de Ferrugem, estava tranquilo, a não ser pelo brilho de audácia nos olhos. Colocou o chapéu e o paletó sobre uma cômoda comprida e sem pintura encostada na parede, perto da porta. Sorriu com cortesia para o homem que o recebera na porta e disse:

— Meu carro quebrou quando eu estava passando. É bondade sua me dar abrigo, senhor Mathews.

Mathews disse, de modo vago:

— Não tem de quê. É um prazer. — Em seguida, seus olhos assustados se voltaram de novo para O'Rory, com uma expressão de súplica.

O'Rory alisou o cabelo branco com a mão esguia e pálida e sorriu com satisfação para Ned Beaumont, mas não falou nada.

Ned Beaumont avançou na direção da lareira.

— Oi, doçura — disse para Opal Madvig.

Ela não respondeu ao cumprimento. Ficou parada e olhava para ele com olhos hostis e frios.

Ned Beaumont dirigiu o sorriso para a garota magra, de vermelho.

— Esta é a senhora Mathews, não é?

— É — respondeu ela, numa voz suave, quase arrulhante, e estendeu a mão.

— Opal me contou que a senhora foi amiga dela na escola — disse Ned Beaumont ao segurar sua mão. Virou-se para encarar Ferrugem e Jeff. — Oi, rapazes — disse, em tom descuidado. — Eu esperava mesmo encontrar vocês de novo.

Ferrugem não falou nada.

A cara de Jeff se transformou numa feia massa de satisfação zombeteira.

— Pois eu também esperava — disse, animado —, agora que os nós dos meus dedos já estão curados. Como é que você adivinhou que me dá um prazer tremendo encher você de porrada?

Shad O'Rory dirigiu-se cordialmente ao homem simiesco, sem virar-se para ele:

— A sua boca fala demais, Jeff. Se não fizesse isso, quem sabe ainda teria seus dentes?

A senhora Mathews falou algo para Opal, a meia-voz. Opal balançou a cabeça e sentou-se outra vez num banco perto da lareira.

Mathews, apontando uma cadeira de madeira na outra extremidade da lareira, falou, nervoso:

– Sente-se, senhor Beaumont, seque os pés e se aqueça um pouco.

– Obrigado. – Ned Beaumont empurrou a cadeira para mais perto do brilho do fogo e sentou-se.

Shad O'Rory estava acendendo um cigarro. Quando terminou, retirou-o do intervalo entre os lábios e perguntou:

– Como está se sentindo, Ned?

– Muito bem, Shad.

– Que bom. – O'Rory virou um pouco a cabeça para falar com os dois homens sentados no banco. – Vocês dois podem voltar para a cidade amanhã. – Voltou-se para Ned Beaumont, explicando em tom afável: – A gente estava se escondendo enquanto não havia a certeza de que você não ia morrer, mas a gente não se importa de responder a um processo por agressão.

Ned Beaumont fez que sim com a cabeça.

– O mais provável é que eu não me dê o trabalho de processar vocês por causa disso, mas não esqueça que o nosso amigo Jeff é procurado por causa do assassinato do West. – Sua voz era suave, mas dentro dos seus olhos, fixos num pedaço de lenha que ardia na lareira, surgiu um breve lampejo maligno. Em seus olhos não havia outra coisa senão o escárnio quando os moveu para a esquerda a fim de fitar Mathews. – Embora, é claro, eu possa fazer isso, a fim de criar dificuldades para o Mathews por ele ajudar vocês a se esconder.

Mathews disse, afobado:

– Eu, não, senhor Beaumont. Eu nem sabia que eles estavam aqui até chegarmos hoje, e fiquei tão surpreso quanto... – Parou, o rosto em pânico, e dirigiu-se a Shad O'Rory, em tom de queixume: – Você sabe que é bem-vindo, sabe disso, mas o que estou querendo dizer é que... – Seu rosto se iluminou com um sorriso feliz e repentino. – O que estou querendo dizer é que, como ajudei você sem saber de nada, eu na verdade nada fiz de condenável perante a lei.

O'Rory disse, em tom suave:

– Sim, você me ajudou sem saber. – Seus olhos claros, azul-acinzentados, olhavam sem o menor interesse para o editor de jornal.

O sorriso de Mathews perdeu sua alegria, apagou-se de todo. Mexeu no nó da gravata com os dedos nervosos e logo se esquivou do olhar de O'Rory.

A senhora Mathews falou para Ned Beaumont, em tom doce:

– Todo mundo está muito chato esta noite. O clima aqui estava simplesmente um horror até o senhor chegar.

Ele olhou com curiosidade para a mulher. Os olhos escuros dela eram brilhantes, suaves, convidativos. Por trás do seu olhar avaliador, ela baixou um pouco a cabeça e franziu um pouco os lábios, de um jeito sedutor. Tinha os lábios finos, escuros demais por causa do batom, mas de formas harmoniosas. Ele sorriu para ela e, levantando, aproximou-se.

Opal Madvig fitava o chão à sua frente. Mathews, O'Rory e os dois homens no banco observavam Ned Beaumont e a esposa de Mathews.

Ele perguntou:

– Por que eles estão chatos desse jeito? – e sentou-se no chão, na frente dela, de pernas cruzadas, sem olhar para ela diretamente, de costas para a lareira, apoiando-se numa mão sobre o chão, atrás dele, e com o rosto voltado para cima, para o lado, na direção dela.

– Juro que não sei – respondeu ela, fazendo beicinho. – Pensei que ia ser divertido, quando Hal me convidou para vir aqui com ele e com Opal. Mas aí, quando chegamos, encontramos esses... – fez uma pausa – ...amigos do Hal – disse, com um tom de dúvida mal disfarçado, e prosseguiu – aqui, e ninguém sai do lugar, todos falam com meias-palavras sobre um segredo que todos eles conhecem, mas do qual eu não sei nada, e então isso é insuportavelmente chato. Até a Opal está tão irritante quanto os outros. Ela...

– Chega, Eloise – falou o marido, num tom de autoridade sem eficácia e, quando ela ergueu os olhos para encarar o marido, o olhar dele ficou mais constrangido do que autoritário.

– Não me importo – ela retrucou, petulante. – É verdade, e a Opal é tão irritante quanto o resto de vocês. Ora, afinal de contas você e ela nem sequer se falaram para tratar do tal assunto, seja lá qual for, que vieram aqui discutir. Não pense que eu teria ficado aqui todo esse tempo se lá fora não estivesse essa tempestade. Nada disso.

O rosto de Opal Madvig ficou vermelho, mas ela não ergueu os olhos.

Eloise Mathews baixou a cabeça na direção de Ned Beaumont outra vez e a petulância do rosto da mulher se tornou jocosa.

– É isso o que você veio aliviar – explicou ela. – Só por isso, e não porque você seja bonitão, é que eu fiquei tão contente de ver você.

Ele franziu as sobrancelhas para ela, numa indignação zombeteira.

Ela também franziu as sobrancelhas para ele. Mas, da parte dela, a expressão era para valer.

– O seu carro quebrou de verdade? – perguntou. – Ou você veio aqui para conversar com eles sobre a mesma chatice que deixou todos com esse ar misterioso e idiota? Já sei, foi isso mesmo. Você não passa de mais um deles.

Ned Beaumont riu. Perguntou:

– Não faria nenhuma diferença dizer que o motivo de eu ter vindo aqui perdeu toda a razão de ser depois que vi você, não é?

– Nã-ã-ã-o – respondeu, desconfiada. – Mas eu teria de ter absoluta certeza do que você está dizendo.

– E além do mais – prometeu ele, em tom descontraído –, eu não vou bancar o misterioso a respeito de nada. Você não tem mesmo a menor ideia do que está atormentando todos eles?

– A mínima ideia – respondeu com desprezo. – Só tenho certeza total de que deve ser uma coisa muito estúpida e na certa tem a ver com política.

Ele ergueu a mão livre e deu palmadinhas na mão dela.

– Garota esperta, acertou nos dois lados. – Virou a cabeça para olhar para O'Rory e Mathews. Quando seus olhos voltaram para os dela, estavam brilhantes de alegria: – Quer que eu conte para você?

– Não.

– Em primeiro lugar – disse ele –, Opal acha que o pai dela assassinou Taylor Henry.

Opal Madvig emitiu, na garganta, um medonho som de estrangulamento e levantou-se de um salto. Pôs as costas da mão sobre a boca. Os olhos estavam tão abertos que a parte branca ficava à mostra, em volta de toda a íris, e ficaram vidrados e pavorosos.

Ferrugem ficou de pé, meio cambaleante, o rosto vermelho de raiva, mas Jeff, olhando de soslaio, segurou o braço do rapaz.

— Deixe ele em paz — falou, afável, com voz rouca. — Está tudo bem.

O rapaz continuou resistindo à pressão da mão do homem simiesco que o segurava pelo braço, mas não tentou se soltar.

Eloise Mathews ficou paralisada na cadeira, olhando fixamente, e perplexa, para Opal.

Mathews estava tremendo, um homem doente, de cara cinzenta, contraída, seu lábio inferior e as pálpebras inferiores pendiam moles.

Shad O'Rory estava debruçado para a frente na cadeira, a cara comprida, dura e pálida bem delineada, os olhos como gelo azul-acinzentado, as mãos agarradas aos braços da cadeira, a sola dos pés inteira no chão.

— Em segundo lugar — disse Ned Beaumont, sua atitude nem um pouco perturbada pela agitação dos demais —, ela...

— Ned, não! — gritou Opal.

Ele girou o corpo sobre o chão para olhar para ela.

Opal tinha retirado a mão da boca. As mãos estavam unidas e encostadas no peito. Seus olhos chocados, todo o seu rosto abatido suplicava clemência.

Ele a observou com seriedade por um tempo. Através da janela e da parede, vinha o barulho da chuva que batia de encontro à casa em rajadas ferozes e, entre as rajadas, se ouvia o alvoroço no rio ali perto. Os olhos de Ned Beaumont, que a examinavam, eram frios, meticulosos. Logo depois ele lhe falou numa voz bastante gentil, porém distante:

— Não é por isso que você está aqui?

— Por favor, não — disse ela, em voz rouca.

Ele moveu os lábios num sorriso fino, com o qual seus olhos nada tinham a ver, e perguntou:

— Não é para ninguém sair por aí falando sobre isso, a não ser você e os outros inimigos do seu pai, não é mesmo?

Ela pôs as mãos – os punhos – junto aos flancos do corpo, levantou a cara zangada e falou, numa voz dura e ressonante:

– Ele matou mesmo o Taylor.

Ned Beaumont inclinou-se de novo para trás, apoiado na mão sobre o chão, e ergueu os olhos para Eloise Mathews.

– É o que eu estava lhe dizendo – falou com voz arrastada. – Com isso na cabeça, ela procurou o seu marido, depois de ver o lixo que ele publicou hoje de manhã. É claro que ele não achava que o Paul tinha matado o sujeito: acontece é que ele anda muito encrencado, com essas hipotecas da Companhia Fiduciária Central do Estado em cima dele, uma empresa de propriedade do candidato de Shad ao Senado, e o Mathews tem de fazer o que mandam. O que ela...

Mathews interrompeu. A voz do editor estava fina e desesperada:

– Agora já chega, pare com isso, Beaumont. Você...

O'Rory interrompeu Mathews. Sua voz estava tranquila, musical:

– Deixe ele falar, Mathews – disse. – Deixe ele falar o que quiser.

– Obrigado, Shad – disse Ned Beaumont sem maiores cuidados, sem olhar em redor, e prosseguiu: – Ela procurou seu marido para confirmar a suspeita dela, mas ele não podia lhe oferecer nada que servisse para isso, a menos que mentisse. Ele não sabe nada. Só está jogando lama na direção que o Shad manda jogar. Mas aqui está o que ele pode fazer e está fazendo. Ele pode publicar no jornal de amanhã a matéria sobre a vinda dela ao jornal para lhe contar que acredita que o pai matou o namorado. Isso vai ser uma bomba tremenda. "Opal Madvig acusa o pai de assassinato. Filha do chefão diz que ele matou o filho do senador!". Você não consegue até ver isso em letras garrafais enchendo toda a primeira página do *Observer*?

Eloise Mathews, de olhos arregalados, rosto pálido, ouvia sem respirar, curvada para a frente, a cara por cima da de Ned Beaumont. A chuva e o vento batiam nas paredes e nas janelas. Ferrugem enchia e esvaziava os pulmões com um fôlego comprido e suspirante.

Ned Beaumont colocou a ponta da língua entre os lábios que sorriam, puxou-a para dentro da boca e disse:

— Por isso é que ele a trouxe para cá, para que ela ficasse sob vigilância até o jornal ser publicado. Talvez ele soubesse que Shad e os rapazes estavam aqui, talvez não. Não faz diferença nenhuma. Ele a mantém afastada, onde ninguém vai poder descobrir o que ela fez até que o jornal seja publicado. Não estou dizendo que ele a traria ou que a manteria aqui contra a vontade dela, isso não seria muito esperto da parte dele, do jeito como as coisas estão agora, mas nada disso é necessário. Ela está disposta a fazer qualquer coisa para levar o pai à ruína.

Opal Madvig disse, num sussurro, mas com clareza:

— Ele o matou mesmo.

Ned Beaumont se empertigou e olhou bem para ela. Fitou-a de modo solene por um momento, depois sorriu, balançou a cabeça num gesto de resignação divertida, e reclinou-se, apoiado nos cotovelos.

Eloise Mathews olhava fixamente para o marido, com seus olhos escuros, nos quais predominava o espanto. Ele havia sentado. Tinha a cabeça curvada para a frente. As mãos cobriam o rosto.

Shad O'Rory cruzou as pernas de novo e pegou um cigarro.

— Acabou? — perguntou, em tom brando.

Ned Beaumont estava de costas para O'Rory. Não se virou para responder:

– Acabei até demais, se quer saber. – Sua voz era firme, mas seu rosto de repente pareceu cansado, exausto.

O'Rory acendeu o cigarro.

– Muito bem – disse em seguida –, e o que tudo isso quer dizer? É a nossa vez de acertar um golpe duro em vocês e estamos fazendo isso. A garota apareceu com a história por conta própria. Veio aqui porque quis. E você também. Ela, você e qualquer outro podem ir aonde quiserem, quando quiserem. – Parou. – Pessoalmente, eu quero ir para a cama. Onde vou dormir Mathews?

Eloise Mathews falou para o marido:

– Isso não é verdade, Hal. – Não foi uma pergunta.

Ele demorou a tirar as mãos do rosto. Conseguiu certa dignidade ao falar:

– Querida, há indícios de sobra contra Madvig para justificar a nossa insistência em que a polícia pelo menos o interrogue. É só isso o que fizemos.

– Eu não estou falando disso – retrucou a esposa.

– Bem, querida, quando a senhorita Madvig veio... – Ele vacilou, parou, um homem de rosto cinzento que tremeu em face da expressão que viu nos olhos da esposa, e cobriu de novo o rosto com as mãos.

## V

Eloise Mathews e Ned Beaumont estavam sozinhos na ampla sala do térreo, sentados em cadeiras distantes alguns metros, com a lareira diante deles. Curvada para a frente, ela fitava com olhos trágicos o último toco de lenha no fogo. As pernas de Ned Beaumont estavam cruzadas. Um de seus braços estava pendurado nas costas da cadeira. Ele fumava um charuto e a observava de modo sub-reptício.

Os degraus rangeram e o marido desceu até a metade da escada, na direção deles. Estava vestido como antes, a não ser pelo colarinho duro, que tinha retirado. A gravata, parcialmente afrouxada, pendia do lado de fora do colete. Falou:

– Querida, não vem para a cama? Já é meia-noite.

Ela não se mexeu.

Ele disse:

– Senhor Beaumont, o senhor não...?

Quando seu nome foi mencionado, Ned Beaumont virou o rosto para o homem na escada, um rosto cruelmente tranquilo. Quando a voz de Mathews vacilou, Ned Beaumont voltou a atenção para o seu charuto e para a esposa de Mathews.

Depois de um intervalo, Mathews voltou a subir a escada.

Eloise Mathews falava sem tirar o olhar do fogo.

– Tem um pouco de uísque na cômoda. Pode pegar?

– Claro. – Ele achou o uísque e trouxe para ela, em seguida encontrou copos. – Puro? – perguntou.

Ela fez que sim com a cabeça. Os peitos redondos moviam a seda vermelha do vestido num ritmo irregular, conforme a respiração.

Ele serviu duas doses grandes.

Ela não desviou o olhar do fogo antes que Ned Beaumont pusesse um copo na sua mão. Quando ergueu os olhos, deu um sorriso torto, revirando para o lado os lábios finos e delicados, e com muito batom. Refletindo a luz vermelha do fogo, os olhos estavam muito brilhantes.

Ele sorriu para ela.

Eloise ergueu o copo e disse, em voz arrulhante:

– Ao meu marido!

– Não – disse Ned Beaumont, em tom despreocupado, e jogou o conteúdo do copo na lareira, onde ele crepitou e fez subir umas chamas dançantes.

Ela riu de prazer e ficou de pé, com um pulo.

– Sirva mais um – ordenou.

Ele pegou a garrafa no chão e encheu o copo de novo. Ela ergueu o copo acima da cabeça.

– A você!

Os dois beberam. Ela estremeceu.

– É melhor tomar alguma coisa junto, ou depois do uísque – sugeriu Ned Beaumont.

Ela balançou a cabeça.

– Quero tomar assim. – Pôs a mão no braço dele e voltou as costas para o fogo, de pé, perto de Ned Beaumont. – Vamos trazer aquele banco para cá.

– Boa ideia – concordou.

Retiraram as cadeiras que estavam na frente da lareira e levaram o banco até lá, ele segurou numa ponta e ela na outra. O banco era largo, baixo, sem encosto.

– Agora apague as luzes – disse ela.

Ele fez isso. Quando voltou para o banco, ela estava sentada ali, enchendo os copos de uísque.

– A você, desta vez – disse Ned Beaumont, os dois beberam e ela estremeceu.

Ned Beaumont sentou-se ao seu lado. Estavam rosados no brilho que vinha da lareira.

Os degraus rangeram e o marido desceu na direção deles. Parou no último degrau e disse:

– Querida, por favor!

Ela sussurrou na orelha de Ned Beaumont, feroz:

– Jogue alguma coisa nele.

Ned Beaumont deu uma risadinha.

Ela pegou a garrafa de uísque e disse:

– Cadê o seu copo?

Enquanto ela enchia os copos, Mathews subiu de novo.

Ela deu um copo para Ned Beaumont e tocou-o com o seu copo. Os olhos da mulher estavam em brasa, na luminosidade vermelha. Um cacho de cabelo preto se soltara e pendia por cima da sobrancelha. Ela respirava pela boca, arquejando de leve.

– A nós! – disse.

Beberam. Ela deixou o copo vazio cair e desabou nos braços dele. Sua boca veio sobre a boca de Ned Beaumont quando ela estremeceu. O copo que caíra quebrou ruidosamente de encontro ao chão de madeira. Os olhos de Ned Beaumont estavam entrecerrados, com um ar astuto. Os olhos dela estavam bem fechados.

Não se mexeram quando os degraus rangeram. Ned Beaumont não se mexeu depois. Ela apertou os braços finos em redor dele. Ned Beaumont não podia enxergar a escada. Agora, os dois respiravam pesadamente.

Em seguida, os degraus rangeram outra vez e, logo depois, eles afastaram as cabeças, embora mantivessem os braços em torno um do outro. Ned Beaumont olhou para a escada. Não havia ninguém lá.

Eloise Mathews deslizou a mão por trás da cabeça dele, de baixo para cima, enfiando os dedos nos seus cabelos, enterrando as unhas no seu couro cabeludo. Os olhos da mulher não estavam mais fechados. Eram frestas escuras e risonhas.

– A vida é assim – disse ela, numa voz miúda, amarga e zombeteira, inclinando-se para trás sobre o banco, puxando-o junto consigo, empurrando a boca de Ned Beaumont para a sua boca.

Estavam nessa posição quando ouviram o tiro.

Ned Beaumont imediatamente se livrou de seus braços e ficou de pé.

– O quarto dele? – perguntou, com dureza.

Ela piscou os olhos para ele, num terror entorpecido.

– O quarto dele? – repetiu Ned Beaumont.

A mulher moveu a mão débil.

– Em frente – respondeu, com uma voz presa.

Ele correu para a escada e subiu em passadas largas. No alto da escada, ficou frente a frente com o simiesco Jeff, vestido, mas descalço, piscando os olhos inchados para espantar o sono. Jeff pôs a mão no quadril, levantou a outra mão para deter Ned Beaumont e rosnou:

– Que história é essa?

Ned desviou-se do braço estendido, passou por ele e levou o punho esquerdo até o focinho de macaco. Jeff cambaleou para trás, soltando um rosnado. Ned Beaumont pulou e passou por ele, correndo na direção da parte da frente da casa. O'Rory saiu de um outro quarto e correu atrás dele.

De baixo, veio o grito da senhora Mathews.

Ned Beaumont abriu uma porta com um safanão e ficou parado. Mathews jazia de costas sobre o chão do quarto, embaixo de um abajur. A boca estava aberta e um pouco de sangue tinha escorrido por ela. Um braço estava estirado sobre o chão. O outro jazia sobre o peito. Do lado oposto, junto à parede para onde o braço estirado parecia estar apontando, havia um revólver escuro. Sobre uma mesa perto da janela, havia um tinteiro – a tampa ao seu lado virada para cima –, uma caneta e uma folha de papel. Uma cadeira estava perto da mesa, de frente para ela.

Shad O'Rory empurrou Ned Beaumont para o lado, entrou e se pôs de joelhos ao lado do homem sobre o chão. Enquanto O'Rory estava ali, Ned Beaumont, por trás dele, olhou rapidamente para a folha de papel sobre a mesa, em seguida a pegou e enfiou no bolso.

Jeff entrou, seguido por Ferrugem, nu.

O'Rory ergueu-se e afastou as mãos num breve gesto de conclusão:

– Matou-se com um tiro na boca – falou. – *Finis*.

Ned Beaumont virou-se e saiu. No corredor, encontrou Opal Madvig.

– O que foi, Ned? – perguntou ela, com voz assustada.

– Mathews se matou com um tiro. Vou descer e ficar com ela até que você vista suas roupas. Não entre ali. Não tem nada para ver.

Desceu a escada.

Eloise Mathews era uma forma vaga estendida no chão ao lado do banco.

Ned Beaumont deu dois passos ligeiros na sua direção, parou, olhou em redor da sala com olhos frios e sagazes. Em seguida, andou até a mulher, abaixou-se ao seu lado apoiado num joelho e tomou o seu pulso. Observou-a o melhor que podia, à luz fraca da fogueira que se apagava. Ela não dava o menor sinal de consciência. Tirou do bolso o papel que tirara da mesa do marido dela e avançou de joelhos até a lareira, onde, no brilho vermelho das brasas, leu:

> Eu, Howard Keith Mathews, em sã consciência e memória, declaro que este deve ser o meu testamento:
> Lego à minha querida esposa, Eloise Braden Mathews, seus herdeiros e pessoas por ela indicadas, todos os meus bens pessoais e imóveis, de toda sorte e natureza.
> Nomeio aqui a Companhia Fiduciária Central do Estado como a única executora deste testamento.
> Em testemunho, subscrevi o meu nome aqui neste...

Ned Beaumont, sorrindo de modo assustador, parou de ler e rasgou o testamento três vezes. Levantou-se, estendeu a mão por cima da tela corta-fogo e jogou os pedaços rasgados de papel sobre as brasas brilhantes. Os fragmentos inflamaram-se radiantes por um momento e sumiram. Com a pá de ferro batido que estava ao lado da lareira, ele esmagou as cinzas do papel no meio dos carvões.

Em seguida, voltou para perto da senhora Mathews, serviu uma pequena dose de uísque no copo em que ele havia bebido, levantou a cabeça dela e forçou um pouco da bebida para dentro dos lábios da mulher. Ela despertou um pouco, tossindo, quando Opal Madvig desceu pela escada.

## VI

Shad O'Rory desceu a escada. Jeff e Ferrugem vinham logo atrás. Todos estavam vestidos. Ned Beaumont estava de pé junto à porta, de capa e chapéu.

– Aonde vai, Ned? – perguntou Shad.

– Achar um telefone.

O'Rory fez que sim com a cabeça.

– É uma ótima ideia – disse –, mas tem uma coisa que quero lhe perguntar. – Terminou de descer a escada, os capangas logo atrás.

Ned Beaumont disse:

– O que é? – Tirou a mão do bolso. A mão era visível para O'Rory e para os homens atrás dele, mas o corpo de Ned Beaumont a mantinha escondida do banco onde Opal estava sentada com os braços em volta de Eloise Mathews. Uma pistola reta estava na mão de Ned Beaumont. – É só para que não aconteça nenhuma bobagem. Estou com pressa.

O'Rory parecia não ter visto a pistola, embora não tenha se aproximado mais. Falou, em tom reflexivo:

— Eu estava pensando que, com o tinteiro aberto, uma caneta sobre a mesa e uma cadeira bem em frente, é meio engraçado que a gente não tenha achado nada escrito ali.

Ned Beaumont sorriu, num espanto sarcástico.

— Como? Não tinha nada escrito? — Deu alguns passos para trás, rumo à porta. — Essa é boa, onde já se viu? Quando eu voltar do telefone vou conversar com você sobre isso durante horas.

— Melhor conversar agora — disse O'Rory.

— Desculpe. — Ned Beaumont recuou depressa até a porta, tateou de costas em busca da maçaneta, achou-a e abriu a porta. — Não vou demorar. — Pulou para fora e bateu a porta.

A chuva tinha parado. Ned Beaumont afastou-se da trilha e correu no meio do capim alto, pelo outro lado da casa. Veio o barulho de uma outra porta batendo na parte dos fundos da casa. A água do rio era audível à esquerda de Ned Beaumont, a pouca distância. Ele abriu caminho no meio dos arbustos baixos na direção do rio.

Um apito agudo, mas não alto, soou em algum ponto atrás dele. Ned Beaumont atrapalhou-se num trecho de lama fofa, mas conseguiu alcançar um arvoredo e afastou-se do rio entre aquelas árvores. O apito soou outra vez, à sua direita. Além das árvores, havia arbustos que batiam no ombro. Ele caminhou entre os arbustos, curvado para a frente, a fim de se manter oculto, apesar de o negror da noite ser completo.

O caminho era uma ladeira morro acima, muitas vezes escorregadia, sempre desnivelada, entre ramagens que cortavam seu rosto e suas mãos e agarravam na sua roupa. Por três vezes ele caiu. Tropeçou muitas vezes. O apito não soou mais. Ele não achou o Buick. Não achou a estrada por onde tinha vindo.

Arrastava os pés agora, e tropeçava onde não havia obstáculo nenhum e, assim que alcançou o topo do morro e começou a descer pelo outro lado, passou a cair mais vezes. No pé do morro, achou uma estrada e seguiu-a para o lado direito. O barro da estrada agarrava nos seus pés em bolos de lama cada vez maiores, de modo que ele tinha de parar de vez em quando para raspar os sapatos. Usava a pistola para raspar a lama.

Quando ouviu um cachorro latir atrás dele, parou e virou-se meio zonzo para olhar para trás. Perto da estrada, quinze metros atrás dele, havia a vaga silhueta de uma casa, pela qual havia passado. Voltou atrás e foi até o portão alto. O cachorro – um monstro sem forma na noite – se atirava contra o outro lado do portão e latia de maneira aterradora.

Ned Beaumont tateou na ponta do portão, achou o trinco, abriu-o e entrou cambaleante. O cachorro latia sem parar, o rodeava, ameaçava ataques que nunca concretizava, enchia a noite de barulho.

Uma janela guinchou ao ser levantada e uma voz forte gritou:

– Que diabo você está fazendo com esse cachorro?

Ned Beaumont riu de leve. Em seguida se sacudiu e respondeu numa voz não muito fraca:

– Sou Beaumont, do gabinete do promotor público. Quero usar seu telefone. Tem um homem morto lá.

O vozeirão esbravejou:

– Não sei do que está falando. Cale a boca, Jeanie! – O cachorro latiu três vezes, com uma energia maior ainda, e depois silenciou. – Agora, diga lá, o que está acontecendo?

– Quero telefonar. Sou do gabinete do promotor público. Há um homem morto lá do outro lado.

A voz forte exclamou:

– Que coisa horrível! – A janela fechou com um rangido.

O cachorro recomeçou a latir, a correr em volta de Ned Beaumont e a ameaçar atacá-lo. Ned Beaumont jogou a pistola enlameada contra o animal. O cachorro virou-se e correu para longe, atrás da casa.

A porta da frente foi aberta por um homem baixo, de cara vermelha e corpo em forma de barril, que vestia um camisolão azul de dormir.

– Virgem Maria, você está todo imundo! – exclamou quando Ned Beaumont chegou à luz da porta.

– O telefone – disse Ned Beaumont.

O homem de cara vermelha o segurou enquanto balançava.

– Por aqui – disse, com voz irritada. – Me diga para quem vou ligar e o que vou dizer. Você não está em condições de fazer nada.

– O telefone – disse Ned Beaumont.

O homem de cara vermelha o conduziu pelo corredor, amparando-o pelo braço, abriu uma porta e disse:

– Lá está ele, e é muita sorte sua que a velha não esteja em casa, senão nunca ia conseguir entrar com toda essa lama.

Ned Beaumont caiu na cadeira diante do telefone, mas não estendeu a mão para o aparelho imediatamente. Olhou de cara feia para o homem de camisolão azul e disse, com voz rouca:

– Saia e feche a porta.

O homem de cara vermelha nem tinha entrado. Fechou a porta.

Ned Beaumont pegou o fone, inclinou-se para a frente, apoiou-se na mesa com os cotovelos e telefonou para Paul Madvig. Enquanto esperava, suas pálpebras se fecharam meia dúzia de vezes, mas ele sempre as obrigava a abrir outra vez e quando, afinal, falou no telefone, sua voz soou clara:

– Oi, Paul... É o Ned... Não se preocupe com isso. Escute bem. Mathews se suicidou na casa dele perto do rio e não deixou testamento... Escute bem. Isto é importante. Com um monte de dívidas e nenhum testamento nomeando um executor, vai caber à justiça nomear alguém para administrar os bens dele. Entendeu?... Certo. Tome providências para que o processo vá parar nas mãos do juiz certo... O Phelps, digamos... e a gente pode manter o *Observer* fora da disputa... mas do nosso lado... até a eleição. Sacou?... Tudo bem, tudo bem, agora escute aqui. Isso é só uma parte. O que tem de ser feito agora é o seguinte: o *Observer* vai vir carregado de dinamite nesta manhã. Você tem de barrar o jornal. Eu sugiro que tire o Phelps da cama e arranque uma ordem judicial dele... qualquer coisa que barre a circulação do jornal até que você possa mostrar aos jornalistas de aluguel do *Observer* para que lado eles vão tocar o barco daqui para a frente, já que o jornal vai ser comandado por gente nossa durante um ou dois meses... Agora eu não posso lhe dizer, Paul, mas é dinamite pura e você tem de fazer tudo para impedir que o jornal chegue às ruas. Tire o Phelps da cama, vá com ele até lá e olhem vocês mesmos. Talvez você tenha três horas ainda, antes que o jornal chegue às ruas... Certo... O quê?... Opal? Ah, ela está bem, sim. Está comigo... Sim, vou levá-la para casa... Você pode ligar para o pessoal da prefeitura a respeito do Mathews? Agora vou voltar para lá. Certo.

Pôs o fone sobre a mesa e levantou-se, cambaleou até a porta, abriu-a na segunda tentativa e caiu no corredor, onde a parede impediu que ele desabasse no chão.

O homem de cara vermelha veio correndo até ele.

– Apoie-se em mim, irmão, vou cuidar de você. Estendi um lençol no sofá para que a gente não precise se preocupar com a lama e...

Ned Beaumont disse:

– Quero que me empreste um carro. Tenho de voltar para a casa do Mathews.

– Foi ele que morreu?

– Foi.

O homem de cara vermelha levantou as sobrancelhas e emitiu um som sibilante, como um guincho.

– Você pode me emprestar um carro? – perguntou Ned Beaumont.

– Meu Deus, irmão, seja razoável! Como é que você vai dirigir um carro?

Ned Beaumont recuou e afastou-se do homem, cambaleante:

– Vou andando – falou.

O homem de cara vermelha o observou fixamente.

– Não vai fazer nada disso. Se você conseguir se aguentar um pouquinho até eu vestir minhas calças, eu mesmo levo você lá de carro, se bem que o mais provável é que você morra no caminho.

Opal Madvig e Eloise Mathews estavam juntas na sala ampla do térreo, na hora em que Ned Beaumont foi mais carregado que conduzido para dentro da casa pelo homem de cara vermelha. Ele entrou sem bater. As duas moças estavam de pé, juntas, de olhos arregalados, atônitas.

Ned Beaumont soltou-se dos braços do companheiro e observou a sala em redor, devagar.

– Cadê o Shad? – murmurou.

– Foi embora. Todos foram embora.

– Muito bem – disse ele, falando com dificuldade. – Quero falar com você, a sós.

Eloise Mathews correu na direção dele.

– Você o matou! – gritou.

Ned Beaumont deu uma risadinha forçada e tentou abraçá-la.

A mulher gritou, deu um tapa na cara dele.

Ned Beaumont tombou direto para trás, sem se curvar. O homem de cara vermelha tentou segurá-lo, mas não conseguiu. Depois que bateu no chão, Ned Beaumont não se mexeu mais.

# 7. Os correligionários

I

O senador Henry pôs seu guardanapo sobre a mesa e levantou-se. Ao erguer-se, parecia mais alto do que era, e também mais jovem. Sua cabeça um tanto pequena, por baixo da fina capa de cabelo grisalho, era notavelmente simétrica. Músculos envelhecidos bambeavam na sua cara aristocrática, acentuando as linhas verticais, mas a frouxidão ainda não havia alcançado os lábios, e também não se notava que os anos tivessem afetado os olhos de maneira alguma: eram de um cinza-esverdeado, fundos, pequenos, mas brilhantes, e as pálpebras firmes. Falou com uma cortesia grave e estudada:

– Vocês vão me desculpar se eu levar o Paul lá em cima por um momento?

A filha retrucou:

– Sim, se me deixar aqui com o senhor Beaumont e se prometer que não vai ficar lá a noite inteira.

Ned Beaumont sorriu cordialmente, inclinando a cabeça.

Ele e Janet Henry foram para uma sala de paredes brancas onde o carvão ardia indolente numa lareira, embaixo de um consolo, e lançava lampejos vermelhos e sombrios sobre a mobília de mogno.

Ela acendeu um abajur ao lado do piano e sentou-se de costas para o teclado, a cabeça entre Ned Beaumont e o abajur. Seu cabelo louro recebia a luz do abajur e a refletia numa auréola em torno da cabeça. O vestido preto era de uma espécie de camurça que não refletia luz nenhuma, e ela não usava joias.

Ned Beaumont inclinou-se para jogar a cinza do charuto sobre o carvão em brasa. Uma pérola escura no peito da sua camisa, que cintilou ao brilho do fogo na hora em que se mexeu, parecia um olho vermelho piscando. Quando aprumou o corpo, ele perguntou:

– Você vai tocar alguma coisa?

– Vou, se você quiser... se bem que eu não toco tão bem assim... mas fica para depois. Eu queria falar com você agora enquanto tenho a oportunidade. – As mãos dela estavam cruzadas sobre as pernas. Os braços, esticados, forçavam os ombros para cima e na direção do pescoço.

Ned Beaumont fez que sim com a cabeça, educadamente, mas não falou nada. Afastou-se da lareira e sentou-se num lugar não distante dela, no sofá, cujos braços tinham formato de lira. Embora estivesse atento, não havia curiosidade na sua fisionomia.

Virando-se no banco do piano para ficar de frente para ele, Janet Henry perguntou:

– Como está a Opal? – Sua voz era baixa e íntima.

A voz de Ned Beaumont soou despreocupada:

– Muito bem, que eu saiba, se bem que eu não a vejo faz uma semana. – Levantou o charuto até a metade do caminho que o levaria à boca, baixou-o e, como se a pergunta tivesse acabado de vir à sua cabeça, disse:

– Por quê?

Janet Henry abriu muito os olhos castanhos.

– Ela não está de cama com uma crise nervosa?

– Ah, é isso? – disse ele, sem preocupação, sorrindo. – O Paul não contou para você?

– Sim, contou que ela estava de cama com uma crise nervosa. – Fitou-o, perplexa. – Foi o que ele me contou.

O sorriso de Ned Beaumont tornou-se afável.

– Suponho que ele tenha de ser um pouco reservado sobre isso – falou devagar, olhando para o charuto. Em seguida, ergueu os olhos na direção dela e mexeu um pouco os ombros. – Não há nada sério com a Opal. Acontece que ela meteu na cabeça a ideia maluca de que o Paul matou seu irmão e, o que é ainda mais tolo, começou a espalhar essa história por todo lado. Bem, o Paul não podia deixar que a própria filha andasse por aí acusando o pai de assassinato, por isso teve de mantê-la em casa, até que ela tire essa ideia da cabeça.

– Quer dizer que ela... – hesitou: seus olhos ficaram brilhantes. – Ela é... bem... uma prisioneira?

– Você dá a isso um tom muito melodramático – protestou Ned Beaumont, despreocupado. – A Opal não passa de uma criança. Obrigar as crianças a ficar no quarto não é uma das maneiras mais comuns de educá-las?

Janet Henry respondeu afobada:

– Ah, sim! Só que... – Olhou para as mãos sobre as pernas e ergueu os olhos de novo na direção do rosto de Ned Beaumont. – Mas por que ela pensou nisso?

A voz de Ned Beaumont foi morna, como o sorriso:

– E quem não pensou? – perguntou.

Ela pôs as mãos na borda do banco do piano, ao seu lado, e inclinou-se para a frente. Seu rosto branco tinha uma expressão séria.

– Era o que eu queria perguntar a você, senhor Beaumont. As pessoas acham mesmo isso?

Ele fez que sim com a cabeça. Seu rosto estava sereno.

Os nós dos dedos da mulher estavam brancos sobre a borda do banco do piano. A voz estava seca, ao perguntar:

– Por quê?

Ele se levantou do sofá e foi até a lareira para jogar no fogo o resto do charuto. Quando voltou ao assento, cruzou as pernas compridas e inclinou-se para trás, à vontade.

– O outro lado acha que é boa política levar as pessoas a pensar assim – disse. Na sua voz, no seu rosto, na sua atitude, não havia nada que indicasse algum interesse pessoal no que ele estava falando.

Ela franziu as sobrancelhas.

– Mas, senhor Beaumont, por que as pessoas iriam pensar assim se não existisse algum tipo de indício, ou algo que pareça um indício?

Ele a fitou com ar de curiosidade e bom humor.

– Existe, é claro – disse. – Pensei que você soubesse disso. – Penteou uma parte do bigode com a unha do polegar. – Você não recebeu nenhuma daquelas cartas anônimas que andaram circulando por aí?

Ela se levantou depressa. A agitação desfigurou seu rosto.

– Sim, hoje! – exclamou. – Eu queria mesmo mostrar ao senhor para...

Ele riu de leve e ergueu a mão, a palma para a frente, num gesto de dissuasão.

– Não se preocupe. Todas elas são muito parecidas e eu já vi essas cartas até demais.

Janet Henry sentou-se de novo, lentamente, e com relutância.

Ele disse:

– Bem, aquelas cartas, a matéria que o *Observer* andou publicando até a gente tirar o jornal da briga, os boatos que outros andaram espalhando... – ele encolheu os ombros. – Eles juntaram os poucos fatos que havia e formaram uma acusação bem convincente contra o Paul.

Ela soltou o lábio inferior que estava preso entre os dentes e perguntou:

– Ele... ele está mesmo em perigo?

Ned Beaumont confirmou com a cabeça e falou, com calma e segurança:

– Se perder a eleição, ele perde o domínio da cidade e o apoio do governo do estado e vai ser eletrocutado.

Ela estremeceu e perguntou, numa voz que tremia:

– Mas se vencer ele fica a salvo?

Ned Beaumont fez que sim de novo:

– Claro.

Ela respirou fundo. Os lábios tremeram, por isso suas palavras saíram num espasmo:

– E ele vai vencer?

– Acho que vai.

– E aí não vai fazer nenhuma diferença o fato de os indícios contra ele serem muitos, ele vai... – Sua voz vacilou. – Ele não vai correr perigo?

– Ele não vai ser processado – disse Ned Beaumont. De súbito, se empertigou. Fechou bem os olhos, abriu-os e fitou o rosto tenso e pálido de Janet Henry. Uma luz alegre entrou nos olhos dele, uma alegria se espalhou pelo seu rosto. Ele riu, não alto, mas cheio de prazer, e levantou-se exclamando: – Mas é a própria Judite.

Janet Henry ficou parada, sem respirar, olhando para ele com seus olhos castanhos e desconcertados, numa cara branca e perplexa.

Ele começou a andar pela sala numa trajetória irregular, falando com alegria – não para Janet Henry –, embora de vez em quando virasse a cabeça sobre o ombro a fim de sorrir para ela.

– O jogo é esse, é claro – ele disse. – Ela podia dar um tempo com o Paul, ser gentil com ele, para que o pai pudesse ter o respaldo político de que necessitava, mas isso teria as suas limitações. Ou então bastaria isso, já que o Paul tem tanto amor por ela. Mas quando ela concluiu que o Paul tinha matado o irmão e ia escapar sem castigo, a menos que ela... Isso é esplêndido! A filha de Paul e a namorada dele tentam arrastá-lo para a cadeira elétrica. O Paul tem mesmo muita sorte com mulheres. – Na mão, Ned Beaumont tinha agora um charuto fino, verde-claro. Parou diante de Janet Henry, cortou a ponta do charuto e disse, não em tom de acusação, mas como se compartilhasse com ela uma descoberta: – Você mandou aquelas cartas anônimas por aí. Seguramente foi você. Foram escritas na máquina de escrever que ficava no quarto onde seu irmão e Opal se encontravam. Ele tinha uma chave e ela também. Não foi ela quem escreveu porque ficou muito agitada com as cartas. Foi você. Você pegou a chave dele quando a polícia a devolveu para você e para seu pai, junto com o resto dos pertences do seu irmão, aí você se enfiou sorrateiramente no quarto e escreveu as cartas. Grande ideia. – Ele recomeçou a andar. Falou: – Bem, vamos ter de fazer o senador contratar um pelotão de enfermeiras bem saudáveis e deixar você trancada num quarto com uma baita crise nervosa. Isso já está virando uma epidemia entre as filhas dos nossos políticos, mas a gente tem de garantir a vitória na eleição, ainda que todas as casas da cidade tenham um paciente nervoso. – Virou a cabeça sobre o ombro para sorrir para ela com gentileza.

Ela pôs a mão no pescoço. A não ser por isso, não se mexeu. Não falou.

Ele disse:

– O senador não vai nos criar muita encrenca, felizmente. Ele não se importa com nada, nem com você, nem com o filho morto, só quer saber de ser reeleito e sabe que não pode fazer isso sem o Paul. – Riu. – Foi isso o que levou você a fazer o papel de Judite, não é? Você sabia que, antes de vencer as eleições, seu pai não ia romper com o Paul, mesmo se achasse que ele era culpado. Bem, para nós é um conforto saber disso.

Quando ele parou de falar para acender o charuto, Janet Henry disse. Tinha baixado a mão do pescoço. As duas mãos estavam no colo. Estava sentada de costas retas, mas sem tensão. Sua voz era fria e controlada. Falou:

– Não sou boa para mentir. Sei que o Paul matou o Taylor. Eu escrevi as cartas.

Ned Beaumont tirou o charuto aceso da boca, voltou para o sofá com braços em formato de lira e sentou-se de frente para ela. O rosto dele estava sério, mas sem hostilidade. Falou:

– Você odeia o Paul, não é? Mesmo se eu provar a você que ele não matou o Taylor, ainda assim vai odiar o Paul, não é?

– É – respondeu, seus olhos castanho-claros firmes nos olhos de Ned Beaumont, mais escuros. – Acho que sim.

– Pois é – disse ele. – Você não o odeia porque acha que ele matou seu irmão. Você acha que ele matou seu irmão porque o odeia.

Ela mexeu a cabeça devagar de um lado para o outro.

– Não – disse.

Ned Beaumont sorriu, cético. Em seguida perguntou:

– Falou sobre isso com seu pai?

Ela mordeu o lábio e seu rosto ficou um pouco vermelho.

Ned Beaumont sorriu de novo.

– E ele lhe disse que isso era ridículo – falou.

A cor rosada ficou mais viva nas faces dela. Janet Henry começou a falar alguma coisa, mas não continuou.

Ele disse:

– Se o Paul matou seu irmão, seu pai sabe disso.

Ela baixou o olhar para as mãos, no seu colo, e disse, devagar, num tom lamentoso:

– O meu pai precisa saber disso, mas não vai acreditar.

Ned Beaumont falou:

– Ele tem de saber. – Seus olhos ficaram mais estreitos. – O Paul, naquela noite, falou alguma coisa com ele a respeito de Taylor e Opal?

Ela ergueu a cabeça, perplexa:

– Não sabe o que aconteceu naquela noite? – perguntou Janet Henry.

– Não.

– Não tem nada a ver com Henry e Opal – disse, e as palavras se atropelaram na sua pressa de falar tudo. – Foi... – Virou a cara para a porta num gesto brusco e fechou a boca, com um pequeno estalo. Uma risada estrondosa, que vinha do fundo do peito, ressoou através da porta, junto com o som de passos que se aproximavam. Ela fitou Ned Beaumont de novo, afobada, levantando as mãos num gesto de apelo. – Tenho de contar para você – sussurrou, séria, desesperada. – Posso ver você amanhã?

– Sim.

– Onde?

– Na minha casa? – sugeriu.

Ela fez que sim, rapidamente. Ele teve tempo de sussurrar seu endereço e ela, de murmurar:

– Depois das dez? – e ele ainda teve tempo de confirmar com a cabeça antes que o senador Henry e Paul Madvig entrassem na sala.

II

Paul Madvig e Ned Beaumont deram boa-noite para os Henry às dez e meia e entraram num sedã que Madvig guiou pela rua Charles. Depois de percorrerem um quarteirão e meio, Madvig soltou um longo suspiro de satisfação e disse:

– Puxa, Ned, você nem imagina como eu fico satisfeito de ver que você e a Janet estão se dando tão bem.

Ned Beaumont, olhando de lado para o perfil do homem louro, disse:

– Posso me dar bem com todo mundo.

Madvig riu.

– Pode mesmo – respondeu, satisfeito. – E como.

Os lábios de Ned Beaumont curvaram-se num sorriso misterioso e contraído. Falou:

– Tem uma coisa que eu quero falar com você a respeito de amanhã. Onde você vai estar, digamos, no meio da tarde?

Madvig virou o volante e o sedã entrou na rua China.

– No escritório – respondeu. – É dia 1º. Por que não fala agora de uma vez? Ainda falta muito para a noite acabar.

– Ainda não sei de tudo agora. Como vai a Opal?

– Está bem – respondeu Madvig, em tom soturno, em seguida exclamou: – Meu Deus! Eu bem que gostaria de ficar zangado com a menina. Seria tudo muito mais fácil. – Passaram por um poste de luz. Ele deixou escapar: – Ela não está grávida.

Ned Beaumont não falou nada. Seu rosto estava inexpressivo.

Madvig reduziu a velocidade do sedã à medida que se aproximavam do Clube Cabana de Madeira. Seu rosto estava vermelho. Perguntou, de modo brusco:

– O que é que você acha, Ned? Ela era... – Madvig pigarreou – amante dele? Ou aquilo era só um namorico de garotos?

Ned Beaumont respondeu:

– Não sei. Não me importa. Não pergunte para ela, Paul.

Madvig estacionou o sedã e ficou parado um momento diante do volante, olhando fixo para a frente. Em seguida, pigarreou de novo e falou, numa voz grave e rouca:

– Você não é o pior dos caras deste mundo, Ned.

– Ahn-ahn – concordou Ned Beaumont enquanto saíam do sedã.

Entraram no Clube, separaram-se com naturalidade debaixo do retrato do governador, no pé da escada no segundo andar.

Ned Beaumont entrou numa sala bem pequena, nos fundos, onde cinco homens jogavam pôquer e outros três assistiam ao jogo. Os jogadores abriram lugar na mesa para ele e, às três horas, quando a partida terminou, Ned Beaumont tinha ganhado uns quatrocentos dólares.

### III

Era quase meio-dia quando Janet Henry chegou ao apartamento de Ned Beaumont. Antes, ela ficou andando para um lado e para o outro pelo corredor, durante mais de uma hora, roendo as unhas ou fumando. Ele avançou sem pressa até a porta quando ela tocou a campainha, abriu a porta e, sorrindo com um ligeiro mas agradável ar de surpresa, disse:

– Bom dia.

– Lamento muito estar atrasada – começou –, mas...

– Mas não está atrasada – tranquilizou-a. – Combinamos depois das dez, a qualquer hora.

Ele a fez entrar na sua sala.

– Gosto disto – disse Janet Henry, virando-se ao redor lentamente, examinando o apartamento antiquado, a altura do teto, a largura das janelas, o enorme espelho acima da lareira, a pelúcia vermelha da mobília. – É encantador. – Voltou os olhos castanhos para uma porta entreaberta. – É o seu quarto?

— É. Gostaria de ver?

— Adoraria.

Mostrou-lhe o quarto, depois a cozinha e o banheiro.

— Perfeito — disse ela quando voltaram para a sala. — Eu não sabia que ainda existiam apartamentos como este numa cidade tão horrivelmente moderna como a nossa acabou ficando.

Ned Beaumont fez um pequeno meneio de cabeça em sinal de agradecimento ao elogio.

— Acho muito bom e, como pode ver, não tem ninguém aqui para ouvir escondido a nossa conversa, a menos que tenha alguém dentro do armário, o que é pouco provável.

Ela se empertigou e mirou direto os olhos dele.

— Eu não pensei isso. Nós dois podemos não concordar, podemos até nos tornar, ou sermos já, inimigos, mas eu sei que você é um cavalheiro, senão nem estaria aqui.

Ele perguntou num tom divertido:

— Você quer dizer que aprendi a não usar sapatos marrom-claros com ternos azuis? Esse tipo de coisa?

— Não me refiro a esse tipo de coisa.

Ele sorriu.

— Então você está enganada. Sou um jogador e um capanga de políticos.

— Não estou enganada. — Uma expressão de súplica surgiu em seus olhos. — Por favor, não crie uma discussão entre nós, pelo menos não antes da hora em que tivermos de discutir.

— Desculpe. — O sorriso de Ned Beaumont agora tinha um ar arrependido. — Não quer sentar?

Ela sentou-se. Ned Beaumont sentou-se em outra poltrona vermelha e larga, de frente para ela. Falou:

— Pois bem, você ia me contar o que aconteceu na sua casa na noite em que seu irmão foi assassinado.

– Sim – a voz era quase inaudível ao sair da sua boca. Seu rosto ficou rosado e ela desviou o olhar para o chão. Quando levantou os olhos outra vez, estavam tímidos. O constrangimento embargava sua voz: – Eu queria que você soubesse. Você é amigo do Paul e isso... isso pode tornar você meu inimigo, mas... acho que quando você souber o que aconteceu, quando souber a verdade, você não vai ser... pelo menos não vai ser meu inimigo. Não sei. Talvez vá, sim... Mas você precisa saber. Depois, você mesmo pode decidir. E ele não contou para você. – Janet Henry fitou-o com o olhar concentrado, de modo que a timidez sumiu dos seus olhos. – Contou?

– Não sei o que aconteceu na sua casa naquela noite – disse Ned Beaumont. – Ele não me contou.

Ela se inclinou na direção dele, rapidamente, para perguntar:

– Isso não mostra que há uma coisa que ele quer esconder, uma coisa que precisa esconder?

Ned Beaumont encolheu os ombros.

– Acha que sim? – Sua voz não tinha nenhuma ansiedade, ou agitação.

Ela franziu as sobrancelhas.

– Mas você devia ver... Vamos deixar isso pra lá, agora. Vou lhe contar o que aconteceu e você mesmo vai poder tirar a conclusão. – Janet Henry continuou inclinada para a frente, fitando o rosto dele com os olhos castanhos e fixos. – Ele veio jantar, foi a primeira vez que o recebemos para jantar.

– Eu sabia disso – falou Ned Beaumont –, e o seu irmão não estava lá.

– Taylor não estava na mesa de jantar – emendou ela, em tom sério. – Mas estava no seu quarto, no andar de cima. Na mesa, só estávamos papai, o Paul e eu. Taylor ia jantar fora. Ele... ele não ia jantar com o Paul por causa do problema que os dois tiveram a respeito da Opal.

Ned Beaumont fez que sim, sem veemência, mas com atenção.

– Depois do jantar, eu e o Paul ficamos sozinhos por alguns momentos... na mesma sala onde eu e você conversamos ontem à noite, e ele de repente me abraçou e me deu um beijo.

Ned Beaumont deu uma risada, não muito alta, mas com uma alegria brusca e irreprimível.

Janet Henry olhou-o surpresa.

Ele transformou a risada num sorriso e disse:

– Desculpe. Continue. Depois vou lhe contar por que ri. – Mas quando ela ia prosseguir, ele disse: – Espere. Ele falou alguma coisa quando beijou você?

– Não. Quer dizer, pode ter dito, mas nada que eu tenha entendido. – A perplexidade ficou mais profunda no seu rosto. – Por quê?

Ned Beaumont riu de novo.

– Ele deve ter dito alguma coisa sobre ter o seu quinhão. Deve ter sido um erro meu. Tentei convencer o Paul a não apoiar seu pai na eleição, disse que seu pai estava usando você como isca para conseguir o apoio dele e o preveni de que, se ele estava disposto a ser comprado dessa forma, devia tentar se garantir e pegar o seu quinhão antes da eleição, do contrário nunca iria receber nada.

Janet Henry arregalou os olhos e neles havia perplexidade.

Ned Beaumont falou:

– Isso aconteceu naquela mesma tarde, mas não achei que a minha advertência fosse ter consequências. – Franziu a testa. – O que você fez com ele? Paul queria casar com você e estava entupido de tanto respeito e tudo o mais por você, então você deve ter feito alguma coisa muito errada com o Paul para ele pular em cima de você desse jeito.

– Eu não fiz nada com ele – respondeu Janet Henry lentamente. – Embora possa ter sido uma noite meio difícil. Nenhum de nós se sentia à vontade. Eu pensei... tentei não demonstrar que... bem... que eu estava incomodada por ter de entreter o Paul. Ele não estava à vontade, eu sei, e acho que isso... o constrangimento dele... e talvez alguma desconfiança de que você tivesse razão fizeram o Paul... – Terminou a frase com um breve gesto das mãos para os lados.

Ned Beaumont fez que entendia.

– O que foi que aconteceu, então? – perguntou.

– Fiquei furiosa, é claro, e me afastei dele.

– Você não lhe disse nada? – Os olhos de Ned Beaumont cintilaram com uma alegria mal disfarçada.

– Não, nem ele falou nada que eu pudesse ouvir. Fui para o andar de cima e encontrei o papai descendo a escada. Quando eu estava contando a ele o que tinha acontecido, e eu estava tão zangada com o papai quanto com o Paul, porque era culpa do papai o fato de o Paul estar lá em casa, e nessa hora nós ouvimos que o Paul estava saindo pela porta da frente. E depois o Taylor saiu do seu quarto. – O rosto dela ficou branco e tenso, sua voz, rouca de emoção. – Ele me ouviu falando com o papai e me perguntou o que tinha acontecido, mas eu o deixei ali, com o papai, e fui para o meu quarto, zangada demais para poder falar a respeito do assunto. E não vi nenhum dos dois outra vez, até que o papai veio ao meu quarto e me disse que Taylor tinha... tinha sido assassinado. – Ela parou de falar e olhou, de rosto pálido, para Ned Beaumont, retorcendo os dedos entrecruzados, à espera da reação dele à sua história.

A reação de Ned foi uma pergunta fria:

– Bem, e daí?

— E daí? – repetiu ela, espantada. – Não está vendo? Como é que eu podia deixar de concluir que o Taylor tinha saído atrás do Paul, tinha se desentendido com ele e que por isso foi morto? Ele estava enfurecido e... – Seu rosto brilhou. – Você sabe que o chapéu dele não foi encontrado. Estava afobado demais, zangado demais, para se lembrar de pegar o chapéu. Ele...

Ned Beaumont balançou a cabeça devagar, de um lado para o outro, e a interrompeu. Sua voz era de uma segurança total.

— Não – falou. – Isso não vai servir. O Paul não precisava matar o Taylor e não faria isso. Ele poderia liquidar o Taylor com um dedo se quisesse e ele nunca perde a cabeça na hora de uma briga. Eu sei muito bem disso. Já vi o Paul brigar e já briguei com ele. Isso não vai servir. – Estreitou as pálpebras em redor dos olhos, que ficaram duros como rochas. – Mas vamos supor que sim. Vamos dizer que foi por um acidente, mesmo que eu não consiga acreditar nisso. Mesmo assim, seria um caso de agir em defesa própria e mais nada, não é?

Ela ergueu a cabeça com desdém.

— Se fosse em defesa própria, por que ele teria escondido?

Ned Beaumont não pareceu nem um pouco impressionado.

— Ele queria casar com você – explicou. – Não ia ser de grande ajuda para ele confessar que havia matado seu irmão, mesmo... – Ned Beaumont riu. – Eu estou ficando tão mau quanto você. O Paul não o matou, senhorita Henry.

Os olhos dela eram de rocha, tanto quanto os dele. Fitava Ned Beaumont e nada dizia.

A fisionomia dele se tornou pensativa. Perguntou:

— Você só... – Moveu os dedos de uma das mãos. – É só isso o que você tem para supor que o seu irmão saiu de casa para ir atrás do Paul naquela noite?

– É o bastante – insistiu ela. – Ele fez isso. Tinha de fazer. Senão... ora, senão o que ele estaria fazendo lá na rua China, sem chapéu?

– O seu pai não viu o Taylor sair de casa?

– Não. Ele nem sabia disso até receber a notícia... Ned Beaumont a interrompeu.

– Ele concorda com você?

– Tem de concordar – gritou ela. – É inequívoco. Tem de concordar. Não importa o que ele diga, assim como você também tem de concordar. – Havia lágrimas nos olhos dela agora. – Não pode querer que eu acredite que você não concorda, senhor Beaumont. Não sei o que o senhor sabia antes. Foi o senhor quem achou o corpo do Taylor. Não sei o que mais o senhor achou, mas agora deve saber a verdade.

As mãos de Ned Beaumont começaram a tremer. Afundou mais ainda na sua poltrona, para poder enfiar as mãos nos bolsos da calça. Tinha o rosto tranquilo, a não ser pelas fundas rugas de tensão em volta da boca. Falou:

– Eu achei o corpo dele. Não havia mais ninguém lá. Não encontrei mais nada.

– Agora encontrou – disse ela.

A boca de Ned Beaumont contraiu-se embaixo do bigode escuro. Seus olhos ficaram quentes de raiva. Falou numa voz grave, áspera, calculadamente amarga.

– Sei que quem matou seu irmão, seja lá quem for, fez um favor ao mundo.

Ela se encolheu para trás na sua poltrona, com a mão no pescoço, mas quase imediatamente o horror desapareceu do seu rosto, ela se aprumou e fitou-o com ar de compaixão. Falou em voz suave:

– Eu sei. Você é amigo do Paul. Isso magoa.

Ele baixou a cabeça um pouco e murmurou:

– Foi uma coisa sórdida, dizer isso. Foi besteira. – Ele sorriu com ironia. – Você está vendo que eu tinha razão quando falei que não era nenhum cavalheiro. – Parou sorrindo e a vergonha sumiu dos seus olhos, deixou-os claros e firmes. Falou, numa voz serena: – Você está certa quando diz que sou amigo do Paul. Sou mesmo, e não importa quem ele tiver matado.

Depois de um longo intervalo durante o qual ela o fitou com ar sério, Janet Henry falou numa voz miúda e monótona:

– Então isso é inútil? Pensei que se eu pudesse lhe mostrar a verdade... – Parou com um gesto de desânimo em que participaram as mãos, os ombros e a cabeça.

Ned Beaumont moveu a cabeça lentamente, de um lado para o outro.

Ela suspirou e levantou-se, com a mão estendida:

– Estou arrependida e decepcionada, mas não precisamos ser inimigos, não é?

Ned Beaumont ergueu-se de frente para ela, mas não segurou sua mão. Falou:

– A parte de você que tapeou o Paul e está tentando me tapear é minha inimiga.

Janet Henry manteve a mão estendida enquanto perguntava:

– E a outra parte de mim, a parte que não tem nada a ver com isso?

Ele pegou sua mão e curvou-se sobre ela.

## IV

Depois que Janet Henry saiu, Ned Beaumont pegou o telefone, discou um número e disse:

– Alô, aqui é o senhor Beaumont. O senhor Madvig já chegou?... Quando ele chegar, diga que eu telefonei e que vou aí para falar com ele, está certo?... Sim, obrigado.

Olhou para o relógio de pulso. Passava um pouco de uma hora. Acendeu um charuto e sentou-se junto à janela, fumando e olhando para a igreja cinzenta do outro lado da rua. A fumaça de charuto que ele soprava batia no vidro da janela e subia em nuvens cinzentas acima da sua cabeça. Os dentes esmagavam a ponta do charuto. Ficou ali sentado por dez minutos, até o telefone tocar.

Foi até o telefone.

– Alô... Sim, Harry... Claro. Onde você está?... Vou ao centro. Espere-me lá... Meia hora... Está certo.

Jogou o charuto na lareira, pôs o chapéu, vestiu a capa e saiu. Caminhou seis quarteirões até um restaurante, comeu salada e pãezinhos, tomou uma xícara de café, andou quatro quarteirões até um hotel pequeno chamado Majestic, e seguiu para o quarto andar num elevador pilotado por um jovem baixote que o chamou de Ned e perguntou o que ele achava do terceiro páreo.

Ned Beaumont refletiu e disse:

– Lord Byron deve ganhar.

O ascensorista disse:

– Tomara que você esteja errado. Apostei no Órgão de Tubos.

Ned Beaumont encolheu os ombros.

– Pode ser, mas ele está carregando muito peso. – Foi para o quarto 417 e bateu na porta.

Harry Sloss, sem paletó, só de camisa, abriu a porta. Era um homem pálido e corpulento, de trinta e cinco anos, rosto largo e parcialmente careca. Ele falou:

– Pontual. Entre.

Depois que Sloss fechou a porta, Ned Beaumont perguntou:

– Qual é a encrenca?

O homem corpulento foi até a cama e sentou-se. Olhou ansioso e de cenho franzido para Ned Beaumont.

– Não acho que essa coisa está andando lá muito bem, Ned.

– Do que está falando?

– Essa história do Ben ir falar com o Hall.

Ned Beaumont falou, irritado:

– Tá legal. Quando você puder me explicar do que é que está falando, me explique, que eu vou ficar muito agradecido.

Sloss ergueu a mão pálida e grande.

– Espere aí, Ned, vou explicar o que é. Escute só. – Tateou os bolsos em busca de cigarros, tirou um maço todo amassado. – Sabe a noite em que o pirralho do Henry foi apagado?

– Ahn-ahn – respondeu Ned Beaumont, num sussurro descuidado.

– Lembra que eu e o Ben tínhamos acabado de entrar quando você chegou lá no Clube?

– Sei.

– Pois é, então escute: a gente viu o Paul e o garoto discutindo lá na calçada, debaixo das árvores.

Ned Beaumont esfregou um lado do bigode com a unha do polegar uma vez e falou, devagar, com ar intrigado:

– Mas eu vi vocês saírem do carro na frente do Clube, e isso foi logo depois que eu achei o corpo dele, e vocês vieram pelo outro lado. – Esticou o indicador. – E o Paul já estava no Clube antes de vocês chegarem.

Sloss fez que sim, vigorosamente, com a cabeça grande.

– Até aí, tudo bem – disse. – Acontece que a gente foi de carro pela rua China até o bar da Pinky Klein, e ele não estava lá, e aí demos meia-volta e retornamos ao Clube.

Ned Beaumont fez sinal que entendia.

– E o que foi que vocês viram, exatamente?

– A gente viu o Paul e o garoto parados ali debaixo das árvores discutindo.

– Deu para ver isso passando de carro?

Sloss fez que sim com a cabeça outra vez, vigorosamente.

— Era um lugar meio escuro — recordou Ned Beaumont. — Não entendo como vocês podiam enxergar a cara deles passando de carro desse jeito, a menos que tivessem reduzido a velocidade ou parado.

— Não, a gente não fez isso, mas eu reconheço o Paul em qualquer lugar — insistiu Sloss.

— Pode ser, mas como vocês sabiam que era o tal garoto que estava discutindo com ele?

— Era, sim. Claro que era. Deu para ver o bastante para reconhecer quem era.

— E ainda deu para ver que estavam discutindo? O que quer dizer com isso? Estavam brigando?

— Não, mas estavam plantados ali como quem discute. Sabe como é, às vezes dá para saber que dois caras estão discutindo só pela posição deles.

Ned Beaumont sorriu sem a menor alegria.

— É, se um deles está parado na frente da cara do outro. — Seu sorriso se apagou. — E foi isso o que o Ben foi contar ao Hall?

— É. Não sei se ele fez isso por sua própria conta ou se o Farr soube da história de algum jeito e mandou pegar o cara na marra, mas o fato é que o Ben contou para o Farr. Isso aconteceu ontem.

— Como é que você soube, Harry?

— O Farr está atrás de mim — disse Sloss. — É o que eu soube. O Ben contou para ele que estava junto comigo e o Farr mandou uma ordem para eu ir até lá e falar com ele, mas eu não quero me envolver nessa história.

— Acho bom mesmo, Harry — disse Ned Beaumont. — O que vai dizer se o Farr puser as mãos em você?

— Não vou deixar ele me pegar, vou fazer de tudo. É por isso que eu queria falar com você. — Pigarreou e umedeceu os lábios. – Achei que podia ser uma boa eu sair da cidade durante uma semana ou duas até essa história dar uma esfriada, e para isso eu preciso de algum dinheiro.

Ned Beaumont sorriu e balançou a cabeça.

– Não é esse o caminho – disse para o homem corpulento. – Se quer ajudar o Paul, vá contar para o Farr que não pôde reconhecer os dois homens embaixo das árvores e que acha que ninguém, de dentro do seu carro, poderia reconhecer quem eram eles.

– Tudo bem, vou fazer isso então – respondeu Sloss, sem hesitar. – Mas, escute, Ned, eu tenho que ganhar alguma coisa com essa história. Estou correndo um risco e... bem... você sabe como é.

Ned Beaumont assentiu.

– A gente vai arranjar um trabalho mole para você, depois da eleição, um bico onde você tenha de ficar só uma hora por dia, talvez.

– Isso vai servir... – Sloss levantou-se. Seus olhos verde-claros estavam afoitos. – Vou contar uma coisa para você, Ned, estou duro, sem um tostão. Não dá para me arranjar uma grana logo de uma vez? Ia vir numa boa hora.

– Talvez. Vou falar com o Paul.

– Faça isso, Ned, e me dê um telefonema.

– Claro. Até logo.

## V

Do Hotel Majestic, Ned Beaumont foi à prefeitura, para o gabinete do promotor público, e disse que queria falar com o senhor Farr.

O jovem de cara redonda a quem ele pediu isso foi lá dentro e voltou um minuto depois, com cara de quem pede desculpas.

– Desculpe, senhor Beaumont, mas o senhor Farr não está.

– Quando vai voltar?

– Não sei. A secretária disse que ele não deixou nenhum recado.

– Vou arriscar. Vou esperar por ele no seu escritório.

O jovem de cara redonda se pôs no seu caminho.

– Ah, o senhor não pode...

Ned Beaumont sorriu seu sorriso mais doce para o jovem e perguntou, com voz branda:

– Você não gosta do seu emprego, meu filho?

O jovem hesitou, moveu as mãos e deu um passo para o lado, abrindo caminho para Ned Beaumont passar. Ele seguiu pelo corredor interno até a porta do gabinete do promotor público e abriu-a.

Farr ergueu os olhos, sentado na sua escrivaninha, e ficou em pé, de um pulo.

– Era você? – gritou. – Garoto maluco! Ele nunca explica nada direito. Um tal de senhor Bauman, ele disse.

– Não foi nada – respondeu Ned Beaumont, sereno. – Já entrei.

Deixou o promotor público apertar a sua mão e conduzi-lo até uma cadeira. Quando os dois estavam sentados, ele perguntou, em tom relaxado:

– Alguma novidade?

– Nada. – Farr inclinou-se para trás na sua cadeira e balançou-se, com os polegares metidos nos bolsos de baixo do colete. – A mesma rotina de sempre, se bem que só Deus sabe quanto trabalho isso dá.

– Como vai a cabala de votos para a eleição?

– Podia ir melhor. – Uma sombra passou pela cara vermelha e combativa do promotor público. – Mas acho que vamos dar conta do recado.

Ned Beaumont manteve o tom relaxado na voz:
– Qual é o problema?
– Uma coisa aqui, outra ali. Bobagens que aparecem. Política é assim mesmo, eu acho.
– Alguma coisa que eu ou o Paul possamos fazer para ajudar? – perguntou Ned Beaumont e então, quando Farr já tinha balançado negativamente sua cabeça coberta de palha vermelha: – Esse papo de que o Paul tem alguma coisa a ver com o assassinato do Henry é o problema mais grave que você anda enfrentando?

Um brilho assustado surgiu nos olhos de Farr, e desapareceu depois que ele piscou. Ele se empertigou na cadeira.
– Bem – respondeu, cauteloso –, andam falando muito que a gente já devia ter esclarecido o crime. Esse é um dos problemas... talvez um dos maiores.
– Fez algum progresso desde a última vez que falei com você? Descobriu alguma novidade na história?

Farr fez que não. Seus olhos estavam desconfiados.
Ned Beaumont sorriu sem a menor simpatia.
– Continua deixando de lado algumas linhas de investigação, não é?

O promotor público se retorceu na cadeira.
– Bem, sim, é claro, Ned.

Ned Beaumont assentiu. Tinha os olhos cintilantes de malícia. Sua voz era um escárnio:
– E a investigação da história do Ben é uma dessas coisas que você está deixando de lado?

A boca torta e bruta de Farr abriu e fechou. Esfregou um lábio no outro. Os olhos, depois de ficarem arregalados, tornaram-se vazios, inexpressivos. Falou:
– Eu não sei se tem alguma coisa de sério nessa história do Ferriss, Ned. Acho que não tem. Nem cheguei a pensar muito no assunto, para poder dizer a você.

Ned Beaumont riu com desdém.

Farr disse:

— Você sabe que eu não ia esconder nada de você nem do Paul, nada que fosse importante. Você me conhece muito bem para saber disso.

— A gente conhecia você antes de ficar corajoso – retrucou Ned Beaumont. – Mas está tudo bem. Se você quer falar com o cara que estava no carro com o Ferriss, pode pegar o sujeito agora mesmo no quarto 417 do Majestic.

Farr olhava fixamente para os enfeites verdes da sua escrivaninha, a estatueta nua que dançava segurando um avião no ar, entre duas canetas na diagonal. Tinha o rosto contraído. Não falou nada.

Ned Beaumont levantou-se com um sorriso nos lábios. Falou:

— O Paul fica sempre contente de poder dar uma forcinha aos seus rapazes. Você acha que ajudaria se ele se deixasse prender e ser processado pelo assassinato do Henry?

Farr não desgrudou os olhos dos enfeites verdes. Falou, em tom teimoso:

— Não cabe a mim dizer ao Paul o que ele deve fazer.

— Muito bem lembrado! – exclamou Ned Beaumont. Debruçou-se para a frente por cima da escrivaninha até seu rosto ficar perto da orelha do promotor público e baixou a voz para um tom confidencial: – E aqui tem uma outra coisa também boa para lembrar: não cabe a você fazer coisas que o Paul não mandou você fazer.

Saiu sorrindo, mas parou de sorrir quando se viu do lado de fora.

# 8. No olho da rua

I

Ned Beaumont abriu uma porta com a tabuleta Companhia Pública de Construção e Contratação do Leste e trocou um boa-tarde com as duas senhoritas sentadas atrás das escrivaninhas lá dentro, em seguida atravessou uma sala maior na qual havia meia dúzia de homens, com os quais falou, e abriu uma porta com a tabuleta Reservado. Entrou numa sala quadrada onde Paul Madvig estava sentado atrás de uma escrivaninha surrada, examinando papéis colocados à sua frente por um homem baixinho que se mantinha postado respeitosamente ao lado do seu ombro.

Madvig ergueu a cabeça e disse:

– Oi, Ned. – Empurrou os papéis para o lado e falou para o baixinho: – Traga este lixo de volta mais tarde.

O baixinho juntou seus papéis e saiu da sala depois de dizer:

– Claro, senhor. Como vai, senhor Beaumont?

Madvig disse:

– Você está com cara de quem teve uma noite mal dormida, Ned. O que há? Sente.

Ned Beaumont tirou o sobretudo. Colocou-o numa cadeira, jogou o chapéu em cima do sobretudo e pegou um charuto.

– Não, estou bem. Qual é a novidade na sua vida? – sentou-se na ponta da escrivaninha surrada.

– Eu queria que você fosse ver o M'Laughlin – disse o homem louro. – Se há alguém capaz de lidar com ele é você.

– Tudo bem. Qual é o problema com ele?

Madvig torceu a cara.

– Só Deus sabe! Pensei que eu tinha posto o cara na linha, mas pelo visto anda querendo bancar o esperto com a gente.

Um brilho sombrio surgiu nos olhos escuros de Ned Beaumont. Olhou de cima para o homem louro e disse:

– Ele também, é?

Madvig perguntou lentamente, depois de refletir um momento:

– O que quer dizer com isso, Ned?

A resposta de Ned Beaumont foi mais uma pergunta:

– Tudo está correndo bem para você?

Madvig moveu os ombros grandes com impaciência, mas os olhos não perderam o ar perscrutador.

– Até que as coisas não estão indo tão mal – respondeu. – A gente pode se virar sem o lote de votos do M'Laughlin, se for necessário.

– Talvez. – Os lábios de Ned Beaumont se contraíram. – Mas a gente não pode continuar a perder votos, se quiser se dar bem. – Colocou o charuto no canto da boca e falou, em volta dele: – Você sabe que a gente não está tão bem quanto estava duas semanas atrás.

Madvig sorriu com ar de superioridade para o homem sentado na ponta da sua escrivaninha.

– Caramba, como você gosta de ser desconfiado, Ned! Será que nunca acha que as coisas estão normais? – Não esperou a resposta, mas prosseguiu, serenamente: – Até hoje eu nunca vi uma campanha em que, em algum momento, não parecesse que tudo estava indo para o buraco. Mas nunca foi.

Ned Beaumont estava acendendo o seu charuto. Soprou uma baforada de fumaça e disse:

– Isso não significa que nunca vá acontecer. – Apontou o charuto para o peito de Madvig: – Se o assassinato de Taylor Henry não for esclarecido, você não vai ter nem de se preocupar com a campanha. Você vai afundar, não importa quem ganhe.

Os olhos azuis de Madvig ficaram opacos. Não houve nenhuma outra mudança no seu rosto. Sua voz estava inalterada:

– O que você quer dizer exatamente, Ned?

– Todo mundo nesta cidade acha que você matou o Taylor.

– Ah, é? – Madvig pôs a mão no queixo, esfregou-o com ar pensativo. – Não deixe que isso preocupe você. Já me acusaram de muita coisa antes.

Ned Beaumont sorriu de um jeito morno e perguntou, com uma admiração sarcástica:

– Tem alguma coisa neste mundo que você ainda não experimentou? Até a terapia da cadeira elétrica?

O homem louro riu.

– Quem sabe um dia eu ainda tenha essa experiência – falou.

– Pois não está muito longe disso neste exato instante, Paul – respondeu Ned Beaumont, com voz branda.

Madvig riu de novo.

– Meu Deus! – zombou.

Ned Beaumont deu de ombros.

– Não está ocupado? – perguntou. – Não estou tomando seu tempo com bobagens?

– Estou ouvindo você com atenção – respondeu Madvig, tranquilo. – Nunca é perda de tempo escutar você.

– Obrigado, senhor. Por que acha que o M'Laughlin está pondo as unhas de fora?

Madvig balançou a cabeça.

– Porque ele acha que você está acabado – disse Ned Beaumont. – Todo mundo sabe que a polícia não tentou descobrir quem é o assassino de Taylor Henry e todo mundo acha que é porque você matou o sujeito. M'Laughlin acha que isso é o bastante para derrotar você na eleição dessa vez.

– Ah, é? Ele acha que é melhor ter o Shad do que eu administrando a cidade? Acha que ser suspeito de um assassinato torna a minha reputação pior que a do Shad?

Ned Beaumont olhou de cara feia para o homem louro.

– Ou você está fazendo pouco de si mesmo ou quer fazer pouco de mim. O que a reputação do Shad tem a ver com a história? Ele não aparece, fica por trás dos seus candidatos. Já você aparece e são os seus candidatos os responsáveis por não se fazer nada a respeito do assassinato.

Madvig pôs a mão no queixo outra vez e apoiou o cotovelo na escrivaninha. Seu rosto bonito e corado não tinha rugas. Falou:

– A gente já falou bastante sobre o que as outras pessoas pensam, Ned. Vamos falar sobre o que você pensa. Acha que estou acabado?

– Provavelmente está – respondeu Ned Beaumont, em voz grave e segura. – Vai ser uma moleza para eles se você ficar parado. – Sorriu. – Mas os seus candidatos podem se dar bem.

– Isso – comentou Madvig, em tom sereno – requer uma explicação.

Ned Beaumont inclinou-se para a frente e, cuidadosamente, bateu as cinzas do charuto na escarradeira de metal ao lado da escrivaninha. Em seguida disse, sem a menor emoção:

– Eles vão atirar você às feras.

– Ah, é?

– Por que não? Você deixou o Shad tirar do seu time a maior parte da cambada de má fama. Agora está contando com a turma respeitável, a fina flor da sociedade, para ganhar a eleição. Agora eles estão ficando meio cabreiros. Pois bem, os seus candidatos armam um grande espetáculo, prendem você por assassinato, e os cidadãos respeitáveis ficam encantados com esses nobres servidores do Estado que têm a coragem de mandar para a prisão aquele que é sabidamente o chefe deles quando esse homem age contra lei, e vão ficar tão encantados que se atropelarão pelas ruas na sofreguidão de votar e eleger os heróis que ficarão mais quatro anos no governo municipal. Você nem pode ficar muito aborrecido com os rapazes. Eles sabem que vão ficar numa boa se fizerem isso, e que vão ficar sem emprego se não fizerem.

Madvig tirou a mão do queixo para perguntar:

– Você não confia muito na lealdade deles, não é, Ned?

Ned Beaumont sorriu.

– Tanto quanto você – respondeu. O sorriso desapareceu. – Não estou sonhando, Paul. Fui falar com o Farr esta tarde. Tive de entrar na marra, quase arrombei a porta, ele tentou se esquivar de mim. Fingiu que não estava investigando o assassinato. Tentou esconder de mim o que tinha descoberto. – Ned Beaumont fez um gesto de desdém com a boca. – O Farr, aquele cara em quem eu mandava e desmandava.

– Bem, é só o Farr – começou Madvig.

Ned Beaumont o interrompeu.

– É só o Farr, e por isso é um sinal importante. O Rutlege ou o Brody e até o Rainey podem querer passar a perna em você por conta própria, tudo bem, mas se o Farr está fazendo alguma coisa, é sinal de que ele sabe que os outros estão do lado dele. – Ned Beaumont franziu o rosto para a cara impassível do homem louro. – Pode parar de acreditar em mim a hora que quiser, Paul.

Madvig fez um gesto descuidado com a mão que até aí estava no seu queixo.

– Eu aviso quando parar de acreditar – disse. – Por que você foi falar com o Farr?

– Harry Sloss me telefonou hoje. Parece que ele e o Ben Ferriss viram você discutindo com o Taylor Henry na rua China na noite do assassinato, ou estão dizendo que viram. – Ned Beaumont fitava o homem louro com olhos que não tinham nenhuma expressão particular e a sua voz era a mais trivial. – Ben foi contar isso ao Farr. O Harry queria receber uma grana para não ir contar também. Uma parte dos sócios do seu Clube já está respondendo aos sinais que vêm de toda parte. Faz algum tempo que ando notando como o Farr está agitado, por isso mesmo fui lá dar uma checada.

Madvig fez que sim com a cabeça.

– E você tem certeza de que ele está me apunhalando pelas costas?

– Tenho.

Madvig levantou-se da cadeira e foi até a janela. Ficou ali, as mãos nos bolsos da calça, olhando pelo vidro durante uns três minutos, enquanto Ned Beaumont, sentado na escrivaninha, fumava e olhava para as costas largas do homem louro. Então, sem virar a cabeça, Madvig perguntou:

– O que você falou para o Harry?

– Dei uma enrolada nele.

Madvig afastou-se da janela e voltou para a escrivaninha, mas não sentou. A cor vermelha do seu rosto ficou mais forte. A não ser por isso, nenhuma alteração havia no seu rosto. A voz era a mesma:

— O que acha que a gente deve fazer?

— Sobre o Sloss? Nada. O outro palhaço já contou para o Farr. Não faz muita diferença o que o Sloss fizer, agora.

— Não é sobre isso que estou falando. Eu me refiro à situação toda.

Ned Beaumont jogou o cigarro dentro da escarradeira.

— Eu já disse para você. Se o assassinato do Taylor Henry não for esclarecido depressa, você está acabado. Esse é o xis da questão. É a única coisa que vale a pena fazer.

Madvig parou de olhar para Ned Beaumont. Fitou um amplo espaço vazio na parede. Comprimiu os lábios grossos. Uma umidade surgiu nas suas têmporas. Do fundo do peito falou:

— Isso não tem jeito. Pense em outra coisa.

As narinas de Ned Beaumont se alargaram com a respiração e o tom castanho dos seus olhos pareceu ficar tão escuro quanto as pupilas. Falou:

— Não há outra saída, Paul. Qualquer outro caminho vai dar nas mãos do Shad ou do Farr e sua turma, e tanto um quanto o outro vão fazer picadinho de você.

Madvig falou, meio rouco:

— Tem de haver outro jeito, Ned. Pense bem.

Ned Beaumont afastou-se da escrivaninha e ficou parado na frente do homem louro.

— Não tem. Esse é o único jeito. Vai ter de tomar uma atitude, goste ou não, senão eu mesmo vou tomar por você.

Madvig balançou a cabeça com vigor:

— Não. Deixe isso para lá.

Ned Beaumont falou:

— Isso é uma coisa que eu não vou fazer por você, Paul.

Então Madvig fitou Ned Beaumont nos olhos e disse, num sussurro áspero:

— Fui eu que matei o Taylor, Ned.

Ned Beaumont inspirou bem fundo e soltou o ar num suspiro prolongado.

Madvig pôs as mãos nos ombros de Ned Beaumont e suas palavras saíram veladas e surdas.

— Foi um acidente, Ned. Ele veio correndo pela rua atrás de mim quando saí da casa dele, com uma bengala que tinha pegado na saída. Nós tínhamos... já havia um desentendimento e aí ele me alcançou na rua e tentou me acertar com a bengala. Não sei como foi que aconteceu, mas tomei a bengala e bati na cabeça dele, não bati com força, não podia bater com muita força, mas ele caiu para trás e bateu com a cabeça no meio-fio.

Ned Beaumont fez que sim com a cabeça. Seu rosto de repente ficou vazio, inexpressivo, a não ser por uma concentração cerrada nas palavras de Madvig. Perguntou com voz crispada, que combinava com seu rosto:

— O que aconteceu com a bengala?

— Levei comigo, embaixo do sobretudo, e queimei. Depois que me dei conta de que ele havia morrido, vi que a bengala estava na minha mão, já a caminho do Clube, então escondi dentro do sobretudo e depois queimei.

— Que tipo de bengala era?

— Marrom, de madeira maciça, pesada.

— E o chapéu dele?

— Não sei, Ned. Vai ver que rolou para longe e alguém pegou.

— Ele estava de chapéu?

— Estava, é claro.

Ned Beaumont esfregou um lado do bigode com a unha do polegar.

– Lembra-se de ter visto o carro do Sloss e do Harry passando por você?

Madvig balançou a cabeça.

– Não, mas pode ter acontecido.

Ned Beaumont franziu as sobrancelhas para o homem louro.

– Você piorou um bocado a situação fugindo com a bengala, queimando a bengala e ainda por cima ficando quieto sobre o caso durante todo esse tempo – resmungou. – Tinha um bom argumento em seu favor, com base na legítima defesa.

– Eu sei, mas eu não queria isso, Ned – respondeu Madvig, com voz rouca. – Eu quero Janet Henry mais do que quis qualquer outra coisa na vida, e que chance eu poderia ter, mesmo que tenha sido um acidente?

Ned Beaumont riu na cara de Madvig. Foi um riso grave e amargo. Falou:

– Teria mais chance do que tem agora.

Madvig, olhando para ele, não disse nada.

Ned Beaumont falou:

– Ela sempre achou que você matou o irmão. Ela odeia você. Está tentando de tudo para mandar você para a cadeira elétrica. Foi a primeira responsável por levantar suspeitas contra você, mandando cartas anônimas para todo mundo que podia se interessar pelo assunto. Foi ela quem fez a Opal se voltar contra você. Ela foi ao meu apartamento hoje de manhã me contar tudo isso e tentar me convencer a ficar contra você. Ela...

Madvig disse:

– Já chega. – Empertigou-se, um grande homem louro cujos olhos eram frios discos azuis. – O que é isso, Ned? Você quer ficar com a garota para você ou será que... – Parou, com desprezo. – Não faz nenhuma diferença. – Sacudiu o dedo esticado na direção da porta, com descaso. – Fora daqui, seu canalha. Está despedido, vá para o olho da rua.

Ned Beaumont falou:

– Vou sair quando tiver terminado de falar.

Madvig disse:

– Você vai sair quando eu mandar. Não pode dizer nada em que eu vá acreditar. Não disse nada em que eu acredite. E nunca vai dizer.

Ned Beaumont falou:

– Tá legal.

Pegou o chapéu, o sobretudo, e saiu.

## II

Ned Beaumont foi para casa. Tinha o rosto pálido e soturno. Ficou meio torto numa das poltronas grandes, com uma garrafa de Bourbon e um copo sobre a mesa a seu lado, mas não bebeu. Olhava fixo, com ar sombrio, para os pés calçados em sapatos pretos, e mordia a unha de um dedo. O telefone tocou. Ele não atendeu. O crepúsculo começou a varrer o dia da sala. O apartamento estava na penumbra quando ele se levantou e foi até o telefone.

Discou para um número. E depois:

– Alô. Queria falar com a senhorita Henry, por favor. – Depois de uma pausa, em que ficou assobiando baixinho e sem melodia, falou: – Alô, senhorita Henry?... Sim... Acabei de falar com o Paul e contar tudo sobre você... Sim, e você tinha razão. Ele fez o que você esperava que ele fizesse... – Ned Beaumont riu. – Você conseguiu. Você sabia que ele ia me chamar de mentiroso, ia se recusar a me ouvir, e ia me pôr para fora, e ele fez mesmo tudo isso... Não, não, está tudo bem. Tinha de acontecer... Não, de verdade... Ah, é definitivo sim, não tem dúvida. Falamos coisas que não podem ser apagadas... Sim, a noite toda, eu acho... Vai ser bom... Está bem. Até logo.

Serviu um copo de uísque e bebeu. Em seguida, foi para o quarto de dormir, já escurecendo, ajustou o despertador para oito horas e deitou-se vestido como estava, de costas na cama. Por um tempo, ficou olhando para o teto. Depois dormiu, respirando de forma irregular, até o alarme tocar.

Levantou-se da cama com preguiça e, acendendo as luzes, entrou no banheiro, lavou o rosto e as mãos, vestiu um colarinho limpo e acendeu o fogo na lareira da sala. Leu o jornal até a chegada de Janet Henry.

Ela estava agitada. Apesar de, logo de saída, garantir para Ned Beaumont que não havia previsto o que ia acontecer quando ele contasse ao Paul a visita que ela lhe fizera e que não tinha planejado aquilo, o entusiasmo dançava abertamente nos seus olhos e Janet Henry não conseguia evitar que sorrisos curvassem seus lábios, ao mesmo tempo que formavam as suas palavras de desculpa.

Ned Beaumont disse:

– Não importa. Eu teria de fazer isso, mesmo se soubesse o que ia acontecer depois. Acho que eu já sabia, no fundo. São coisas que acontecem. E, se você me dissesse que ia acontecer, eu tomaria como um desafio e teria agido da mesma forma.

Ela estendeu as mãos para ele.

– Estou contente – disse. – Não vou fingir que não estou.

– Desculpe – disse, ao segurar as mãos dela –, mas eu não teria me desviado nem um passo para evitar que isso acontecesse.

Ela disse:

– E agora você sabe que eu tenho razão. Foi ele que matou o Taylor. – Seus olhos eram interrogadores.

Ned Beaumont fez que sim com a cabeça.

— Ele me contou isso.

— E agora você vai me ajudar? — Suas mãos apertaram as mãos de Ned Beaumont. Chegou mais perto dele.

Ned Beaumont hesitou, franziu as sobrancelhas para o rosto ansioso de Janet Henry.

— Foi em legítima defesa, ou um acidente — disse, devagar. — Não posso...

— Foi assassinato! — gritou ela. — É claro que ele vai dizer que foi em legítima defesa! — Balançou a cabeça com impaciência. — E mesmo que fosse em legítima defesa, ou por acidente, ele não deveria ir a julgamento e provar que foi assim, como acontece com todo mundo?

— Ele esperou demais. Este mês que ele ficou calado seria um indício contra ele.

— Bem, e de quem foi a culpa? — perguntou Janet Henry. — E você acha que ele ia ficar calado durante tanto tempo se tivesse sido mesmo em legítima defesa?

Ned Beaumont fez que sim com a cabeça, com uma ênfase vagarosa.

— Fez isso por você. Está apaixonado por você. Não queria que você soubesse que havia matado o seu irmão.

— Eu sabia! — gritou feroz. — E todo mundo vai saber!

Ele mexeu os ombros um pouco. Tinha o rosto abatido.

— Não vai me ajudar? — perguntou ela.

— Não.

— Por quê? Você discutiu com ele.

— Acredito na história dele. Sei que é tarde demais para o Paul comparecer diante de um tribunal e provar que foi assim. Estamos de relações cortadas, mas eu não vou fazer isso com ele. — Umedeceu os lábios. — Deixe o Paul em paz. É provável que os outros façam isso com ele sem a sua ajuda, nem a minha.

— Eu não vou — respondeu. — Não vou deixar o Paul em paz antes que tenha sido castigado como merece. — Respirou fundo e seus olhos escureceram. — Acredita nele o bastante para se arriscar a encontrar provas de que ele mentiu para você?

— O que quer dizer com isso? — perguntou, cauteloso.

— Vai me ajudar a provar a verdade, se ele está mentindo ou não? Deve haver alguma prova positiva, em algum lugar, alguma prova que a gente possa descobrir. Se você acredita mesmo nele, não vai ter medo de me ajudar a descobrir.

Ele examinou bem o rosto da mulher antes de perguntar:

— Se eu fizer isso e nós descobrirmos de fato a sua prova positiva, você promete aceitar essa prova, qualquer que seja o seu sentido, a favor ou contra o Paul?

— Prometo — respondeu sem demora —, se você também prometer.

— E vai manter em segredo aquilo que descobrirmos até que terminemos o trabalho, ou seja, até que encontremos a nossa prova positiva, e não vai usar contra ele o que descobrirmos antes que tenhamos terminado?

— Sim.

— Então o trato está feito — disse ele.

Ela deu um soluço de alegria e surgiram lágrimas em seus olhos.

Ele disse:

— Sente-se. — Tinha o rosto magro e severo, a voz era seca. — A gente precisa combinar nosso esquema de ação. Teve alguma notícia dele nesta tarde ou nesta noite, depois que ele e eu tivemos a nossa briga?

— Não.

– Então a gente não pode ter certeza da sua posição nos planos do Paul. Há uma possibilidade de que o Paul, mais tarde, tenha percebido que eu estava certo. Isso dá no mesmo para mim e ele agora, estamos rompidos, mas a gente precisa descobrir isso o mais cedo possível. – Franziu o rosto, olhando para os pés de Janet Henry, e esfregou o bigode com a unha do polegar. – Você vai ter de esperar até que ele a procure. Não pode se arriscar a telefonar para ele. Se o Paul já estiver meio desconfiado, isso pode ser a gota d'água. Até que ponto você acha ele está sob o seu poder?

Janet Henry estava sentada na cadeira junto à mesa. Falou:

– Tenho toda a certeza que uma mulher pode ter a respeito de um homem. – Murmurou uma risada pequena e constrangida. – Sei que isso parece... Mas tenho essa certeza, senhor Beaumont.

Ele concordou.

– Então provavelmente está tudo bem, mas é preciso saber de forma positiva até amanhã. Alguma vez já tentou perguntar a ele?

– Ainda não, na verdade. Estava esperando...

– Bom, por ora isso está descartado. Por mais que você esteja segura do seu poder sobre ele, agora vai ter de ser muito cuidadosa. Descobriu alguma outra coisa que ainda não me contou?

– Não – respondeu, balançando a cabeça. – Eu não sabia muito bem como me conduzir. Era por isso que eu queria tanto que você...

Ele a interrompeu outra vez.

– Não passou pela sua cabeça contratar um detetive particular?

– Sim, mas tive medo, medo de que o detetive que eu procurasse fosse contar para o Paul. Eu não sabia quem procurar, não sabia em quem podia confiar.

– Tenho um que a gente pode usar. – Correu os dedos pelos cabelos escuros. – Agora, tem duas coisas que eu queria descobrir, a menos que você já saiba. Algum chapéu do seu irmão desapareceu? O Paul diz que ele estava de chapéu. Não havia nenhum chapéu quando eu o encontrei. Veja se consegue descobrir quantos chapéus ele tinha e se todos estão no lugar – ele sorriu meio torto –, menos aquele que eu peguei emprestado.

Janet Henry não prestou atenção ao sorriso dele. Balançou a cabeça e levantou as mãos um pouco, desanimada.

– Não posso – respondeu. – Nós nos desfizemos de todas as coisas do Taylor já faz algum tempo, e de resto duvido que alguém soubesse exatamente o que ele possuía.

Ned Beaumont encolheu os ombros.

– Eu não achava mesmo que a gente fosse chegar muito longe por esse caminho – disse. – A outra coisa é uma bengala. Verifique se alguma delas, do seu irmão ou do seu pai, está desaparecida, em especial uma pesada e marrom.

– Deve ser do papai – disse Janet Henry, afoita. – E acho que está lá em casa.

– Verifique. – Mordeu a unha do polegar. – Isso já é o bastante para você fazer até amanhã, e talvez também fosse bom você descobrir qual a atitude do Paul em relação a você.

– Mas o que foi? – perguntou ela. – Estou falando da bengala. – Levantou-se, agitada.

– O Paul diz que o seu irmão o atacou com a bengala e acabou sendo golpeado por ela enquanto Paul tentava desarmá-lo. O Paul diz que depois levou a bengala e queimou.

— Ah, tenho certeza de que todas as bengalas do papai estão lá em casa — gritou ela. Seu rosto ficou pálido, os olhos arregalados.

— O Taylor não tinha bengala nenhuma?

— Só uma com o castão de prata. — Pôs a mão no pulso de Ned Beaumont. — Se todas estiverem lá, significa que...

— Pode significar alguma coisa — disse ele, e colocou a mão sobre a mão dela. — Mas nada de truques — advertiu.

— Não vou fazer isso — prometeu. — Se você soubesse como estou contente por receber a sua ajuda, como eu desejei isso, você saberia que pode confiar em mim.

— Espero que sim. — Retirou a mão de baixo da mão dela.

## III

Sozinho em seu apartamento, Ned Beaumont ficou caminhando por um tempo, o rosto tenso, os olhos brilhantes. Quando faltavam vinte para as dez, olhou para o relógio de pulso. Vestiu o sobretudo e foi ao Hotel Majestic, onde lhe disseram que Harry Sloss não estava. Saiu do hotel, achou um táxi, entrou e disse:

— Taberna da West Road.

A Taberna da West Road era um prédio quadrado e branco — à noite ficava cinzento — situado entre árvores, um pouco recuado da estrada, a uns cinco quilômetros dos limites da cidade. O térreo era muito iluminado e meia dúzia de automóveis estavam parados na frente. Outros se achavam num abrigo escuro e comprido, à esquerda.

Ned Beaumont, após cumprimentar o porteiro familiarmente com um aceno de cabeça, entrou numa ampla sala de jantar onde um conjunto de três músicos tocava de modo extravagante e oito ou dez pessoas dançavam. Seguiu por um corredor entre as mesas, contornou a pista de dança e parou na frente de um balcão que ocupava um canto do salão. Estava sozinho no lado do balcão onde ficavam os fregueses.

O garçom, um gordo de nariz esponjoso, falou:

– Boa noite, Ned. Faz tempo que a gente não vê você por aqui.

– Oi, Jimmy. Ando ocupado. Um Manhattan.

O garçom começou a preparar o coquetel. O conjunto terminou a música. Uma voz de mulher se elevou, fina e estridente:

– Não vou ficar no mesmo lugar que esse filho da mãe do Beaumont.

Ned Beaumont virou-se, inclinado contra a beirada do balcão. O garçom ficou imóvel, com o coquetel na mão.

Lee Wilshire estava parada no meio da pista de dança fitando Ned Beaumont. Uma das mãos dela estava sobre o antebraço de um jovem corpulento, num terno azul, um pouco apertado demais para ele. Também olhava para Ned Beaumont, de um jeito bem estúpido. Ela falou:

– É um filho da mãe que não presta para nada, e se você não atirar esse cara daqui para fora, eu é que vou embora.

Todo mundo no salão olhava preocupado e atento.

O rosto do rapaz ficou vermelho. Sua tentativa de fazer cara feia aumentou aspecto embaraçado.

A garota falou:

– Vou dar um tapa na cara dele eu mesma, se você não fizer nada.

Ned Beaumont, sorrindo, falou:

– Oi, Lee. Viu o Bernie depois que ele foi embora?

Lee o xingou e avançou um passo, furiosa.

O rapaz corpulento estendeu o braço e deteve a garota.

– Eu cuido dele – falou –, esse sacana. – Ajeitou a gola do paletó no pescoço, puxou para baixo a frente do paletó e saiu da pista de dança para encarar Ned Beaumont. – O que está querendo? – perguntou. – Que história é essa de falar com a senhorita desse jeito?

Ned Beaumont, fitando o rapaz com ar sensato, estendeu o braço direito para o lado e pôs a mão sobre o balcão, com a palma virada para cima.

– Jimmy, me dê alguma coisa para bater nele – falou. – Não estou a fim de brigar com os punhos.

Uma das mãos do garçom já estava fora de vista, embaixo do balcão. Levantou-a com um pequeno cassetete e colocou-o na mão de Ned Beaumont. Ned Beaumont o deixou ficar ali enquanto dizia:

– Ela já foi chamada de muita coisa nesta vida. O último cara que eu vi com ela chamava a garota de galinha burra.

O rapaz se empertigou, os olhos iam de um lado para o outro. Falou:

– Não vou me esquecer de você, um dia eu e você vamos nos encontrar e não vai ter ninguém por perto. – Deu meia-volta e falou para Lee Wilshire. – Venha, vamos cair fora desta espelunca.

– Pode ir e sumir se quiser – disse ela com desprezo. – Prefiro morrer a sair com você. Estou cheia de você.

Um homem parrudo, com quase todos os dentes de ouro, se adiantou e disse:

– Pois é, vocês dois vão cair fora. Já.

Ned Beaumont riu e disse:

– A... bem... senhorita está comigo, Corky.

Corky respondeu:

– Tá legal. – E depois para o rapaz: – Fora, palerma.

O rapaz saiu.

Lee Wilshire voltou para a sua mesa. Ficou ali sentada com as bochechas entre os punhos fechados, fitando a toalha de mesa.

Ned Beaumont veio sentar-se e ficou olhando para ela. Falou para o garçom:

— O Jimmy tem um Manhattan que é meu. E eu também quero comer alguma coisa. Já comeu, Lee?

— Já — respondeu sem levantar os olhos. — Quero tomar um *silver fizz*.*

Ned Beaumont riu e disse:

— Tá legal. Quero um bife à minuta com cogumelos, qualquer legume que o Tony tiver à mão e que não vier de uma lata, um pouco de alface e tomates, com molho de queijo Roquefort, e café.

Quando o garçom se foi, Lee falou amargamente:

— Os homens não prestam, nenhum deles. Um grande alarme falso! — Começou a chorar em silêncio.

— Vai ver você escolheu mal — sugeriu Ned Beaumont.

— E é logo você quem vem me dizer isso — respondeu, erguendo os olhos para ele, raivosa. — Depois do golpe baixo que deu em mim.

— Não dei nenhum golpe baixo em você — protestou. — Não tenho culpa se o Bernie teve de pôr no prego as suas peças de lingerie para pagar a grana que pegou emprestada comigo.

O conjunto recomeçou a tocar.

— Nada que acontece nunca é culpa de um homem — queixou-se ela. — Venha, vamos dançar.

— Ah, tudo bem — respondeu ele com relutância.

Quando voltaram para a mesa, os coquetéis já estavam servidos.

— O que o Bernie anda fazendo? — perguntou ele enquanto bebiam.

— Sei lá. Não vejo a cara dele desde que foi embora, nem quero ver. Mais um homem formidável! Este ano, eu só arrumei trapalhada! Ele, o Taylor e agora esse sacana!

---

* Coquetel de gim, limão, açúcar e clara de ovo. (N.T.)

– Taylor Henry? – perguntou Ned Beaumont.

– É, mas eu não tive grande coisa a ver com ele, não – explicou depressa. – Porque isso aconteceu enquanto eu morava com o Bernie.

Ned Beaumont terminou de tomar seu coquetel antes de falar:

– Você era só mais uma das garotas que ele levava para o quarto na rua Charter de vez em quando.

– É – respondeu ela, olhando desconfiada para Ned Beaumont.

Ele disse:

– Acho que o melhor era a gente beber um pouco.

Ela pôs pó-de-arroz no rosto enquanto ele chamava o garçom e pedia as bebidas.

## IV

A campainha da porta despertou Ned Beaumont. Saiu da cama meio zonzo, tossindo um pouco, e vestiu o quimono e os chinelos. Passava um pouco das nove no seu despertador. Foi até a porta.

Janet Henry entrou e se desculpou.

– Sei que é muito cedo, mas eu não podia esperar nem mais um minuto. Tentei falar com você pelo telefone várias vezes ontem à noite e mal consegui dormir de tão ansiosa. Todas as bengalas do papai estão lá. Está vendo só? Ele mentiu.

– Está com uma pesada, de madeira maciça e marrom?

– Sim, uma que o prefeito Sawbridge trouxe para ele da Escócia. Ele nunca usa, mas está lá. – Janet Henry sorriu em triunfo para Ned Beaumont.

Ele piscou os olhos com sono e correu os dedos pelo cabelo desgrenhado.

– Então ele mentiu, é verdade – disse.

– E – emendou ela, com alegria – ele estava lá quando cheguei em casa ontem à noite.

– O Paul?

– Sim. E me pediu em casamento.

A sonolência desapareceu dos olhos de Ned Beaumont.

– Ele falou alguma coisa sobre a nossa briga?

– Nenhuma palavra.

– O que você respondeu?

– Falei que era cedo demais, a morte do Taylor ainda é recente demais para eu ficar noiva dele, mas não falei que não faria isso daqui a algum tempo, portanto acho que fizemos o que chamam de um acordo.

Ned Beaumont a fitou com curiosidade.

A alegria sumiu do rosto dela. Pôs a mão no braço dele. Sua voz estava um pouco hesitante:

– Por favor, não pense que não tenho coração – disse –, mas... oh!... Eu quero tanto... fazer aquilo que combinamos, que tudo o mais parece... bem... sem a menor importância.

Ele umedeceu os lábios e falou, com voz grave e gentil:

– Imagina em que encrenca o Paul estaria se o seu amor fosse tão grande quanto o seu ódio.

Ela bateu o pé no chão e gritou:

– Não diga isso! Nunca mais diga isso outra vez!

Linhas de irritação apareceram na testa de Ned Beaumont e seus lábios se comprimiram.

Ela disse:

– Por favor – com voz arrependida. – É que não consigo suportar isso.

– Desculpe – disse ele. – Já tomou o café da manhã?

– Não. Estava ansiosa demais para lhe dar essa notícia.

– Está bem. Vai comer comigo, então. O que prefere?

– Foi até o telefone.

Depois de fazer o pedido de um café da manhã, foi ao banheiro para escovar os dentes, lavar o rosto, as mãos, e pentear os cabelos. Quando voltou para a sala, Janet Henry tinha tirado o chapéu e o casaco e estava diante da lareira fumando um cigarro. Começou a dizer alguma coisa, mas parou quando o telefone tocou.

Ele foi até o telefone.

– Alô... Sim, Harry, passei por lá, mas você não estava... Queria perguntar sobre... você sabe... aquele cara que você viu com o Paul naquela noite. Ele estava de chapéu?... Estava, é? Tem certeza?... E tinha uma bengala na mão?... Certo... Não, eu não posso conseguir nada com o Paul, Harry. É melhor você mesmo falar com ele... Sim... Até logo.

Os olhos de Janet Henry interrogaram Ned Beaumont quando ele deixou o telefone.

Ele disse:

– Era um dos dois caras que dizem ter visto o Paul falando com seu irmão na rua, naquela noite. Diz que viu o chapéu, mas não a bengala. Mas estava escuro e os dois caras estavam passando de carro. Eu não apostaria um centavo que eles pudessem enxergar muito bem.

– Por que está tão interessado no chapéu? É tão importante assim?

Ele encolheu os ombros.

– Não sei. Sou só um detetive amador, mas parece uma coisa que no final das contas pode ter algum significado.

– Descobriu mais alguma coisa de ontem para cá?

– Não. Passei parte da noite pagando drinques para uma garota com quem o Taylor andava saindo, mas não consegui nada.

– Alguém que eu conheça? – perguntou.

Ele balançou a cabeça, depois a fitou com um olhar penetrante e disse:

— Não era a Opal, se é o que está pensando.

— Você não acha que a gente poderia conseguir... alguma informação dela?

— A Opal? Não. Ela acha que o pai matou o Taylor Henry, mas acha que foi por causa dela. O que meteu isso na sua cabeça não foi nada que ela tenha descoberto, nenhuma informação confidencial, foram as cartas que você mandou, o *Observer* e coisas desse tipo.

Janet Henry fez que sim, mas pareceu não estar convencida.

O café da manhã chegou.

A campainha do telefone tocou enquanto comiam. Ned Beaumont atendeu o telefone e disse:

— Alô... Sim, mãe... O quê? — Ficou escutando, de sobrancelhas franzidas, durante alguns segundos, depois falou: — Não há nada que você possa fazer a não ser deixá-los, e acho que não vai fazer mal nenhum... Não, eu não sei onde ele está... Acho que não vou, não... Bem, não se preocupe com isso, mãe, vai dar tudo certo... Claro, está bem... Até logo. — Voltou para a mesa sorrindo. — Farr teve a mesma ideia que você — disse, ao sentar. — Era a mãe do Paul. Um homem da Promotoria Pública está lá para interrogar a Opal. — Um brilho forte irrompeu em seus olhos. — Ela não pode ajudar o promotor em nada, mas eles estão fechando o cerco em torno do Paul.

— Por que ela telefonou para você? — perguntou Janet Henry.

— O Paul saiu e ela não sabe onde o localizar.

— Ela não sabe que você e o Paul tiveram uma briga?

— Ao que parece, não. — Baixou o garfo. — Escute. Tem mesmo certeza de que quer levar essa história até o fim?

— Quero isso mais do que quis qualquer outra coisa em toda a minha vida — respondeu.

Ned Beaumont riu com amargura e disse:

– São quase exatamente as mesmas palavras que o Paul usou para me dizer o quanto queria ter você.

Janet Henry teve um sobressalto, seu rosto endureceu e ela o fitou com frieza.

Ned Beaumont disse:

– Não conheço você direito, não sei bem como você é. Tive um sonho de que não gostei muito.

Ela sorriu, então.

– Não vai me dizer que acredita em sonhos.

Ele não sorriu.

– Não acredito em nada, mas sou um jogador e, de um jeito ou de outro, sou influenciado por muitas coisas diferentes.

O sorriso dela ficou menos zombeteiro. Perguntou:

– Que sonho foi esse que fez você desconfiar de mim? – Ergueu um dedo, fingindo seriedade: – Depois eu vou contar o sonho que tive com você.

– Eu estava pescando – disse ele – e peguei um peixe enorme... uma truta arco-íris, mas era enorme... e você disse que queria ver o peixe, pegou a truta e jogou de novo na água antes que eu pudesse impedir.

Ela riu, divertida.

– E o que você fez?

– Esse foi o final do sonho.

– Era mentira – disse ela. – Eu não ia jogar a sua truta de volta na água. Agora vou contar o meu sonho. Eu estava... – Os olhos dela se arregalaram. – Quando você teve o sonho? Na noite em que veio jantar?

– Não. Ontem de noite.

– Ah, que pena. Ficaria muito mais bonito e impressionante se a gente tivesse tido o sonho na mesma noite, na mesma hora e no mesmo minuto. O meu sonho foi na noite em que você esteve lá em casa. Nós estávamos... este é o sonho... estávamos perdidos numa floresta, você e eu, cansados e com fome. Andamos e andamos até chegar a uma casinha, batemos na porta, mas ninguém atendeu. Tentamos abrir a porta. Estava trancada. Então espiamos lá dentro através de uma janela e vimos uma grande mesa com todo tipo de comida que se pode imaginar amontoado em cima dela, mas não conseguíamos entrar por nenhuma das janelas, porque tinham barras de ferro. Então voltamos para a porta, batemos e batemos outra vez, e ninguém atendeu. Então lembramos que às vezes as pessoas deixam a chave embaixo do tapete da porta, olhamos ali e achamos a chave. Mas quando abrimos a porta vimos centenas e centenas de cobras pelo chão, que não podíamos ter visto quando olhamos através das janelas, e todas vieram rastejando e deslizando na nossa direção. Fechamos a porta com força, trancamos bem e ficamos ali, mortos de medo, ouvindo as cobras chiarem e baterem a cabeça na parte de dentro da porta. Então você disse que, se a gente abrisse a porta e se escondesse das cobras, talvez elas saíssem e fossem embora, e assim fizemos. Você me ajudou a subir no telhado... era baixo, nessa parte do sonho: não lembro como era antes... e você também subiu depois de mim, debruçou-se para baixo e destrancou a porta, e todas as cobras saíram rastejando. Ficamos em cima do telhado, prendendo a respiração, até que a última das centenas e centenas de cobras saísse rastejando e sumisse na floresta. Depois descemos com um pulo, corremos para dentro da casa, trancamos a porta e comemos, comemos, comemos, e eu acordei, sentada na cama, batendo palmas e rindo.

— Acho que você inventou isso — falou Ned Beaumont, depois de uma breve pausa.

— Por quê?

– Começa como um pesadelo e termina como uma outra coisa, e todos os sonhos que já tive sobre comida terminaram antes de eu conseguir comer de verdade.

Janet Henry riu.

– Nem tudo eu inventei – disse. – Mas não me pergunte que parte é verdadeira. Você me acusou de mentir e agora não vou contar mais nada para você.

– Ah, tudo bem. – Pegou o garfo de novo, mas não comeu. Perguntou, com ar de quem acabou de pensar no assunto: – Seu pai sabe de alguma coisa? Não acha que a gente poderia conseguir alguma coisa por intermédio dele se lhe contasse o que já sabemos?

– Acho – respondeu, ansiosa. – Eu faço isso.

Ned Beaumont franziu o rosto, pensativo.

– O único problema é que ele pode ficar enfurecido e pôr a casa abaixo antes de a gente terminar o serviço. Ele é meio cabeça quente, não é?

A resposta foi um pouco relutante.

– Sim, mas... – Seu rosto se iluminou, de modo persuasivo. – Tenho certeza de que se provássemos para ele por que é importante esperar até que tenhamos... mas já estamos prontos agora, não é?

Ele balançou a cabeça.

– Ainda não.

Janet Henry fez um beicinho.

– Amanhã, talvez – disse Ned Beaumont.

– De verdade?

– Não é uma promessa – preveniu. – Mas acho que pode ser.

Ela estendeu a mão sobre a mesa e pegou a mão dele.

– Mas você vai prometer que me avisa assim que tudo estiver pronto, não importa a hora do dia ou da noite, certo?

– Claro, prometo. – Olhou para ela com o canto dos olhos. – Você não está muito ansiosa para presenciar a morte dele, está?

O tom de voz de Ned Beaumont fez o rosto de Janet Henry ficar vermelho, mas ela não baixou os olhos.

– Sei que você acha que sou um monstro – disse. – Talvez eu seja.

Ele olhou para o seu prato e sussurrou:

– Espero que você goste quando chegar a hora.

# 9. Trambiqueiros

## I

Depois que Janet Henry saiu, Ned Beaumont foi ao telefone, ligou para o número de Jack Rumsen e, quando ele veio atender, falou:

– Pode dar um pulo aqui para falar comigo, Jack?... Está bem. Até logo.

Já estava vestido na hora em que Jack chegou. Sentaram-se frente a frente, cada um com um copo de uísque Bourbon e água mineral, Ned Beaumont fumava um charuto e Jack, um cigarro.

Ned Beaumont perguntou:

– Ouviu falar da briga entre mim e o Paul?

– Nada. Lembro que a última vez em que todo mundo achava que tinha acontecido isso acabou que não passava de um truque para engabelar o Shad O'Rory.

Ned Beaumont sorriu, como se já esperasse a resposta.

– É isso o que todo mundo anda pensando dessa vez?

O jovem chique respondeu:

– Muita gente sim.

Ned Beaumont inalou lentamente a fumaça do charuto, perguntou:

– E se eu dissesse a você que dessa vez é para valer?

Jack nada respondeu. Seu rosto não deixava entrever seus pensamentos.

Ned Beaumont disse:

— Pois é isso mesmo. – Bebeu do seu copo. – Quanto devo a você?

— Trinta pratas pelo trabalho com a filha do Madvig. O resto você já acertou.

Ned Beaumont pegou um rolo de cédulas no bolso da calça, separou três notas de dez dólares e deu para Jack.

Jack disse:

— Obrigado.

Ned Beaumont disse:

— Agora estamos quites. – Inalou fumaça e a soprou enquanto falava: – Tenho mais um serviço para você. Quero incriminar o Paul por causa do assassinato do Taylor Henry. Ele mesmo me contou que matou o Taylor, mas preciso de mais provas. Quer trabalhar no caso para mim?

Jack disse:

— Não.

— Por que não?

O jovem moreno levantou-se para colocar seu copo vazio sobre a mesa.

— Fred e eu estamos montando uma boa empresa de detetives particulares – disse. – Em poucos anos, a gente vai estar bem estabelecido. Gosto de você, Beaumont, mas não o bastante para me meter com o homem que manda na cidade.

Ned Beaumont falou, tranquilo:

— Ele já está indo para o buraco. A turma toda está se preparando para tirar o Paul de cena. Farr e Rainey estão...

— Pois eles que façam isso. Não estou a fim de me meter nessa encrenca e só vou acreditar que eles podem fazer isso depois que tiverem feito mesmo. Talvez deem algumas cutucadas no Paul, mas tirar o cara de cena é outra história. Você o conhece melhor do que eu. Sabe que ele tem mais brio do que todo o resto dessa turma junto.

— Tem mesmo, e é isso o que está ferrando com ele. Bem, se você não quer, não quer, e pronto.

Jack disse:

— Não quero — e pegou o chapéu. — Qualquer outra coisa que eu puder fazer, ficarei contente de ajudar, mas... — Mexeu a mão num breve gesto de conclusão.

Ned Beaumont levantou-se. Não havia nenhum ressentimento em sua atitude, nem na sua voz, quando falou:

— Imaginei que você talvez fosse pensar desse jeito. — Esfregou um lado do bigode com o polegar e olhou com ar pensativo para além de Jack. — Talvez você possa me dizer o seguinte: tem alguma ideia de onde posso encontrar o Shad?

Jack balançou a cabeça.

— Desde a última vez que deram uma batida no bar dele, e dois guardas foram mortos, o Shad anda meio sumido, embora tudo indique que eles não conseguiram lá grande coisa contra o Shad, pessoalmente. — Tirou o cigarro da boca. — Conhece Whisky Vassos?

— Sei.

— Talvez possa conseguir alguma informação com ele, se você tiver alguma proximidade com ele. Anda aí pela cidade. Em geral, dá para encontrar o Vassos de noite, no bar do Tim Walker, na rua Smith.

— Obrigado, Jack. Vou tentar fazer isso.

— Está certo, então — disse Jack. — Lamento muito seu rompimento com o Madvig. Eu espero que você... — Parou e virou-se para a porta. — Você sabe o que está fazendo.

## II

Ned Beaumont foi ao gabinete do promotor público. Dessa vez não demoraram a levá-lo à presença de Farr.

Farr não se levantou da escrivaninha, não estendeu a mão para ele apertar. Falou:

– Como vai, Beaumont? Sente-se. – Sua voz estava fria e educada. Seu rosto combativo não se mostrava tão vermelho como de hábito. Os olhos estavam firmes e duros.

Ned Beaumont sentou-se, cruzou as pernas confortavelmente e falou:

– Queria contar para você o que aconteceu quando fui falar com o Paul depois que saí daqui ontem.

O "Ah, é?" de Farr foi frio e educado.

– Contei para ele como encontrei você: apavorado. – Sorrindo com o seu melhor sorriso, Ned Beaumont prosseguiu, como quem conta uma anedota muito divertida e sem a menor importância. – Contei para o Paul que eu achava que você estava tomando coragem para empurrar em cima das costas dele o assassinato do Taylor Henry. O Paul acreditou em mim, no início, mas quando eu disse que o único jeito de ele se salvar era revelar o nome do verdadeiro assassino, ele respondeu que isso não era possível. Falou que o verdadeiro assassino era ele, mas disse que foi um acidente, um caso de legítima defesa ou algo desse tipo.

O rosto de Farr ficou mais pálido e enrijeceu em torno da boca, mas ele não falou nada.

Ned Beaumont levantou as sobrancelhas.

– Não estou chateando você, estou? – perguntou.

– Vá em frente, continue – disse com frieza o promotor público.

Ned Beaumont inclinou um pouco a cadeira para trás. Seu sorriso era zombeteiro. – Acha que estou de gozação, não é? Acha que é um truque que a gente está armando contra você. – Balançou a cabeça e sussurrou: – Você é a timidez em pessoa, Farr.

Farr disse:

– Eu me dou por contente por ouvir qualquer informação que você puder me dar, mas estou muito ocupado, portanto vou ter de lhe pedir...

Ned Beaumont riu e retrucou:

– Tá legal. Achei que você talvez gostasse de ter essa informação num depoimento juramentado ou qualquer coisa desse tipo.

– Muito bem. – Farr apertou um dos botões cor de pérola sobre a escrivaninha.

Uma mulher de cabelo grisalho, de roupa verde, entrou.

– O senhor Beaumont quer ditar uma declaração – disse Farr.

Ela respondeu:

– Sim, senhor. – Sentou-se na outra ponta da escrivaninha de Farr, colocou o caderno sobre a escrivaninha e, segurando uma caneta prateada sobre o caderno, olhou para Ned Beaumont com olhos castanhos inexpressivos.

Ele disse:

– Ontem à tarde, no seu escritório no Edifício Nebel, Paul Madvig me disse que foi jantar na casa do senador Henry na noite em que Taylor Henry foi morto; que ele e Taylor tiveram, lá, algum tipo de desentendimento; que, depois que ele saiu da casa, Taylor Henry foi atrás do Paul, alcançou-o e tentou bater nele com uma bengala pesada, marrom e de madeira maciça; que, quando tentava tirar a bengala das mãos do Taylor Henry, acabou golpeando a testa dele por acidente e o derrubou; e que levou a bengala embora e a queimou. Contou que seu único motivo para esconder a participação na morte do Taylor Henry foi o desejo de esconder o fato de Janet Henry. Isso é tudo.

Farr ordenou à estenógrafa:

– Transcreva isso imediatamente.

Ela saiu do escritório.

Ned Beaumont disse:

– Pensei que estava trazendo notícias que iam deixar você empolgado. – Suspirou. – Achei que você ia soltar fogos.

O promotor público fitou-o fixamente.

Ned Beaumont, imperturbável, disse:

– Achei que você pelo menos ia mandar trazer o Paul à força e interrogá-lo sobre essa... – fez um gesto com a mão – "revelação comprometedora" é uma boa expressão.

O promotor público falou, com voz contida:

– Por favor, permita que eu mesmo cuide do meu trabalho na promotoria.

Ned Beaumont riu de novo e voltou a ficar em silêncio, até a estenógrafa grisalha voltar com uma cópia datilografada do seu depoimento. Em seguida perguntou:

– Tenho de prestar juramento?

– Não – respondeu Farr. – Basta assinar. Assim já é o bastante.

Ned Beaumont assinou o papel.

– Não foi nem de longe tão divertido quanto achei que ia ser – reclamou, com ar jocoso.

O queixo proeminente de Farr enrijeceu.

– Não – disse, com uma satisfação lúgubre –, acho que não deve ter sido mesmo.

– Você é a timidez em pessoa, Farr – repetiu Ned Beaumont. – Tome cuidado com os táxis quando atravessar a rua. – Fez um cumprimento com a cabeça. – A gente se vê mais tarde.

Lá fora, fez uma careta zangada.

### III

Naquela noite, Ned Beaumont tocou a campainha da porta de um prédio de três andares na rua Smith. Um homem baixo, de cabeça pequena e ombros volumosos, abriu a porta uns quinze centímetros e disse:

– Tudo bem – e abriu o resto da porta.

Ned Beaumont entrou, dizendo "Oi", avançou vinte passos por um corredor escuro, passou por duas portas fechadas do lado direito, abriu uma porta à esquerda e desceu um lance de uma escada de madeira até um porão onde havia um bar e onde um rádio tocava baixinho.

Atrás do balcão, uma porta de vidro fosco tinha a tabuleta "Banheiro". Essa porta abriu e um homem saiu de lá, um homem moreno, com algo de simiesco na inclinação dos ombros grandes, no comprimento dos braços grossos, nas linhas achatadas da cara e na curvatura das pernas arqueadas – Jeff Gardner.

Viu Ned Beaumont, e seus olhos pequenos e avermelhados cintilaram.

– Ora, Deus do céu, quem eu vejo senão o "me bate que eu gosto" Beaumont! – grunhiu, mostrando os lindos dentes num enorme sorriso.

Ned Beaumont falou:

– Oi, Jeff – enquanto todo mundo em volta olhava para os dois.

Jeff avançou com ar arrogante na direção de Ned Beaumont, jogou o braço esquerdo bruscamente sobre seus ombros, segurou a mão direita de Ned Beaumont com a mão direita e disse para todos, em tom jovial:

– Este é o cara mais legal em quem eu já esfolei os nós dos dedos de tanto esmurrar, e olha que esfolei até ficar em carne viva. – Puxou Ned Beaumont na direção do balcão. – Vamos todos beber um pouco e depois vou mostrar a vocês como é que se faz. Caramba, vou mostrar, sim! – Lançou um olhar malicioso ao rosto de Ned Beaumont. – O que me diz disso, meu chapa?

Ned Beaumont, olhando impassível para aquela cara feia tão perto da dele, porém mais baixa, disse:

– Uísque escocês.

Jeff riu, encantado, e falou para todos outra vez:
— Estão vendo, ele gosta. Ele é... — hesitou, franziu o rosto, molhou os lábios — um tremendo "massacrista", é isso o que ele é. — Olhou com ar malicioso para Ned Beaumont: — Você sabe o que é um "massacrista"?
— Sei.
Jeff pareceu decepcionado.
— Uísque de centeio — disse para o garçom. Depois que as bebidas foram servidas e postas na sua frente, Jeff soltou a mão de Ned Beaumont. Embora continuasse com o braço em cima dos seus ombros. Os dois beberam. Jeff baixou o copo e colocou a mão no pulso de Ned Beaumont. — Tenho um lugar perfeito para nós dois lá em cima — falou —, um quarto tão pequeno que nem dá para você cair. Posso ficar esmurrando você de uma parede para a outra. Assim a gente não precisa perder todo aquele tempo levantando você do chão.

Ned Beaumont disse:
— Vou comprar uma bebida.
— Não é má ideia — concordou Jeff.
Beberam de novo.

Depois que Ned Beaumont pagou as bebidas, Jeff virou-o na direção da escada.
— Me desculpem, cavalheiros — disse para os outros, no bar —, mas a gente tem de subir e ensaiar nosso número. — Deu uns tapinhas no ombro de Ned Beaumont. — Eu e o meu benzinho.

Subiram dois lances de escada e entraram num quarto pequeno, onde se amontoavam um sofá, duas mesas e meia dúzia de cadeiras. Havia uns copos e pratos vazios, com os restos de sanduíches, sobre uma das mesas.

Jeff correu os olhos míopes em redor do quarto e perguntou:

– Mas onde foi que a garota se meteu? – Soltou o pulso de Ned Beaumont, retirou o braço de cima dos seus ombros e perguntou: – Você não está vendo nenhuma garota por aí, está?

– Não.

Jeff balançou a cabeça enfaticamente para cima e para baixo.

– Ela foi embora – falou. Deu um passo hesitante para trás e apertou com força o botão da campainha ao lado da porta, com um dedo sujo. Depois, com um floreio da mão, fez uma reverência grotesca com a cabeça e disse: – Sente.

Ned Beaumont sentou junto à mesa menos bagunçada.

– Pode ficar em qualquer cadeira que quiser – disse Jeff, com outro gesto amplo. – Se não gostar dessa, pegue outra. Quero que se considere meu convidado e azar o seu se não gostar.

– É uma cadeira excelente – disse Ned Beaumont.

– É uma droga de cadeira – disse Jeff. – Não tem nenhuma cadeira nesta lixeira que valha um centavo. Olhe só. – Pegou uma cadeira e arrancou uma das pernas da frente. – Você pode chamar isto de cadeira excelente? Escute, Beaumont, você não sabe nada de cadeiras. – Pôs a cadeira no chão, jogou a perna no sofá. – Você não me engana, não. Eu sei o que está querendo. Acha que estou embriagado, não é?

Ned Beaumont sorriu de lado.

– Não, você não está embriagado.

– Não estou embriagado é o cacete. Estou mais embriagado do que você. Estou mais embriagado do que qualquer um nesta lixeira. Estou embriagado feito o diabo e não fique aí pensando que não estou, mas... – Levantou um dedo grosso e sujo.

Um garçom veio até a porta e perguntou:

— O que desejam, cavalheiros?

Jeff virou-se de frente para ele.

— Onde é que você andou? Estava dormindo? Toquei essa campainha faz uma hora.

O garçom começou a dizer alguma coisa.

Jeff falou:

— Trouxe aqui em cima o melhor amigo que tenho neste mundo para tomar um drinque e o que é que acontece? A gente tem de ficar uma hora inteirinha esperando que o preguiçoso do garçom apareça. Não admira que ele esteja chateado comigo.

— O que vocês querem? — perguntou o garçom, com indiferença.

— Quero saber onde foi que se meteu a droga da garota que estava aqui.

— Ah, ela? Foi embora.

— Embora para onde?

— Sei lá.

Jeff fez cara feia.

— Pois bem, trate de descobrir, e que seja bem depressa mesmo. Que ideia é essa de não saber aonde ela foi? Será que isto aqui não é uma espelunca bacana onde ninguém... — Uma luz esperta surgiu nos seus olhos vermelhos. — Vou dizer para você o que vai fazer. Dê um pulo ali no banheiro das senhoras e veja se ela não está lá.

— Não está — respondeu o garçom. — Ela foi embora.

— A sacana desgraçada! — disse Jeff, e virou-se para Ned Beaumont. — O que você faria com uma sacana desgraçada feito essa? Trouxe você até aqui porque queria que você conhecesse a garota, porque eu sei que você ia gostar dela e ela ia gostar de você, e ela é metida a besta demais para conhecer os meus amigos e por isso deu no pé.

Ned Beaumont estava acendendo um cigarro. Não falou nada.

Jeff coçou a cabeça, resmungou:

– Bem, traga alguma coisa para a gente beber, então. – Sentou à mesma mesa, de frente para Ned Beaumont, e disse, feroz: – O meu é de centeio.

Ned Beaumont disse:

– O meu é uísque escocês.

O garçom se foi.

Jeff fitou Ned Beaumont.

– Também não fique achando que eu não sei o que você está armando – disse, zangado.

– Não estou armando nada – retrucou Ned Beaumont, despreocupado. – Eu queria falar com o Shad e pensei que talvez achasse o Whisky Vassos por aqui e ele fosse me levar até o Shad.

– Acha que eu não sei onde está o Shad?

– Deve saber.

– Então por que não pergunta para mim?

– Está bem. Onde ele está?

Jeff deu um forte tapa na mesa com a mão aberta e berrou:

– Você é um mentiroso. Você não está nem aí para saber onde é que o Shad está. É de mim que você está atrás.

Ned Beaumont sorriu e balançou a cabeça.

– É, sim – insistiu o homem simiesco. – Você sabe muito bem disso...

Um homem de meia-idade, com lábios vermelhos e grossos e olhos redondos, surgiu na porta. Falou:

– Pare com isso, Jeff. Você está fazendo mais barulho do que todo mundo na casa.

Jeff torceu-se para trás na cadeira.

– É esse sacana aqui – falou para o homem na porta, apontando para Ned Beaumont com um aceno brusco do polegar. – Ele acha que eu não sei o que ele está armando. Mas eu sei o que ele está armando. Ele é um trambiqueiro, é isso o que ele é. E eu vou cobrir ele de porrada e é isso mesmo o que eu vou fazer.

O homem parado na porta falou, em tom sensato:

– Bem, você não precisa fazer tanto barulho só por causa disso – piscou para Ned Beaumont, e foi embora.

Jeff falou, triste:

– O Tim também está ficando um pé no saco. – Deu uma cusparada no chão.

O garçom entrou com os drinques.

Ned Beaumont levantou o seu copo e disse:

– À sua saúde – e bebeu.

Jeff disse:

– Não quero beber à sua saúde. Você é um trambiqueiro. – Fitou Ned Beaumont com ar sombrio.

– Você é maluco.

– Você é mentiroso. Estou bêbado. Mas não estou tão bêbado assim para não sacar o que é que você está armando. – Esvaziou seu copo, enxugou a boca com as costas da mão. – E digo que você é um trambiqueiro.

Ned Beaumont, sorrindo com simpatia, disse:

– Tá legal. Pense como quiser.

Jeff avançou um pouco o seu focinho de macaco e disse:

– Você acha que é esperto feito o diabo, não acha?

Ned Beaumont não falou nada.

– Você acha que é um truquezinho esperto pra caramba vir aqui e tentar me embriagar para depois me levar em cana.

– É isso mesmo – disse Ned Beaumont, despreocupado –, há uma acusação de assassinato contra você por causa da morte de Francis West, não é?

Jeff respondeu:

– Foda-se o seu Francis West.

Ned Beaumont encolheu os ombros:

– Eu não o conhecia.

Jeff disse:

– Você é um trambiqueiro.

Ned Beaumont disse:

– Vou lhe pagar um drinque.

O homem simiesco fez que sim com a cabeça, num gesto solene, e inclinou a cadeira para trás a fim de alcançar o botão da campainha. Com o dedo já no botão, ele disse:

– Mas você continua a ser um trambiqueiro. – Sua cadeira tombou para trás com o peso do corpo, e virou. Ele firmou os pés no assoalho e pôs a cadeira em pé, sobre as quatro pernas, antes que ela pudesse jogá-lo no chão. – Cadeira sacana! – resmungou, e empurrou a cadeira de volta para junto da mesa. Colocou os cotovelos sobre a mesa e apoiou o queixo sobre o punho cerrado. – Eu não estou nem aí para quem está querendo me ferrar. Acha mesmo que alguém pode me mandar para a cadeira elétrica, é?

– Por que não?

– Por que não? Meu Deus! Eu ia levar a culpa só até as eleições, e depois tudo vai ficar nas mãos do Shad.

– Pode ser.

– Pode ser é o cacete!

O garçom entrou e eles pediram os drinques.

– Pode ser que o Shad deixe você levar a culpa, no final – disse Ned Beaumont com preguiça quando ficaram sozinhos outra vez. – Já aconteceram coisas desse tipo.

– Tem uma grande chance de acontecer – escarneceu Jeff. – Com tudo o que eu sei contra ele.

Ned Beaumont soprou a fumaça do charuto.

– O que é que você tem contra ele?

O homem simiesco riu, com alarde, com desdém, e deu uma pancada na mesa com a mão aberta.

– Caramba! – esbravejou. – Ele acha que estou tão bêbado que vou contar.

Da porta, veio uma voz suave, em tom de barítono, um sotaque ligeiramente irlandês:

– Vá em frente, Jeff, conte para ele.

Shad O'Rory estava parado na porta. Seus olhos azul-acinzentados fitavam Jeff com ar um pouco triste.

Jeff, com as pálpebras apertadas e meio alegre, olhou para o homem parado na porta e disse:

– Como vai, Shad? Entre e tome um drinque. Este é o senhor Beaumont. Ele é um trambiqueiro.

O'Rory disse, com voz mansa:

– Eu disse para você ficar escondido.

– Mas, Deus do céu, Shad, eu estava ficando tão aporrinhado que achei que ia acabar me enforcando! E esta espelunca aqui é secreta, não é? É um bar clandestino, ora.

O'Rory olhou para Jeff por mais um tempo, em seguida olhou para Ned Beaumont.

– Boa noite, Beaumont.

– Oi, Shad.

O'Rory sorriu com simpatia e, apontando para Jeff com um breve aceno de cabeça, perguntou:

– Conseguiu alguma coisa dele?

– Nada que eu já não soubesse – respondeu Ned Beaumont. – Ele faz um bocado de barulho, mas a maior parte do que fala não faz nenhum sentido.

Jeff disse:

– Acho que vocês são dois trambiqueiros.

O garçom chegou com os drinques. O'Rory o deteve.

– Pode deixar. Já beberam muito.

O garçom levou os drinques de volta. Shad O'Rory entrou no quarto e fechou a porta. Ficou parado com as costas na porta. Falou:

– Você fala demais, Jeff. Eu já disse isso antes para você.

Ned Beaumont olhou cautelosamente para Jeff com as pálpebras meio fechadas.

Jeff lhe disse, irritado:

– O que diabo tem você?

Ned Beaumont riu.

– Estou falando é com você, Jeff – disse O'Rory.

– Meu Deus, e por acaso eu não sei disso?

O'Rory falou:

– Desse jeito vou acabar parando de falar com você.

Jeff levantou-se.

– Não banque o trambiqueiro, Shad – disse ele. – O que é que há? – Contornou a mesa. – Eu e você somos parceiros há muito tempo. Eu sempre estive do seu lado e você do meu. – Estendeu os braços a fim de abraçar O'Rory, e cambaleou na sua direção. – Claro, estou meio alto, mas...

O'Rory pôs a mão branca no peito do homem simiesco e o empurrou para trás.

– Sente-se. – Não levantou a voz.

O punho de Jeff voou na direção da cara de O'Rory.

A cabeça de O'Rory moveu-se para a direita, só o suficiente para deixar o punho passar rente à bochecha. O rosto comprido e muito bem esculpido de O'Rory tomou uma expressão grave. Sua mão direita desceu para trás do quadril.

Ned Beaumont levantou-se da cadeira e deu um salto na direção do braço direito de O'Rory, segurou-o com as duas mãos, de joelhos.

Jeff, lançado contra a parede pelo impulso do seu murro com o punho esquerdo, agora se virou e agarrou o pescoço de Shad O'Rory com as duas mãos. O rosto de macaco estava amarelo, desfigurado, medonho. Não havia mais nenhuma embriaguez em seu aspecto.

– Pegou o trabuco? – arquejou Jeff.

– Peguei. – Ned Beaumont levantou-se, recuou um passo, com uma pistola preta apontada para O'Rory.

Os olhos de O'Rory estavam vidrados, protuberantes, sua cara, com manchas, estava inflada. Não lutava contra o homem que segurava seu pescoço.

Jeff virou a cara por cima do ombro para sorrir com o canto da boca para Ned Beaumont. O sorriso era franco, genuíno, bestial e idiota. Os olhinhos vermelhos de Jeff cintilavam com alegria. Falou, com voz bem-humorada e rouca:

– Agora você está vendo o que a gente tem de fazer. A gente tem de acabar com a raça dele de uma vez.

Ned Beaumont respondeu:

– Não quero ter nada a ver com isso. – Sua voz era firme, suas narinas tremiam.

– Não? – Jeff olhou com escárnio para Ned Beaumont. – Eu já imaginava que você fosse achar que o Shad não vai esquecer o que a gente fez. – Passou a língua pelos lábios. – Pois ele vai esquecer, sim. Eu vou cuidar disso.

Sorrindo de orelha a orelha para Ned Beaumont, sem olhar para o homem cuja garganta agarrava com as duas mãos, Jeff começou a respirar fundo e soltar sopros compridos e vagarosos. Seu paletó ficou proeminente por cima dos ombros e por trás, ao longo dos braços. O suor apareceu na sua cara feia e escura.

Ned Beaumont estava pálido. Sua respiração também era ofegante e uma umidade apareceu nas suas têmporas.

Olhava para o rosto de O'Rory, por cima dos ombros volumosos de Jeff.

A cara de O'Rory tinha cor de fígado. Os olhos estavam saltados, cegos. A língua veio para fora, azul, entre os lábios azulados. O corpo esbelto se contorceu. Uma das mãos começou a bater na parede atrás dele, mecanicamente, sem força.

Sorrindo para Ned Beaumont, sem olhar para o homem cuja garganta apertava, Jeff abriu as pernas um pouco mais e arqueou as costas. A mão de O'Rory parou de bater na parede. Ouviu-se um estalo abafado e então, quase imediatamente, um outro, mais forte. O'Rory não se contorcia mais agora. Pendia mole para o lado, nas mãos de Jeff.

Jeff riu no fundo da garganta.

– Fim de jogo – disse. Chutou uma cadeira para o lado e atirou o corpo de O'Rory no sofá. O corpo de O'Rory tombou de cara para baixo, um braço e um pé pendurados até a chão. Jeff esfregou as mãos nos quadris e encarou Ned Beaumont. – Não passo de um brutamontes de bom coração – disse. – Todo mundo pode me tratar aos pontapés à vontade que eu nunca fico chateado.

Ned Beaumont falou:

– Você estava com medo dele.

Jeff riu.

– Bem que eu devia dizer a você que eu estava mesmo com medo. Todo mundo que tem a cabeça no lugar tinha medo dele. Acho que você também, não é? – Riu de novo, olhou em volta e disse: – Vamos cair fora daqui antes que alguém apareça. – Estendeu a mão. – Me dê o trabuco. Vou dar sumiço nele.

Ned Beaumont respondeu:

– Não. – Moveu a mão para o lado até a pistola ficar apontada para a barriga de Jeff. – A gente pode alegar que foi em legítima defesa. Estou do seu lado. A gente pode se safar numa boa no inquérito policial.

– Caramba! É uma boa ideia! – exclamou Jeff. – Logo eu, com aquela outra acusação de assassinato nas costas, por causa da morte do tal do West! – Seus olhinhos vermelhos toda hora mudavam de foco, ora na cara de Ned Beaumont, ora na pistola na sua mão.

Ned Beaumont sorriu, com os lábios sem cor e contraídos.

– Era disso mesmo que eu estava falando – respondeu, com voz suave.

– Não banque o cretino comigo – explodiu Jeff, dando um passo para a frente. – Seu...

Ned Beaumont recuou para trás de uma das mesas.

– Não tenho o menor problema em meter uma bala em você, Jeff – disse. – Lembre, eu ainda tenho uma dívida para acertar com você.

Jeff ficou parado e coçou a nuca.

– Que tipo de trambiqueiro é você, hein? – perguntou, desconcertado.

– Só um amigo. – Ned Beaumont avançou a pistola de repente. – Sente-se.

Jeff, depois de olhar um momento com ar de ameaça, sentou-se.

Ned Beaumont estendeu a mão esquerda e apertou o botão da campainha.

Jeff levantou-se.

Ned Beaumont disse:

– Fique com as mãos sobre a mesa.

Jeff balançou a cabeça de um jeito lúgubre.

– Que sacana mais espertinho você me saiu – disse. – Você não acha que eles vão deixar você me arrastar daqui, acha?

Ned Beaumont contornou a mesa outra vez e sentou-se numa cadeira de frente para Jeff e de frente para a porta.

Jeff disse:

– O melhor que você faz é me dar essa arma e torcer para que eu esqueça que você me criou encrenca. Caramba, Ned, isto aqui é um dos meus esconderijos! Você não tem a menor chance de levar a melhor aqui dentro, com os seus truquezinhos sujos.

Ned Beaumont disse:

– Fique com a mão longe da garrafa de ketchup.

O garçom abriu a porta, fitou-os de olhos arregalados.

– Mande o Tim subir aqui – disse Ned Beaumont, e depois, para o homem simiesco, que fez menção de falar: – Cale a boca.

O garçom fechou a porta e desceu depressa.

Jeff disse:

– Não banque o cretino, Neddy. Isso não vai levar você a lugar nenhum a não ser ao cemitério. Que vantagem você tem em me levar para ser julgado? Nenhuma. – Molhou os lábios com a língua. – Sei que você está assim meio chateado por causa do tempo em que a gente tratou você mal, mas, puxa vida! Não foi culpa minha. Eu só estava fazendo o que o Shad mandava, e afinal eu agora não fiquei quite com você, dando cabo dele de uma vez?

Ned Beaumont falou:

– Se não ficar com a mão longe do vidro de ketchup, vou dar um tiro e abrir um buraco nela.

Jeff disse:

– Você é um trambiqueiro.

O homem de meia-idade, de lábios grossos e olhos redondos, abriu a porta, entrou depressa e fechou-a às suas costas.

Ned Beaumont disse:

– Jeff matou O'Rory. Ligue para a polícia. Você vai ter tempo de deixar o lugar limpo antes que eles cheguem. É melhor também chamar um médico, no caso de ele não estar morto.

Jeff riu com escárnio.

– Se ele não estiver morto, eu sou o papa.

Parou de rir e falou, com familiaridade descuidada, para o homem de lábios grossos:

– O que você acha desse sujeitinho que pensa que você vai deixar ele sair daqui numa boa? Diga para ele como é grande a chance de ele sair daqui assim, numa boa, Tim.

Tim olhou para o morto no sofá, para Jeff e para Ned Beaumont. Seus olhos redondos estavam tranquilos. Disse para Ned Beaumont, devagar:

– Vai ser um golpe duro no meu bar. Não dá para levá-lo para a rua e deixar que o encontrem lá?

Ned Beaumont balançou a cabeça.

– Arrume o seu bar todo, deixe tudo direito antes que a polícia chegue, e você vai ficar numa boa.

Enquanto Tim hesitava, Jeff falou:

– Escute, Tim, você me conhece. Você sabe...

Tim falou, sem maiores entusiasmos:

– Pelo amor de Deus, feche essa boca.

Ned Beaumont sorriu.

– Ninguém conhece você, Jeff, agora que o Shad está morto.

– Não? – O homem simiesco recostou-se na cadeira de modo mais confortável e seu rosto desanuviou. – Então tá, pode me levar preso. Agora eu sei que tipo de filhos da mãe são vocês e eu prefiro aguentar o tranco sozinho a ter de pedir alguma coisa para qualquer um de vocês.

Tim, ignorando Jeff, perguntou:

– Não tem outro jeito?

Ned Beaumont fez que não com a cabeça.

– Acho que dá para segurar essa – disse Tim e pôs a mão na maçaneta da porta.

– Pode ver se o Jeff tem alguma arma no bolso? – pediu Ned Beaumont.

Tim balançou a cabeça para os lados.

– Aconteceu aqui, mas eu não tenho nada a ver com isso, e não vou ter nada a ver com isso – respondeu e saiu.

Jeff, relaxando o corpo para trás confortavelmente na sua cadeira, as mãos moles sobre a mesa na sua frente, conversou com Ned Beaumont até a polícia chegar. Falou animado, chamou Ned Beaumont de uma porção de nomes rudes, obscenos ou apenas ofensivos, acusou-o de uma comprida e variada lista de defeitos.

Ned Beaumont escutou com interesse e cortesia.

Um homem de cabelo branco e ossudo, com uniforme de tenente, foi o primeiro policial a entrar. Logo atrás dele, veio meia dúzia de detetives.

Ned Beaumont disse:

– Oi, Brett. Acho que ele tem uma arma.

– O que aconteceu aqui? – perguntou Brett, olhando para o corpo sobre o sofá, enquanto dois detetives, que se espremeram para passar pelo tenente, seguravam Jeff Gardner.

Ned Beaumont contou para Brett o que havia acontecido. Sua história foi verdadeira, a não ser pela insinuação de que O'Rory havia sido morto no calor da luta entre eles, e não depois de desarmado.

Enquanto Ned Beaumont falava, um médico entrou, virou o corpo de Shad O'Rory de barriga para cima, sobre o sofá, examinou-o depressa e levantou-se. O tenente olhou para o médico. O médico falou "Já era", e saiu do pequeno quarto entupido de gente.

Jeff xingava alegremente os dois detetives que o seguraram. Toda vez que xingava, um dos detetives acertava com o punho na sua cara. Jeff ria e continuava a xingar os dois. Seus dentes postiços ficaram deslocados. Sua boca sangrava.

Ned Beaumont deu a pistola do morto para Brett e levantou-se.

– Quer que eu vá à delegacia agora, junto com vocês? Ou posso ir amanhã?

– É melhor vir agora – respondeu Brett.

## IV

Passava muito da meia-noite quando Ned Beaumont se retirou da delegacia. Deu boa-noite para os dois repórteres que tinham saído com ele e pegou um táxi. O endereço que deu ao motorista era o da casa de Paul Madvig.

As luzes estavam acesas no térreo da casa de Madvig e, quando Ned Beaumont subiu a escada da entrada, a porta foi aberta pela senhora Madvig. Estava vestida de preto e tinha um xale sobre os ombros.

Ele disse:

– Oi, mãe. O que está fazendo acordada tão tarde?

Ela respondeu:

– Pensei que era o Paul – mas não olhou para ele com ar de decepção.

– O Paul não está em casa? Queria falar com ele. – Olhou-a fixamente. – Qual é o problema?

A velha recuou um passo, puxando a porta para trás junto com o corpo.

– Entre, Ned.

Ele entrou.

Ela fechou a porta e disse:

– Opal tentou se suicidar.

Ele baixou os olhos e murmurou:

– O quê? O que você quer dizer?

– Cortou um pulso antes que a enfermeira pudesse segurá-la. Mas não perdeu muito sangue, e vai ficar boa, se não tentar a mesma coisa de novo. – Havia certa fraqueza na sua voz e na sua fisionomia.

A voz de Ned Beaumont não soou firme.

– Onde está o Paul?

– Não sei. Não conseguimos encontrá-lo. Já devia estar em casa a esta hora. Não sei onde está. – Pousou a mão magra no antebraço de Ned Beaumont e agora sua voz tremeu um pouco. – Você... você e o Paul estão...? – Parou, apertando o braço dele.

Ned Beaumont balançou a cabeça.

– Estamos rompidos para sempre.

– Ah, Ned, meu rapaz, não há nada que você possa fazer para resolver isso? Você e ele... – Parou de novo.

Ele ergueu a cabeça e olhou para ela. Os olhos de Ned Beaumont estavam molhados. Falou com delicadeza:

– Não, mãe, estamos rompidos para sempre. Ele contou para você?

– Ele só me disse quando falei que eu tinha telefonado para você para contar que aquele homem da Promotoria Pública tinha vindo aqui, e o Paul me disse que eu nunca mais devia fazer isso, que você... que vocês não eram mais amigos agora.

Ned Beaumont soltou um pigarro.

– Escute, mãe, diga ao Paul que vim falar com ele. Diga que estou indo para casa e vou esperar por ele lá, vou esperar a noite inteira. – Pigarreou de novo e acrescentou, meio hesitante: – Diga isso para ele.

A senhora Madvig pôs as mãos magras nos ombros de Ned Beaumont.

– Você é um bom garoto, Ned. Não quero que você e o Paul fiquem brigados. Você é o melhor amigo que ele já teve, não importa o que aconteça entre vocês dois. O que é? Foi aquela Janet...

– Pergunte ao Paul – disse ele, em voz baixa e amarga. Mexeu a cabeça com impaciência. – Vou indo, mãe, a menos que haja alguma coisa que eu possa fazer por você ou pela Opal. Tem alguma coisa?

– Não, a não ser que você possa subir e falar com ela. Ainda não está dormindo e talvez fizesse algum bem você falar com ela. A Opal dava atenção a você.

Ele balançou a cabeça.

– Não – disse ele. – Ela não vai querer nem me ver. – E engoliu em seco.

## 10. A chave espatifada

I

Ned Beaumont foi para casa. Tomou café, fumou, leu um jornal, uma revista e meio livro. De vez em quando parava de ler para andar, nervoso, pelo seu apartamento. A campainha da porta não tocava. O telefone não tocava.

Às oito horas da manhã ele tomou banho, fez a barba e vestiu uma roupa limpa. Em seguida pediu o café da manhã e comeu.

Às nove horas ele foi até o telefone, ligou para a casa de Janet Henry, pediu para falar com ela e disse:

– Bom dia... Sim, vou bem, obrigado... Bem, estamos prontos para soltar os fogos de artifício... Sim... Se o seu pai estiver, acho melhor que ele saiba de tudo antes... Está bem, mas nem uma palavra antes de eu chegar... O mais rápido que puder. Vou sair agora mesmo... Certo. Vejo você daqui a alguns minutos.

Levantou-se do telefone olhando para o vazio, bateu uma mão na outra com um forte estalo e esfregou-as. Sua boca era um risco mal-humorado embaixo do bigode, os olhos eram pontos marrons ardentes. Foi até o armário e vestiu depressa o sobretudo e o chapéu. Saiu assobiando "Little lost lady" entre os dentes e andou a passos largos pelas ruas.

– A senhorita Henry está à minha espera – disse para a criada que abriu a porta da casa dos Henry.

Ela disse:

– Sim, senhor – e levou-o até uma sala ensolarada e com papel de parede claro onde o senador e a filha tomavam o café da manhã.

Janet Henry ergueu-se de um pulo imediatamente e veio na sua direção com as mãos estendidas, gritando, agitada:

– Bom dia!

O senador levantou-se de um jeito mais relaxado, olhando com uma surpresa educada para a filha e depois estendendo a mão para Ned Beaumont, dizendo:

– Bom dia, senhor Beaumont. Estou muito contente em vê-lo. Não gostaria de...?

– Não, obrigado. Já tomei o café da manhã.

Janet Henry tremia. A agitação tinha drenado a cor da sua pele, havia escurecido seus olhos e lhe dava a aparência de alguém sob efeito de drogas.

– Temos uma coisa para contar a você, papai – disse, com voz tensa e irregular –, uma coisa que... – Virou-se abrupta para Ned Beaumont. – Conte para ele! Conte para ele!

Ned Beaumont deu uma espiada nela com o canto dos olhos, contraindo as sobrancelhas, depois olhou diretamente para o seu pai. O senador continuou no seu lugar à mesa. Ned Beaumont disse:

– O que conseguimos são indícios muito fortes, inclusive uma confissão, de que Paul Madvig matou seu filho.

Os olhos do senador ficaram mais estreitos e ele pôs a mão aberta sobre a mesa, à sua frente.

– Quais são esses indícios muito fortes? – perguntou.

– Bem, senhor, o principal é a confissão, é claro. Ele diz que seu filho saiu correndo atrás dele naquela noite e tentou golpeá-lo com uma bengala marrom, de madeira maciça, e que, na luta para tentar tirar a bengala das mãos do seu filho, ele o acertou por acidente com ela. Diz que levou a bengala consigo e a queimou, mas sua filha – fez um aceno de cabeça para Janet Henry – diz que a bengala ainda está aqui.

– E está – disse ela. – É aquela que o prefeito Sawbridge trouxe para você.

O rosto do senador ficou pálido e duro como mármore.

– Prossiga – disse.

Ned Beaumont fez um pequeno gesto com a mão.

– Bem, senhor, isso desmontaria a história dele de que foi um acidente ou legítima defesa... o fato de seu filho não ter levado a bengala. – Ned Beaumont mexeu os ombros um pouco. – Contei isso para o Farr ontem. Ele parece ter receio de correr riscos, o senhor sabe como ele é, mas não vejo como possa deixar de mandar prender o Paul hoje.

Janet Henry franziu as sobrancelhas para Ned Beaumont, obviamente perplexa com alguma coisa, começou a falar, mas em vez disso apertou os lábios.

O senador Henry tocou os lábios com o guardanapo que tinha na mão esquerda, jogou o guardanapo sobre a mesa e perguntou:

– Há mais algum... bem... indício?

A resposta de Ned Beaumont foi outra pergunta, pronunciada com todo cuidado:

– Não é o suficiente?

– Mas tem mais coisa, não é? – perguntou Janet.

– Só coisas para reforçar isso – respondeu Ned Beaumont em tom depreciativo. Dirigiu-se ao senador: – Posso lhe dar mais detalhes, mas agora o senhor já tem o principal. É o bastante, não é?

– Mais do que o bastante – disse o senador. Pôs a mão na testa. – Não consigo acreditar, mas é isso mesmo. Se vocês puderem me desculpar por um momento e... – Voltou-se para a filha: – Você também, minha querida, eu gostaria de ficar sozinho para pensar, para me adaptar ao... Não, não, fiquem aqui. Eu gostaria de ir para o meu quarto. – Fez uma reverência elegante com a cabeça. – Por favor, fique, senhor Beaumont. Não devo demorar... é só um momento... para me adaptar à ideia de que esse homem com quem trabalhei ombro a ombro é o assassino do meu filho.

Fez outro cumprimento com a cabeça e saiu, com o corpo rijo e ereto.

Ned Beaumont colocou a mão no pulso de Janet Henry e perguntou, com voz baixa e tensa:

– Escute, ele não é capaz de perder a cabeça e fazer uma loucura?

Ela o fitou, espantada.

– Por acaso ele não é capaz de sair pela rua atrás do Paul? – explicou Ned Beaumont. – Não queremos que faça isso. É melhor nem pensar no que poderia acontecer.

– Não sei – respondeu ela.

Ned Beaumont fez uma careta de impaciência.

– A gente não pode deixar que ele faça uma coisa dessas. Não dá para a gente ir para algum lugar mais perto da porta da frente a fim de deter o senador no caso de ele tentar sair?

– Sim. – Ela estava assustada.

Levou-o até a frente da casa, para uma saleta escura, de janelas com cortinas pesadas. A porta ficava a poucos metros da porta da rua. Ficaram ali muito próximos na sala sombria, perto da porta entreaberta. Os dois tremiam. Janet Henry tentou sussurrar algo para Ned Beaumont, mas ele a fez ficar em silêncio com um "psiu".

Não passou muito tempo e ouviram-se passos suaves no tapete do corredor e o senador Henry, de chapéu e sobretudo, avançou rápido na direção da porta da rua.

Ned Beaumont saiu e disse:

– Espere, senador Henry.

O senador virou-se. Tinha o rosto duro e frio, os olhos autoritários.

– O senhor vai me desculpar – disse. – Tenho de sair.

– Não é boa ideia – disse Ned Beaumont. Aproximou-se do senador. – Só vai aumentar o problema.

Janet Henry veio para o lado do pai.

– Não vá, pai – suplicou. – Escute o senhor Beaumont.

– Já escutei o senhor Beaumont – respondeu o senador. – Estou perfeitamente disposto a escutá-lo de novo, se ele tiver mais alguma informação para me dar. Do contrário, tenho de pedir desculpas a vocês. – Sorriu para Ned Beaumont. – Estou agindo agora com base no que o senhor me contou.

Ned Beaumont fitou-o com olhos firmes.

– Não acho que o senhor deva ir falar com ele – disse.

O senador olhou com insolência para Ned Beaumont. Janet disse:

– Mas pai – antes que a expressão nos olhos dele a fizesse parar.

Ned Beaumont pigarreou. Havia manchas vermelhas na sua cara. Estendeu a mão esquerda e tocou rapidamente no bolso direito do sobretudo do senador.

O senador Henry deu um passo para trás, ofendido.

Ned Beaumont fez que sim com a cabeça, como que para si mesmo.

– Não é uma boa ideia – disse em tom sério. Olhou para Janet Henry. – Tem uma arma no bolso.

– Pai! – gritou ela e pôs a mão sobre a boca.

Ned Beaumont contraiu os lábios.

– Bem – disse para o senador. – Uma coisa é certa: a gente não pode deixar o senhor sair daqui com uma arma no bolso.

Janet Henry disse:

– Não deixe, Ned.

Os olhos do senador se inflamaram com escárnio para os dois.

– Acho que vocês dois estão esquecendo quem são – disse. – Janet, faça o favor de ir para o seu quarto.

Ela deu dois passos relutantes para trás, então parou e gritou:

– Não! Eu não vou deixar você fazer isso. Não deixe, Ned!

Ned Beaumont umedeceu os lábios.

– Não vou deixar – prometeu.

O senador, fitando-o friamente, pôs a mão direita na maçaneta da porta da rua.

Ned Beaumont inclinou-se para a frente e pôs a mão em cima da mão do senador.

– Escute, senhor – disse, em tom respeitoso. – Não posso deixar que o senhor faça isso. Não estou me intrometendo. – Soltou a mão do senador, apalpou dentro do bolso do seu paletó e tirou de lá um pedaço de papel rasgado, amassado, sujo e dobrado. – Esta é a minha nomeação como investigador especial da Promotoria Pública, do mês passado. – Mostrou-a para o senador. – Não foi revogada, que eu saiba – deu de ombros. – Não posso deixar que o senhor saia armado para atirar em alguém.

O senador nem olhou para o papel. Respondeu com desdém:

– Está tentando salvar a vida do seu amigo assassino.

– Sabe que não é nada disso.

O senador aprumou o corpo.

– Chega dessa história – falou e virou-se para a maçaneta da porta.

Ned Beaumont falou:

– Ponha o pé na calçada com essa arma no bolso e eu vou prendê-lo.

Janet Henry gemeu:

– Oh, papai!

O senador e Ned Beaumont ficaram parados, fitando-se nos olhos, os dois respirando de modo bem audível.

O senador foi o primeiro a falar. Dirigiu-se à filha:

– Pode nos deixar por alguns minutos, minha querida? Há algumas coisas que eu gostaria de dizer ao senhor Beaumont.

Ela olhou para Ned Beaumont com ar interrogativo. Ele fez que sim com a cabeça.

– Está bem – respondeu para o pai –, se não sair de casa antes de eu poder ver o senhor de novo.

Ele sorriu e disse:

– Vai me ver, sim.

Os dois homens observaram a moça se afastar pelo corredor, virar à esquerda com um olhar para trás, na direção deles, e desaparecer numa porta.

O senador falou num tom sofrido:

– É pena, mas o senhor não exerceu uma influência tão positiva assim sob minha filha. Em geral ela não é tão... bem... cabeça-dura.

Ned Beaumont sorriu com ar de quem pede desculpa, mas não falou nada.

O senador perguntou:

– Há quanto tempo isso está acontecendo?

– O senhor se refere à nossa investigação sobre o assassinato? Só um ou dois dias, para mim. Sua filha está metida nisso desde o início. Ela sempre achou que o Paul tinha matado o irmão.

– O quê? – O senador ficou de boca aberta.

– Ela sempre achou que o Paul era o assassino. O senhor não sabia? Ela odeia o Paul como se fosse o próprio demônio... e sempre odiou.

– Odeia? – O senador quase engasgou. – Meu Deus, não!

Ned Beaumont assentiu e sorriu com um ar curioso para o homem junto à porta.

– Não sabia disso?

O senador soltou o ar dos pulmões de modo brusco.

– Entre aqui – disse ele e levou-o para a saleta sombria onde Ned Beaumont e Janet Henry tinham ficado escondidos. O senador acendeu as luzes enquanto Ned Beaumont fechava a porta. Então os dois se encararam, ambos de pé.

– Quero falar com você de homem para homem, senhor Beaumont – começou o senador. – Podemos esquecer as suas – ele sorriu – ligações oficiais, não podemos?

Ned Beaumont fez que sim com a cabeça.

– Sim. O Farr provavelmente também esqueceu.

– Exato. Agora, senhor Beaumont, não sou um homem sanguinário, mas que eu vá para o inferno se puder suportar a ideia de que o assassino do meu filho está por aí à solta, sem nenhum castigo, enquanto...

– Eu lhe disse que eles vão ter de prendê-lo. Não têm como evitar. As provas são muito fortes e todo mundo sabe.

O senador sorriu de novo, de um modo gelado.

– Sem dúvida o senhor não está tentando me dizer, de um político experiente para o outro, que Paul Madvig está correndo algum risco de ser punido por alguma coisa que tenha feito nesta cidade, está?

– Estou. Paul está acabado. Estão fazendo jogo duplo com ele. A única coisa que ainda os segura é que estão habituados a pular quando ele estala o chicote, e precisam de um tempo para tomar coragem.

O senador Henry sorriu e balançou a cabeça.

– Permita que eu discorde do senhor? Permita que sublinhe o fato de que eu estou metido em política há mais anos do que o senhor já viveu?

– Claro.

– Então posso assegurar ao senhor que eles nunca vão conseguir a coragem suficiente, por mais tempo que tenham para se adaptar. Paul é o chefe deles e, a despeito de qualquer possível rebelião ocasional, vai continuar a ser seu chefe.

– Parece que não vamos concordar quanto a isso – disse Ned Beaumont. – O Paul está acabado. – Franziu as sobrancelhas. – Agora, quanto a essa história da arma. Não é boa ideia. É melhor me entregar. – Estendeu a mão.

O senador pôs a mão direita no bolso do sobretudo.

Ned Beaumont deu um passo para perto do senador e pôs a mão esquerda no pulso dele.

– Me dê aqui.

O senador fitou-o zangado.

– Está bem – disse Ned Beaumont. – Se eu tenho de fazer isso... – E, depois de uma breve luta em que uma cadeira foi derrubada, tomou a arma do senador, um revólver antiquado e niquelado. Estava enfiando o revólver num bolso do quadril quando Janet Henry entrou, de olhos desvairados, rosto branco.

– O que é? – gritou ela.

– Ele não quis dar ouvidos ao bom senso – resmungou Ned Beaumont. – Tive de tirar a arma dele à força.

O rosto do senador estava torcido e ele arquejava, rouco. Deu um passo na direção de Ned Beaumont.

– Saia da minha casa – ordenou.

– Não vou sair – respondeu Ned Beaumont. As pontas dos lábios se contraíram por um momento. A raiva começou a arder nos seus olhos. Estendeu a mão e tocou no braço de Janet Henry com rudeza. – Sente-se e escute isto. Foi você quem pediu e vai ter o que pediu. – Falou para o senador. – Tenho muita coisa para dizer, então é melhor sentar também.

Nem Janet Henry nem o pai sentaram. Ela olhava para Ned Beaumont com olhos tomados pelo medo, e o senador, com olhos desconfiados e duros. Tinham as faces igualmente brancas.

Ned Beaumont disse para o senador:

– Você matou seu filho.

Nada mudou no rosto do senador. Ele não se mexeu.

Durante um momento interminável, Janet Henry ficou parada, a exemplo do pai. Então, um olhar de completo terror dominou o rosto de Janet Henry e ela sentou devagar no chão. Não caiu. Curvou lentamente os joelhos e afundou no chão, numa posição sentada, inclinando-se para a direita, a mão direita sobre o chão, para apoiar-se, seu rosto horrorizado se virava para o pai e para Ned Beaumont.

Nenhum dos dois olhava para ela.

Ned Beaumont disse para o senador:

– Você quer matar o Paul agora para que ele não possa dizer que você matou seu filho. Sabe que pode matar o Paul e não sofrer nenhuma consequência, o cavalheiro impetuoso da velha guarda e todo esse papo furado, se puder fazer o mundo acreditar na atitude que está tentando nos impingir. – Ele parou.

O senador não disse nada.

Ned Beaumont prosseguiu:

– Você sabe que ele vai parar de lhe dar cobertura caso seja preso, porque ele não vai querer que a Janet fique pensando que ele matou o irmão dela, se puder impedir isso. – Riu com amargura. – E que tremenda ironia para ele! – Passou os dedos pelo cabelo. – O que aconteceu foi algo mais ou menos assim: quando o Taylor soube que o Paul tinha beijado a Janet, correu atrás dele, levou a bengala e estava de chapéu, se bem que isso não seja lá tão importante. Quando você pensou no que podia acontecer com as suas chances de ser reeleito...

O senador o interrompeu com voz rouca e zangada:

– Isso é um absurdo! Não vou deixar que a minha filha seja submetida...

Ned Beaumont riu brutalmente.

– É claro que é absurdo – falou. – E o fato de você ter trazido de volta para casa a bengala com que o matou e de usar o chapéu dele, porque você é que saiu de casa atrás dele sem chapéu naquela hora, também é um absurdo, mas é o absurdo que vai pregar você na cruz.

O senador Henry disse, em voz baixa e em tom de escárnio:

– E quanto à confissão do Paul?

Ned Beaumont deu um sorriso torto:

– Não vale nada – disse. – Vou lhe dizer o que resta para fazer. Janet, ligue para o Paul e peça que venha aqui imediatamente. Aí vamos contar para ele que o seu pai ia sair atrás dele com uma arma na mão e vamos ver o que o Paul vai dizer.

Janet estremeceu, mas não se levantou do chão. Tinha o rosto inexpressivo.

Seu pai falou:

– Isso é ridículo. Não vamos fazer nada disso.

Ned Beaumont falou, em tom peremptório:

– Ligue para ele, Janet.

Ela se pôs de pé, ainda com o rosto inexpressivo, e foi na direção da porta, sem prestar a menor atenção ao enfático grito do senador:

– Janet!

O senador mudou o tom de voz e disse:

– Espere, querida. – E, para Ned Beaumont: – Gostaria de ter outra conversa com você a sós.

– Tudo bem – respondeu Ned Beaumont, virando-se para a garota que hesitava na porta.

Antes que ele pudesse falar com Janet, ela já retrucava, obstinada:

– Eu quero ouvir. Tenho o direito de ouvir.

Ele fez que sim com a cabeça, olhou de novo para o senador e disse:

– Ela tem.

– Janet, querida – disse o senador –, estou tentando poupar você. Eu...

– Não quero ser poupada – respondeu ela, numa voz fraca e seca. – Eu quero saber.

O senador virou as palmas das mãos para os lados, num gesto de derrota.

– Então, não vou dizer nada.

Ned Beaumont falou:

– Telefone para o Paul, Janet.

Antes que ela pudesse se mover, o senador falou:

– Não. Isso vai ser mais difícil do que deveria para mim, mas... – Pegou um lenço e esfregou nele as mãos. – Vou contar exatamente o que aconteceu e depois vou pedir a você um favor, um favor que eu acho que você pode recusar. No entanto... – Deteve-se a fim de olhar para a filha. – Entre, minha filha, e feche a porta, se você tem mesmo de ouvir.

Janet fechou a porta e sentou-se numa cadeira ali perto, inclinando-se para a frente, o corpo enrijecido, o rosto tenso.

O senador colocou as mãos nas costas, com o lenço ainda entre os dedos, e, olhando sem inimizade para Ned Beaumont, falou:

— Fui atrás do Taylor naquela noite porque não estava disposto a perder a amizade do Paul em consequência da cabeça quente do meu filho. Alcancei os dois na rua China. O Paul havia tomado a bengala dele. Os dois estavam, ou pelo menos o Taylor estava, discutindo muito exaltados. Pedi ao Paul que nos deixasse, que me deixasse resolver o assunto sozinho com meu filho, e ele fez isso, e me deu a bengala. Taylor me falou de um modo que filho nenhum pode falar com um pai, e tentou me empurrar para fora do seu caminho a fim de ir atrás do Paul outra vez. Não sei exatamente como foi que aconteceu... a pancada... mas aconteceu, e ele caiu e bateu com a cabeça no meio-fio. Aí o Paul voltou, não tinha ido longe, e descobrimos que o Taylor teve morte instantânea. Paul insistiu que devíamos deixá-lo ali e não admitir nossa participação na morte dele. Disse que, por mais inevitável que fosse o feio escândalo que ia brotar daquela história durante a próxima campanha... bem... deixei que ele me convencesse. Foi ele quem pegou o chapéu do Taylor e me deu para eu usar na volta para casa... eu tinha saído sem chapéu. O Paul me garantiu que a investigação policial seria barrada caso ameaçasse se aproximar muito de nós dois. Mais tarde, na semana passada, na verdade, quando fiquei assustado com os boatos de que ele havia matado o Taylor, fui até ele e perguntei se não era melhor a gente revelar toda a verdade de uma vez. O Paul riu dos meus temores e me garantiu que era perfeitamente capaz de cuidar de si. — Tirou as mãos das costas, esfregou o rosto com o lenço e disse: — Foi isso o que aconteceu.

A filha gritou, com voz sufocada:
— Você deixou o Taylor lá caído, desse jeito, no meio da rua!

O senador teve um sobressalto, mas não falou nada.

Ned Beaumont, depois de franzir as sobrancelhas em silêncio por um instante, falou:

– Um discurso de campanha, uma certa dose de verdade enfeitada. – Fez uma careta. – Você queria pedir um favor.

O senador olhou para o chão, depois ergueu os olhos para Ned Beaumont outra vez.

– Mas é só para os seus ouvidos.

Ned Beaumont respondeu:

– Não.

– Perdoe, minha querida – disse o senador para a filha, e depois para Ned Beaumont: – Contei a você a verdade, mas percebo perfeitamente a situação em que me meti. O favor que peço é a devolução do meu revólver e cinco minutos, um minuto, sozinho nesta sala.

Ned Beaumont disse:

– Não.

O senador baqueou com a mão no peito, o lenço pendurado na mão.

Ned Beaumont falou:

– Você vai ter de encarar o que está reservado para você.

## II

Ned Beaumont foi à porta da rua com Farr, sua estenógrafa grisalha, dois detetives e o senador.

– Não vem junto? – perguntou Farr.

– Não, mas vou encontrar você depois.

Farr sacudiu a mão para cima e para baixo com entusiasmo.

– Faça isso mais vezes e sem demora, Ned – disse. – Você gosta de me pregar umas peças, mas não tenho nenhuma bronca de você quando vejo o resultado dessas suas manhas.

Ned Beaumont deu um sorriso torto, trocou cumprimentos de cabeça com os detetives, saudou a estenógrafa com uma reverência e fechou a porta. Foi para o primeiro andar da casa, para a sala com papel de parede branco onde havia um piano. Quando ele entrou, Janet Henry levantou-se do sofá com braços em forma de lira.

– Foram embora – disse Ned Beaumont, com uma voz sem emoção.

– Eles... Eles não...?

– Conseguiram arrancar do senador um depoimento bastante completo... com mais detalhes do que nos contou.

– Você vai me contar a verdade da história toda?

– Vou – prometeu.

– O que... – Ela parou. – O que vão fazer com ele, Ned?

– Na certa, não grande coisa. A idade, a reputação e essas coisas vão ajudá-lo. O mais provável é que o condenem por assassinato e depois ponham a sentença de lado ou a suspendam.

– Acha que foi um acidente?

Ned Beaumont balançou a cabeça. Tinha os olhos frios. Falou de modo bruto:

– Acho que ele ficou enlouquecido com a ideia de que o filho ia interferir nas suas chances de ser reeleito e bateu nele.

Janet não protestou. Estava entrelaçando os dedos. Quando fez a pergunta seguinte, falou com dificuldade:

– Ele ia... ia atirar... no Paul?

– Ia. Conseguiria se safar da justiça com a pose do velho nobre que se vinga pelo assassinato do filho, um crime que a justiça não ia conseguir vingar. Sabia que o Paul não ia ficar de bico fechado, se fosse preso. Paul estava fazendo isso, assim como apoiava a reeleição do seu pai, porque queria você. Não poderia ter você fingindo que havia matado o seu irmão. Ele não se importava com o que os outros pensassem, mas não sabia que você achava que ele tinha matado o Taylor e, se soubesse, iria declarar sua inocência na mesma hora.

Ela fez que sim com a cabeça, com ar desolado.

– Eu tinha ódio dele – disse – e o enganei, e ainda tenho ódio dele. – Soluçou. – Por que é assim, Ned?

Ele fez um gesto impaciente com a mão.

– Não me peça a solução de enigmas.

– E você – disse ela – me enganou, me fez de boba, me induziu a tudo isso, e mesmo assim eu não tenho ódio de você.

– Mais enigmas – disse ele.

– Há quanto tempo, Ned – perguntou –, há quanto tempo sabia que meu pai tinha feito isso?

– Sei lá. A ideia já andava no fundo da minha cabeça fazia um bom tempo. Era a única coisa que combinava com aquela bobagem do Paul. Se ele tivesse matado o Taylor, teria me contado antes. Não havia motivo para ele esconder isso de mim. Havia um motivo para ele esconder de mim os crimes do seu pai. Ele sabia que eu não gostava do seu pai. Eu já tinha deixado isso bem claro. O Paul não achava que podia confiar em mim quando se tratava de livrar a cara do seu pai. Mas o Paul sabia que eu não ia deixar a *ele* em apuros. Então, quando eu disse ao Paul que eu ia pôr o crime em pratos limpos sem dar bola para o que ele estava dizendo, me fez aquela confissão de meia-tigela para tentar me segurar.

Ela perguntou:

– Por que você não gosta do papai?

– Porque – respondeu com vigor – eu não gosto de cafetões.

A cara dela ficou vermelha, seus olhos ficaram envergonhados. Ela perguntou, com voz seca e contrita:

— E você não gosta de mim porque...

Ele não disse nada.

Janet Henry mordeu o lábio e gritou:

— Responda!

— Você é legal – disse ele. – Só não é legal com o Paul, não desse jeito que você anda tratando ele. Nenhum de vocês fez nenhum bem para ele, são puro veneno. Tentei dizer isso para o Paul. Tentei dizer para ele que vocês dois achavam que ele não passava de uma forma de vida animal inferior e um alvo legítimo para qualquer tipo de jogada. Tentei dizer ao Paul que o seu pai era um homem que passou a vida inteira habituado a vencer sem maiores dificuldades e que, se ficasse acuado, ele ia perder a cabeça ou virar um bicho feroz. Bem, veja, o Paul estava apaixonado por você e assim... – Estalou os dentes e andou até o piano.

— Você me despreza – disse ela em voz baixa e dura. – Acha que sou uma prostituta.

— Não desprezo você – respondeu, irritado, sem virar o rosto para ela. – O que quer que você tenha feito, pagou o preço e recebeu o preço devido, e isso basta para todos nós.

Houve um silêncio entre eles, até que Janet falou:

— Agora, você e o Paul vão ser amigos de novo.

Ned Beaumont virou-se do piano com um movimento que deu a entender que ele ia se mandar e olhou para o relógio de pulso.

— Tenho de me despedir agora.

Uma luz de espanto surgiu nos olhos de Janet Henry.

— Você não vai embora, vai?

Ele fez que sim com a cabeça.

— Posso pegar o trem das quatro e meia.

— Você vai embora para sempre?

— Se eu puder me safar das convocações desses processos, e acho que isso não vai ser muito difícil.

Janet Henry ergueu as mãos num gesto impulsivo.
– Leve-me com você.
Os olhos de Ned Beaumont piscaram.
– Você quer mesmo ir ou está só sendo histérica? – perguntou. O rosto dela estava muito vermelho nessa altura. Antes que ela pudesse responder, ele disse: – Não faz nenhuma diferença. Levo você, se você quiser ir. – Ele franziu as sobrancelhas. – Mas e tudo isso – fez um gesto com a mão para indicar a casa –, quem é que vai cuidar disso?

Ela respondeu em tom amargo:
– Não me importa... os nossos credores.
– Tem uma outra coisa em que você tem de pensar – disse ele, devagar. – Todo mundo vai dizer que você abandonou seu pai, assim que ele se viu em apuros.
– Estou abandonando meu pai – disse ela – e quero que as pessoas digam isso. Não me importa o que digam... se você me levar embora daqui. – Soluçou. – Se... eu não faria isso, se ele não tivesse ido embora daquele jeito, deixando o Taylor caído lá, sozinho, no meio de uma rua escura.

Ned Beaumont falou bruscamente:
– Não se preocupe com isso agora. Se vai partir, faça as malas. Pegue só o que couber em duas malas. Talvez a gente possa fazer alguém mandar o resto, depois.

Ela sussurrou uma risada estranha, aguda, e correu para fora da sala. Ele acendeu um charuto, sentou-se diante do piano e tocou suavemente até ela voltar. Tinha vestido um chapéu preto e um casaco preto e trazia duas malas de viagem.

### III

Foram de táxi até o apartamento dele. Durante a maior parte do percurso, ficaram em silêncio. A certa altura, ela falou, de repente:

— Naquele sonho... não contei para você... a chave era de vidro e se espatifou nas nossas mãos na hora em que abrimos a porta, porque a fechadura estava endurecida e tivemos de fazer força.

Ned Beaumont olhou-a de esguelha e perguntou:

— E aí?

Ela estremeceu.

— Nós não conseguimos trancar as cobras lá dentro e elas saíram em cima de nós e eu acordei gritando.

— Foi só um sonho — disse ele. — Esqueça. — Sorriu sem alegria. — No meu sonho, você jogou a minha truta de volta na água.

O táxi parou na frente da casa dele. Os dois subiram ao seu apartamento. Ela se ofereceu para ajudar a fazer as malas, mas ele disse:

— Não, eu posso fazer isso. Fique aí sentada e descanse. Temos uma hora antes de o trem partir.

Ela sentou numa das cadeiras vermelhas.

— Aonde você... aonde nós estamos indo? — perguntou ela, tímida.

— Nova York, primeiro.

Ned Beaumont tinha feito uma mala quando a campainha tocou.

— É melhor ir para dentro do quarto — disse para ela e levou as malas de Janet para lá. Fechou a porta intermediária quando saiu.

Foi até a porta de entrada e abriu.

Paul Madvig disse:

— Vim lhe dizer que você tinha razão e agora sei disso.

— Você não apareceu na noite passada.

— Não, naquela altura eu ainda não sabia. Cheguei em casa logo depois que você saiu.

Ned Beaumont fez que sim com a cabeça.

– Entre – disse, recuando um passo e abrindo caminho na porta.

Madvig entrou na sala. Olhou imediatamente para as malas, mas deixou o olhar percorrer a sala em redor por um momento, antes de perguntar:

– Vai embora?

– Vou.

Madvig sentou na mesma cadeira em que Janet Henry havia sentado. Sua idade transparecia em seu rosto e ele ficou parado, abatido.

– Como está a Opal? – perguntou Ned Beaumont.

– Está bem, pobre criança. Agora vai ficar melhor.

– Foi você que fez isso com ela.

– Eu sei, Ned. Meu Deus, eu sei! – Madvig esticou as pernas para a frente e olhou para os sapatos. – Espero que não ache que estou com orgulho de mim mesmo. – Depois de uma pausa, Madvig acrescentou: – Acho... sei que a Opal gostaria de vê-lo antes de você partir.

– Você vai ter de dar adeus para ela por mim, e para a mamãe também. Vou embora no trem das quatro e meia.

Madvig ergueu os olhos azuis, anuviados de aflição.

– Tem razão, é claro, Ned – disse, rouco. – Mas... bem... Você tem mesmo razão! – Olhou de novo para os sapatos.

Ned Beaumont perguntou:

– O que você vai fazer com os seus capangas não muito fiéis? Vai dar uma prensa e pôr todo mundo na linha ou vai pôr o pessoal para correr de uma vez?

– O Farr e resto dos vermes?

– Ahn-ahn.

– Vou dar uma lição neles. – Falou Madvig com determinação, mas não havia o menor entusiasmo na sua voz, e não desviou os olhos dos seus sapatos. – Vai me custar quatro anos, mas posso usar esses quatro anos para pôr ordem na casa e reconstruir uma organização que daí para a frente vai andar nos trinques.

Ned Beaumont levantou as sobrancelhas.

– Vai derrubar todos eles nas eleições?

– Derrubar, explodir, mandar pelos ares! O Shad está morto. Vou deixar que a turma dele cuide de tudo durante os próximos quatro anos. Nenhum deles é capaz de construir uma coisa sólida o bastante para me deixar preocupado. Vou retomar a cidade da próxima vez e aí eu já vou ter feito a limpeza da minha casa.

– Você podia ganhar agora mesmo – disse Ned Beaumont.

– Claro, mas não quero ganhar junto com esses sacanas.

Ned Beaumont concordou.

– Tem que ter paciência e coragem, mas é mesmo o melhor jeito de agir, eu reconheço.

– Isso é tudo o que tenho – disse Madvig, desolado. – O que nunca vou ter é uma cabeça boa. – Mudou o foco dos olhos dos pés para a lareira. – Você tem mesmo de ir, Ned? – perguntou, quase inaudível.

– Tenho.

Madvig pigarreou com força.

– Não quero bancar um completo palerma – disse –, mas gostaria de pensar que, indo embora ou ficando, você não tem nenhuma bronca de mim, Ned.

– Não tenho, não, Paul.

Madvig ergueu a cabeça depressa.

– Vamos apertar as mãos?

– Claro.

Madvig levantou-se de um pulo, sua mão segurou a de Ned Beaumont, esmagou-a.

— Não vá, Ned. Fique comigo. Deus sabe como eu preciso de você. Mesmo se não precisasse... vou fazer o impossível para aparar as nossas arestas.

Ned Beaumont balançou a cabeça.

— Você não tem nenhuma aresta para aparar comigo, Paul.

— E você...?

Ned Beaumont balançou a cabeça outra vez.

— Não posso. Tenho de ir.

Madvig soltou a mão do outro e sentou-se de novo, de cara fechada, e disse:

— Bem, eu mereço.

Ned Beaumont fez um gesto de impaciência.

— Não tem nada a ver com o caso. — Parou e mordeu o lábio. Então falou, em tom bruto: — A Janet está aqui.

Madvig olhou para ele.

Janet Henry abriu a porta do quarto e veio para a sala. Tinha o rosto pálido e tenso, mas o mantinha erguido. Foi direto na direção de Paul Madvig e disse:

— Fiz muito mal a você, Paul. Eu...

O rosto dele tinha ficado tão pálido quanto o dela. Agora o sangue estava voltando às suas faces.

— Não, Janet — disse ele, com voz rouca. — Não havia nada que você pudesse fazer. — O resto da sua fala foi um murmúrio ininteligível.

Ela recuou, esquivando-se.

Ned Beaumont disse:

— Janet vai embora comigo.

Os lábios de Madvig se abriram. Ele olhou atônito para Ned Beaumont e o sangue fugiu de novo do seu rosto. Quando seu rosto ficou totalmente sem sangue, balbuciou alguma coisa em que só se podia entender a palavra "sorte", virou-se meio desajeitado, foi na direção da porta, abriu-a e saiu, deixando-a aberta depois de passar.

Janet Henry olhou para Ned Beaumont. Ele olhava fixamente para a porta.

# Coleção L&PM POCKET

1075. **Amor nos tempos de fúria** – Lawrence Ferlinghetti
1076. **A aventura do pudim de Natal** – Agatha Christie
1078. **Amores que matam** – Patricia Faur
1079. **Histórias de pescador** – Mauricio de Sousa
1080. **Pedaços de um caderno manchado de vinho** – Bukowski
1081. **A ferro e fogo: tempo de solidão (vol.1)** – Josué Guimarães
1082. **A ferro e fogo: tempo de guerra (vol.2)** – Josué Guimarães
1084. (17). **Desembarcando o Alzheimer** – Dr. Fernando Lucchese e Dra. Ana Hartmann
1085. **A maldição do espelho** – Agatha Christie
1086. **Uma breve história da filosofia** – Nigel Warburton
1088. **Heróis da História** – Will Durant
1089. **Concerto campestre** – L. A. de Assis Brasil
1090. **Morte nas nuvens** – Agatha Christie
1092. **Aventura em Bagdá** – Agatha Christie
1093. **O cavalo amarelo** – Agatha Christie
1094. **O método de interpretação dos sonhos** – Freud
1095. **Sonetos de amor e desamor** – Vários
1096. **120 tirinhas do Dilbert** – Scott Adams
1097. **200 fábulas de Esopo**
1098. **O curioso caso de Benjamin Button** – F. Scott Fitzgerald
1099. **Piadas para sempre: uma antologia para morrer de rir** – Visconde da Casa Verde
1100. **Hamlet (Mangá)** – Shakespeare
1101. **A arte da guerra (Mangá)** – Sun Tzu
1104. **As melhores histórias da Bíblia (vol.1)** – A. S. Franchini e Carmen Seganfredo
1105. **As melhores histórias da Bíblia (vol.2)** – A. S. Franchini e Carmen Seganfredo
1106. **Psicologia das massas e análise do eu** – Freud
1107. **Guerra Civil Espanhola** – Helen Graham
1108. **A autoestrada do sul e outras histórias** – Julio Cortázar
1109. **O mistério dos sete relógios** – Agatha Christie
1110. **Peanuts: Ninguém gosta de mim... (amor)** – Charles Schulz
1111. **Cadê o bolo?** – Mauricio de Sousa
1112. **O filósofo ignorante** – Voltaire
1113. **Totem e tabu** – Freud
1114. **Filosofia pré-socrática** – Catherine Osborne
1115. **Desejo de status** – Alain de Botton
1118. **Passageiro para Frankfurt** – Agatha Christie
1120. **Kill All Enemies** – Melvin Burgess
1121. **A morte da sra. McGinty** – Agatha Christie
1122. **Revolução Russa** – S. A. Smith
1123. **Até você, Capitu?** – Dalton Trevisan
1124. **O grande Gatsby (Mangá)** – F. S. Fitzgerald
1125. **Assim falou Zaratustra (Mangá)** – Nietzsche
1126. **Peanuts: É para isso que servem os amigos (amizade)** – Charles Schulz
1127. (27). **Nietzsche** – Dorian Astor
1128. **Bidu: Hora do banho** – Mauricio de Sousa
1129. **O melhor do Macanudo Taurino** – Santiago
1130. **Radicci 30 anos** – Iotti
1131. **Show de sabores** – J.A. Pinheiro Machado
1132. **O prazer das palavras** – vol. 3 – Cláudio Moreno
1133. **Morte na praia** – Agatha Christie
1134. **O fardo** – Agatha Christie
1135. **Manifesto do Partido Comunista (Mangá)** – Marx & Engels
1136. **A metamorfose (Mangá)** – Franz Kafka
1137. **Por que você não se casou... ainda** – Tracy McMillan
1138. **Textos autobiográficos** – Bukowski
1139. **A importância de ser prudente** – Oscar Wilde
1140. **Sobre a vontade na natureza** – Arthur Schopenhauer
1141. **Dilbert (8)** – Scott Adams
1142. **Entre dois amores** – Agatha Christie
1143. **Cipreste triste** – Agatha Christie
1144. **Alguém viu uma assombração?** – Mauricio de Sousa
1145. **Mandela** – Elleke Boehmer
1146. **Retrato do artista quando jovem** – James Joyce
1147. **Zadig ou o destino** – Voltaire
1148. **O contrato social (Mangá)** – J.-J. Rousseau
1149. **Garfield fenomenal** – Jim Davis
1150. **A queda da América** – Allen Ginsberg
1151. **Música na noite & outros ensaios** – Aldous Huxley
1152. **Poesias inéditas & Poemas dramáticos** – Fernando Pessoa
1153. **Peanuts: Felicidade é...** – Charles M. Schulz
1154. **Mate-me por favor** – Legs McNeil e Gillian McCain
1155. **Assassinato no Expresso Oriente** – Agatha Christie
1156. **Um punhado de centeio** – Agatha Christie
1157. **A interpretação dos sonhos (Mangá)** – Freud
1158. **Peanuts: Você não entende o sentido da vida** – Charles M. Schulz
1159. **A dinastia Rothschild** – Herbert R. Lottman
1160. **A Mansão Hollow** – Agatha Christie
1161. **Nas montanhas da loucura** – H.P. Lovecraft
1162. (28). **Napoleão Bonaparte** – Pascale Fautrier
1163. **Um corpo na biblioteca** – Agatha Christie
1164. **Inovação** – Mark Dodgson e David Gann
1165. **O que toda mulher deve saber sobre os homens: a afetividade masculina** – Walter Riso
1166. **O amor está no ar** – Mauricio de Sousa
1167. **Testemunha de acusação & outras histórias** – Agatha Christie
1168. **Etiqueta de bolso** – Celia Ribeiro
1169. **Poesia reunida (volume 3)** – Affonso Romano de Sant'Anna
1170. **Emma** – Jane Austen
1171. **Que seja em segredo** – Ana Miranda

1172. Garfield sem apetite – Jim Davis
1173. Garfield: Foi mal... – Jim Davis
1174. Os irmãos Karamázov (Mangá) – Dostoiévski
1175. O Pequeno Príncipe – Antoine de Saint-Exupéry
1176. Peanuts: Ninguém mais tem o espírito aventureiro – Charles M. Schulz
1177. Assim falou Zaratustra – Nietzsche
1178. Morte no Nilo – Agatha Christie
1179. Ê, soneca boa – Mauricio de Sousa
1180. Garfield a todo o vapor – Jim Davis
1181. Em busca do tempo perdido (Mangá) – Proust
1182. Cai o pano: o último caso de Poirot – Agatha Christie
1183. Livro para colorir e relaxar – Livro 1
1184. Para colorir sem parar
1185. Os elefantes não esquecem – Agatha Christie
1186. Teoria da relatividade – Albert Einstein
1187. Compêndio da psicanálise – Freud
1188. Visões de Gerard – Jack Kerouac
1189. Fim de verão – Mohiro Kitoh
1190. Procurando diversão – Mauricio de Sousa
1191. E não sobrou nenhum e outras peças – Agatha Christie
1192. Ansiedade – Daniel Freeman & Jason Freeman
1193. Garfield: pausa para o almoço – Jim Davis
1194. Contos do dia e da noite – Guy de Maupassant
1195. O melhor de Hagar 7 – Dik Browne
1196. (29). Lou Andreas-Salomé – Dorian Astor
1197. (30). Pasolini – René de Ceccatty
1198. O caso do Hotel Bertram – Agatha Christie
1199. Crônicas de motel – Sam Shepard
1200. Pequena filosofia da paz interior – Catherine Rambert
1201. Os sertões – Euclides da Cunha
1202. Treze à mesa – Agatha Christie
1203. Bíblia – John Riches
1204. Anjos – David Albert Jones
1205. As tirinhas do Guri de Uruguaiana 1 – Jair Kobe
1206. Entre aspas (vol.1) – Fernando Eichenberg
1207. Escrita – Andrew Robinson
1208. O spleen de Paris: pequenos poemas em prosa – Charles Baudelaire
1209. Satíricon – Petrônio
1210. O avarento – Molière
1211. Queimando na água, afogando-se na chama – Bukowski
1212. Miscelânea septuagenária: contos e poemas – Bukowski
1213. Que filosofar é aprender a morrer e outros ensaios – Montaigne
1214. Da amizade e outros ensaios – Montaigne
1215. O medo à espreita e outras histórias – H.P. Lovecraft
1216. A obra de arte na era de sua reprodutibilidade técnica – Walter Benjamin
1217. Sobre a liberdade – John Stuart Mill
1218. O segredo de Chimneys – Agatha Christie
1219. Morte na rua Hickory – Agatha Christie
1220. Ulisses (Mangá) – James Joyce
1221. Ateísmo – Julian Baggini
1222. Os melhores contos de Katherine Mansfield – Katherine Mansfied
1223. (31). Martin Luther King – Alain Foix
1224. Millôr Definitivo: uma antologia de A Bíblia do Caos – Millôr Fernandes
1225. O Clube das Terças-Feiras e outras histórias – Agatha Christie
1226. Por que sou tão sábio – Nietzsche
1227. Sobre a mentira – Platão
1228. Sobre a leitura *seguido do* Depoimento de Céleste Albaret – Proust
1229. O homem do terno marrom – Agatha Christie
1230. (32). Jimi Hendrix – Franck Médioni
1231. Amor e amizade e outras histórias – Jane Austen
1232. Lady Susan, Os Watson e Sanditon – Jane Austen
1233. Uma breve história da ciência – William Bynum
1234. Macunaíma: o herói sem nenhum caráter – Mário de Andrade
1235. A máquina do tempo – H.G. Wells
1236. O homem invisível – H.G. Wells
1237. Os 36 estratagemas: manual secreto da arte da guerra – Anônimo
1238. A mina de ouro e outras histórias – Agatha Christie
1239. Pic – Jack Kerouac
1240. O habitante da escuridão e outros contos – H.P. Lovecraft
1241. O chamado de Cthulhu e outros contos – H.P. Lovecraft
1242. O melhor de Meu reino por um cavalo! – Edição de Ivan Pinheiro Machado
1243. A guerra dos mundos – H.G. Wells
1244. O caso da criada perfeita e outras histórias – Agatha Christie
1245. Morte por afogamento e outras histórias – Agatha Christie
1246. Assassinato no Comitê Central – Manuel Vázquez Montalbán
1247. O papai é pop – Marcos Piangers
1248. O papai é pop 2 – Marcos Piangers
1249. A mamãe é rock – Ana Cardoso
1250. Paris boêmia – Dan Franck
1251. Paris libertária – Dan Franck
1252. Paris ocupada – Dan Franck
1253. Uma anedota infame – Dostoiévski
1254. O último dia de um condenado – Victor Hugo
1255. Nem só de caviar vive o homem – J.M. Simmel
1256. Amanhã é outro dia – J.M. Simmel
1257. Mulherzinhas – Louisa May Alcott
1258. Reforma Protestante – Peter Marshall
1259. História econômica global – Robert C. Allen

1260(33). **Che Guevara** – Alain Foix
1261. **Câncer** – Nicholas James
1262. **Akhenaton** – Agatha Christie
1263. **Aforismos para a sabedoria de vida** – Arthur Schopenhauer
1264. **Uma história do mundo** – David Coimbra
1265. **Ame e não sofra** – Walter Riso
1266. **Desapegue-se!** – Walter Riso
1267. **Os Sousa: Uma família do barulho** – Mauricio de Sousa
1268. **Nico Demo: O rei da travessura** – Mauricio de Sousa
1269. **Testemunha de acusação e outras peças** – Agatha Christie
1270(34). **Dostoiévski** – Virgil Tanase
1271. **O melhor de Hagar 8** – Dik Browne
1272. **O melhor de Hagar 9** – Dik Browne
1273. **O melhor de Hagar 10** – Dik e Chris Browne
1274. **Considerações sobre o governo representativo** – John Stuart Mill
1275. **O homem Moisés e a religião monoteísta** – Freud
1276. **Inibição, sintoma e medo** – Freud
1277. **Além do princípio do prazer** – Freud
1278. **O direito de dizer não!** – Walter Riso
1279. **A arte de ser flexível** – Walter Riso
1280. **Casados e descasados** – August Strindberg
1281. **Da Terra à Lua** – Júlio Verne
1282. **Minhas galerias e meus pintores** – Kahnweiler
1283. **A arte do romance** – Virginia Woolf
1284. **Teatro completo v. 1: As aves da noite** seguido de **O visitante** – Hilda Hilst
1285. **Teatro completo v. 2: O verdugo** seguido de **A morte do patriarca** – Hilda Hilst
1286. **Teatro completo v. 3: O rato no muro** seguido de **Auto da barca de Camiri** – Hilda Hilst
1287. **Teatro completo v. 4: A empresa** seguido de **O novo sistema** – Hilda Hilst
1289. **Fora de mim** – Martha Medeiros
1290. **Divã** – Martha Medeiros
1291. **Sobre a genealogia da moral: um escrito polêmico** – Nietzsche
1292. **A consciência de Zeno** – Italo Svevo
1293. **Células-tronco** – Jonathan Slack
1294. **O fim do ciúme e outros contos** – Proust
1295. **A jangada** – Júlio Verne
1296. **A ilha do dr. Moreau** – H.G. Wells
1297. **Ninho de fidalgos** – Ivan Turguêniev
1298. **Jane Eyre** – Charlotte Brontë
1299. **Sobre gatos** – Bukowski
1300. **Sobre o amor** – Bukowski
1301. **Escrever para não enlouquecer** – Bukowski
1302. **222 receitas** – J. A. Pinheiro Machado
1303. **Reinações de Narizinho** – Monteiro Lobato
1304. **O Saci** – Monteiro Lobato
1305. **Memórias da Emília** – Monteiro Lobato
1306. **O Picapau Amarelo** – Monteiro Lobato
1307. **A reforma da Natureza** – Monteiro Lobato
1308. **Fábulas** seguido de **Histórias diversas** – Monteiro Lobato
1309. **Aventuras de Hans Staden** – Monteiro Lobato
1310. **Peter Pan** – Monteiro Lobato
1311. **Dom Quixote das crianças** – Monteiro Lobato
1312. **O Minotauro** – Monteiro Lobato
1313. **Um quarto só seu** – Virginia Woolf
1314. **Sonetos** – Shakespeare
1315(35). **Thoreau** – Marie Berthoumieu e Laura El Makki
1316. **Teoria da arte** – Cynthia Freeland
1317. **A arte da prudência** – Baltasar Gracián
1318. **O louco** seguido de **Areia e espuma** – Khalil Gibran
1319. **O profeta** seguido de **O jardim do profeta** – Khalil Gibran
1320. **Jesus, o Filho do Homem** – Khalil Gibran
1321. **A luta** – Norman Mailer
1322. **Sobre o sofrimento do mundo e outros ensaios** – Schopenhauer
1323. **Epidemiologia** – Rodolfo Sacacci
1324. **Japão moderno** – Christopher Goto-Jones
1325. **A arte da meditação** – Matthieu Ricard
1326. **O adversário secreto** – Agatha Christie
1327. **Pollyanna** – Eleanor H. Porter
1328. **Espelhos** – Eduardo Galeano
1329. **A Vênus das peles** – Sacher-Masoch
1330. **O 18 de brumário de Luís Bonaparte** – Karl Marx
1331. **Um jogo para os vivos** – Patricia Highsmith
1332. **A tristeza pode esperar** – J.J. Camargo
1333. **Vinte poemas de amor e uma canção desesperada** – Pablo Neruda
1334. **Judaísmo** – Norman Solomon
1335. **Esquizofrenia** – Christopher Frith & Eve Johnstone
1336. **Seis personagens em busca de um autor** – Luigi Pirandello
1337. **A Fazenda dos Animais** – George Orwell
1338. **1984** – George Orwell
1339. **Ubu Rei** – Alfred Jarry
1340. **Sobre bêbados e bebidas** – Bukowski
1341. **Tempestade para os vivos e para os mortos** – Bukowski
1342. **Complicado** – Natsume Ono
1343. **Sobre o livre-arbítrio** – Schopenhauer
1344. **Uma breve história da literatura** – John Sutherland
1345. **Você fica tão sozinho às vezes que até faz sentido** – Bukowski
1346. **Um apartamento em Paris** – Guillaume Musso
1347. **Receitas fáceis e saborosas** – José Antonio Pinheiro Machado
1348. **Por que engordamos?** – Gary Taubes
1349. **A fabulosa história do hospital** – Jean-Noël Fabiani
1350. **Voo noturno** seguido de **Terra dos homens** – Antoine de Saint-Exupéry
1351. **Dr. Sax** – Jack Kerouac
1352. **O livro do Tao e da virtude** – Lao-Tsé
1353. **Pista negra** – Antonio Manzini
1354. **A chave de vidro** – Dashiell Hammett
1355. **Martin Eden** – Jack London

lepmeditores
**www.lpm.com.br**
o site que conta tudo

IMPRESSÃO:

**PALLOTTI**
GRÁFICA

Santa Maria - RS | Fone: (55) 3220.4500
*www.graficapallotti.com.br*